南——凡
入　我怀

南——风
入　我怀

南——凡
入 我怀

南——风
入　我怀

南——凡
入　我怀

南——风
入　我怀

南風入我怀

南——风
入　我怀

大鱼文化传媒　大鱼文字

南——风
入　我怀

完结篇

酒小七 著

河北出版传媒集团

花山文艺出版社

图书在版编目（CIP）数据

南风入我怀·完结篇／酒小七著. — 石家庄：花
山文艺出版社，2017.1
ISBN 978-7-5511-3243-5

Ⅰ．①南… Ⅱ．①酒… Ⅲ．①长篇小说－中国－当
代Ⅳ．①I247.5

中国版本图书馆CIP数据核字(2017)第006790号

书　　名：南风入我怀·完结篇
著　　者：酒小七
策　　划：张采鑫
责任编辑：董　舸
特约编辑：胡晨艳
美术编辑：许宝坤
责任校对：齐　欣
封面设计：刘　艳
内文设计：昆　词
出版发行：花山文艺出版社（邮政编码：050061）
　　　　　（河北省石家庄市友谊北大街330号）
销售热线：0311-88643221/29/35/26
传　　真：0311-88643225
印　　刷：长沙鸿发印务实业有限公司
经　　销：新华书店
开　　本：880×1230毫米　1/32
印　　张：9.5
字　　数：329 千字
版　　次：2017年3月第1版
　　　　　2017年3月第1次印刷
书　　号：ISBN 978-7-5511-3243-5
定　　价：29.80元

南——风
入　我怀

南——风
入　我怀

第一章

NANFENG
RUWOHUAI

喜欢，是一个人的事情。
只有当你喜欢的人恰好也喜欢你，它才能变成
两个人的事情。

1.

陆笙的大脑一片空白,整个世界仿佛落潮一般轰然退却,唯独剩下与他亲密接触的那小片肌肤,温暖干净的嘴唇、熟悉而独特的气息。猝不及防的幸福令她沉迷地闭上眼睛,不敢睁开,怕睁眼之后证实眼前这一切是她臆造出来的梦境。

少女的嘴唇像花瓣一样芬芳柔嫩,南风吻得小心翼翼,轻轻用嘴唇摩擦辗转,仿佛怕碰碎那娇嫩的花朵。短短几秒钟的接触,令他心跳加速、气息紊乱。他心口充盈着幸福与感动,仿佛,听到了全世界花开遍地的声音。

这是他从未有过的体验。

等了二十六年,爱情终于姗姗来迟。

他松开她时,看到她的脸蛋羞得通红。

南风有些好笑,抬手轻轻地揉了揉她的脸:"害羞?"

陆笙睁开眼睛看他。她紧张得说不出话,飞快地眨着眼睛。

南风逗她:"怎么这样就害羞了?你不是挺会耍流氓的嘛,从小就会。"他说到最后四个字,突然笑得促狭。

陆笙知道他意有所指。那样尴尬的初遇,她真的很想在脑子里格式化掉。见他开口又要说话,她连忙捂住他的嘴:"不要讲!"

南风拉下她的手,握在自己手中。

陆笙低头看着他们交握的手,她忍不住摸了摸自己的嘴唇,小声说道:"你是什么意思呢?"

"你傻吗?我们都……你说是什么意思?"

"可是,我以为你不喜欢我呢……"

南风微微叹一口气:"我怎么可能不喜欢你呢!"

两人牵着手,想找到回去的路。刚走出小路,在路口处遇到一个人。这人陆笙见过,就是那个被全校女生围观的唐一白。

唐一白手里拿着一个礼品盒,礼品盒包装得很幼稚,陆笙心想,这倒是符合徐知遥的审美。

两人正要离开,唐一白却叫住他们。他举着礼品盒朝他们晃了晃:"这是你们掉的吗?我就在这里捡的。"

南风摇了摇头:"不是。"

　　唐一白似乎不知道该怎么处理这个无意间捡到的东西。

　　陆笙说道："你确定不是哪个暗恋你的女生不敢当面给你礼物，所以就放在你必经的道路上？"

　　唐一白觉得有点儿道理。他们俩离开之后，他拆开礼物盒，里面是一堆糖果，盒子底下藏着一封信。他好奇地拆开信，扑面而来的一笔烂字，对他造成了一些精神损伤。

　　那封信，他才看第一眼就确定不是给他的了。

　　因为开头的称呼是"师妹"。

　　唐一白就把礼物复原好，送到了失物招领处。

　　离开体大之后，南风给陆笙买了一块生日蛋糕。心形的芝士蛋糕，表面摆了一圈红草莓。他一手拎着蛋糕，一手"拎"着陆笙的手，女孩子的手就是软，握在手心里让人特别有呵护的冲动。

　　他领着她在路边走，春暖花开的季节，路边的观赏树都发芽开花了，粉红一片，一如她此刻的心情。

　　被男神亲了又有蛋糕可以吃，生活真美好啊！

　　陆笙还是有些不放心，追问南风："我们现在是确定关系了吧？"

　　南风突然站定，抚了抚她的头发。他知道，他刚才还是太冲动了，陆笙才十八岁，心智介于小孩儿和大人之间。他本希望等她再成熟一些，可是不知道怎的，当时那个气氛，感觉空气都变得暧昧黏稠，他像是被蛊惑了，就没忍住……

　　没忍住就没忍住吧，反正已经认定了她。

　　南风抚着陆笙的头，她就像个被摸了脑袋的狗狗一样眯着眼睛微微仰起下巴，看起来很舒服的样子。他有些好笑，心念一动，低头飞快地在她额上亲了一下。

　　唉，又没忍住……

　　陆笙张了张嘴巴，一边害羞着，一边问道："这就是你的回答吗？"

　　"陆笙，"南风说道，"你现在还小，我不知道适不适合谈恋爱。我想，我们可以先试试。"

　　"试试？"陆笙有点儿不确定，"什么意思呢？是不是像是买东西先试用一下，不行再退货？"

　　"不，不会退货。"南风说到这里，突然挑眉笑看她，"你不是还要娶我呢吗？"

　　"咳！"陆笙老脸一红，"那么'试试'的意义何在呢？为什么要试啊？"

"只是确定一下你现在这个年纪，是否能和我在一起。"

为什么总是嫌我小！陆笙有点儿不忿，扭过脸赌气道："那不要试了，等合适的时候再在一起吧！"

"那只能等你拿了大满贯奖杯来娶我了。"

"……"那要等到何年何月啊！

陆笙只好妥协了："试吧试吧。试过你就知道了，我一定让你对我爱不释手、欲罢不能！"

她用的成语令他浮想联翩。南风脸上有点儿挂不住，耳后微微散发着热量。他转过身掩饰尴尬："走了，吃饭。"

因为那一丝尴尬，南风的脚步忍不住加快了些。

陆笙在他身后小跑着跟上，边走边气呼呼道："怎么不等我一下，你现在可是我男朋友呢，试用期更要认真一些！"

南风垂眸看她一眼。

真的好想堵住她的嘴巴……

还好，这次忍住了。

吃午饭的时候，陆笙想到了徐知遥。因为徐知遥之前一直吵着要请假过来，她还以为他真的要过来呢，幸好他没任性，她白担心一场。她和南风打算下午离开北京，所以如果想见徐知遥，也只能趁着午饭这个时间了。

说实话，好些天没见他，陆笙还真有点儿想他。而且她知道他想给她过生日，因此决定邀请他过来。

陆笙给徐知遥打电话的时候，南风有点儿郁闷。

两人才刚确定关系，正好该享受二人世界。陆笙倒好，主动去招惹电灯泡来参观。没良心的丫头，口口声声说喜欢他，就是这么喜欢的？

不过，陆笙很快放下手机了，南风挑眉看着她。

她解释道："他挂断了。"

挂得好。南风点了下头："大概是忙吧。我们吃饭。"

"嗯。"

过了一会儿，陆笙收到了徐知遥的短信。

徐知遥："做题呢。什么事？"

陆笙："没什么，我和南教练在吃蛋糕呢，你要不要来吃？【口水】"

徐知遥："我不去了，你们吃吧。"

陆笙："哦，好的。"

陆笙觉得徐知遥不太对劲，具体表现就是短信的字数。他是个话痨，这一属性也表现在发信息上，他很少在短信里表现得如此言简意赅，像是被南教练附体。

这一头的徐知遥握着手机，在对话框里打了"生日快乐"四个字，正犹豫着要不要发出去。

纠结了有一分钟，他把手机关了。

一点儿也不想祝她生日快乐。

2.

反正已经请假了，徐知遥也不想去上课。

他又把手机打开，在通讯录里翻了翻，最后锁定在丁小小。

只有她，知道他心底的一切秘密。

徐知遥给丁小小打了个电话，丁小小那边倒是接得快。

"喂，遥遥你想我啦？"

"唔，你在做什么？"

"我相亲呢！"

现在他的精神很脆弱，哪怕是"相亲"这两个字，都会让他产生一种孤独感。他说道："好，那你相吧，不打扰了啊。"

丁小小对徐知遥的了解，就像是养猪场的饲养员对大白猪的了解。她一听他声音低落，就知道有问题，连忙说道："别挂，别挂，你怎么了？是不是考试没选上？"

"不是，明天才考呢。"

"啊，那就是考前紧张？"

"我考试从来不紧张。"

"那你怎么啦？不会是在笙笙那里受到什么打击了吧？"

徐知遥沉默，说道："我想见你。"

"喂喂喂，'骚'年郎，你讲点儿道理好不啦。我好不容易有个休假，你让我跑到北京去见你吗？"

"那我回去吧，反正高铁就半个小时。"

"呃……你到底怎么了？"

"见面说。"

　　从北京到 T 市的高铁确实只有半个小时，然而徐知遥打车去南站用了一个半小时。

　　他坐在出租车上，看着外面缓缓划过的城市和人群，脑子里反反复复地播放着中午见到的那一幕。

　　多希望那只是一个梦。

　　丁小小的相亲很顺利，看得出来对方对她很满意，走前还加了微信，约了下一次一起吃饭看电影。丁小小有点儿意兴阑珊，反正相亲就是那么回事。

　　她去了火车站，接徐知遥。

　　徐知遥下车时脸色黑黑的，仿佛到嘴的骨头被抢走的哈士奇。丁小小想带徐知遥去咖啡厅，但徐知遥觉得自己此刻的心情是咖啡理解不了的，他坚持去酒吧。

　　然后他在酒吧跟丁小小说了今天的事。

　　其实以丁小小对徐知遥的了解，她已经猜了个八九不离十。

　　听完徐知遥的讲述，丁小小反问："你不是早已经知道他们会在一起吗？"

　　没错，知道归知道，可亲眼看见的话还是会难过啊！徐知遥唉声叹气地问："你没有喜欢的人吧？"

　　"有啊。"

　　他有些奇怪："那你还去相亲？"

　　"两码事儿。"

　　徐知遥觉得自己的世界观正在接受挑战："怎么就两码事了？你相亲不就是为了找个喜欢的吗？"

　　丁小小白了他一眼，一副"真没见过世面大惊小怪"的鄙视样子，让徐知遥略略心塞了一下。然后，丁小小说："遥遥啊，你要明白，喜欢，是一个人的事情。只有当你喜欢的人恰好也喜欢你，它才能变成两个人的事情。我喜欢谁那是我自己的事，我相亲呢，是因为我想换个人喜欢。有问题？"

　　这话让徐知遥莫名就伤感起来。他现在真是太多愁善感了。他难过地看着她，问道："为什么要换个人喜欢呢？是因为原先那个不喜欢你吗？"

　　"他确实不喜欢我，不过那不是重点。"

　　"重点是什么？"

　　"重点是，哪怕他喜欢我，我们也不可能在一起。"

　　"为什么？"

　　丁小小有点儿不耐烦了："你哪儿来那么多为什么！"

徐知遥今天本来是想找丁小小倾吐心事的，结果听到丁小小比他还悲催的暗恋，他莫名就被治愈了一下下。他给她倒满了酒，碰杯："来，为我们孤单的喜欢干杯。"

"你别喝太多啊，明天还考试呢！"

"放心，知道。"

两人就这么一杯一杯地喝着，丁小小让徐知遥不要喝太多，结果她自己先喝多了。看得出来，她确实有心事。徐知遥就有一种"同是天涯沦落人"的感觉，忍不住要引她为知己了。

后来他也喝多了。

平生第一次喝醉，头昏脑涨，脚步虚浮，轻飘飘的，像是踩在云端。神经被麻醉之后，失去了基本的思考能力，烦恼便像是被阳光照到的雾霭，瞬间散得干干净净。

那感觉，真是让人沉迷。

后来的事情，他的记忆断断续续的，就知道丁小小喝多了撒酒疯，又哭又闹。他扶着她离开，都不知道俩人最后怎么回去的，反正第二天他是在丁小小家的沙发上醒来的。

丁主任出差不在家，徐知遥觉得丁小小也是心大，他再怎么说也是个男人，她就这么在外面喝得烂醉然后把他领回来。

他起身环视一周，在某个卧室的门口看到一只泰迪犬。泰迪的皮毛打理得很好，脖子上戴着个蝴蝶结，此刻正如临大敌地看着他。

徐知遥拿过手机看了看，发现手机没电自动关机了。他抬头往墙上的挂钟看一眼，突然骂了一句："靠！"

然后他抓起衣服跑出去了。

那只小泰迪见他跑，来劲了，狂叫着追上来，气势汹汹的样子。结果刚跑到门口，徐知遥"嘭"的一下关上门，泰迪一脑袋撞到门板上，弹了回来。

嗷呜——疼！

徐知遥冲到火车站，买了最早的一班去北京的高铁。看看时间，他今天的考试铁定迟到，就是不知道会迟到多久。

到了北京南站，这次学聪明了，不敢打车，换乘地铁回去。

3.

上午的考试，徐知遥迟到了整整两个小时。他走到考场门口时正好看到闻教练，闻教练的脸色黑成了锅底，那个眼神有点儿可怕，像是随时可能咬他一口。

幸好训练营内部的考试并没有"迟到多久不准入场"这类规定，所以徐知遥依旧可以答题。

只不过，他的答题时间只有两个小时了。

由于试题难度太大，所以他们的考试一般是一天只做两道题，上午一道下午一道，每道题限定答题时间四个小时。

徐知遥迟到了两个小时，只有别人一半的答题时间。

闻教练之所以生气，也是因为对徐知遥寄予厚望，却没料到他在关键时刻掉链子，玩这么一出。

他又回到考场巡视，因为心情不佳，脸色不好，监考老师都不敢和他说话。走了两圈，他看到徐知遥举手。

不等监考老师过去，闻教练先走过去板着脸问徐知遥："你有什么事？"

徐知遥可怜巴巴地看着他："闻教练，您能帮我买点儿吃的吗……我可能需要补充点儿能量。"

冷静，冷静，他还在做题，等考完试再打死他也不迟……闻教练抱着这样一种心态，去给徐知遥买了块面包，又怕他营养不够，还加了袋牛奶。

闻教练心想，我也是贱啊！

陆笙记得徐知遥的考试，考试结束那天晚上，她给徐知遥打了电话想询问情况，结果徐知遥没接。

陆笙以为他用脑过度睡得比较早，就给他留了信息。

过了一会儿徐知遥回复她了。

徐知遥："还好。"

还好是什么意思？是不是不太好呀……陆笙有点儿担心，又怕问了之后他糟心，也就忍住没问。

陆笙："放心，一定能选上的。"

徐知遥："嗯。"

陆笙："你什么时候回来呢？"

徐知遥："后天回省队办手续。"

陆笙知道所谓的"办手续"是指离队手续。徐知遥真的要离开省队了。

徐知遥是她最亲密的朋友和战友，没有了徐知遥，她的生活一定会很无聊吧。

她有点儿伤感了，想到徐知遥回来的那天她刚好不在，更加难过。她说道："后天我要去烟台打比赛呢。"

徐知遥："那你加油。"

陆笙不知道说什么好了，只好说道："你早点儿睡吧。"

徐知遥："嗯。"

两人就这样结束聊天。简单得不能再简单的对话，感觉像是两个拘谨的陌生人。陆笙很不习惯这样的徐知遥，她想安慰他，可安慰的前提是另一个人愿意接受。而从徐知遥的反应来看，他显然不想多说话。

算了，以后有机会再说吧。

他回来的时候恰好她不在，都不知道下次再见是什么时候呢……

第二章

NANFENG
RUWOHUAI

就是喜欢……
这是最霸道也最令人无奈的理由。

1.

在烟台的比赛是 ITF 女子网球巡回赛，10K 级别。"10K"代表的是总奖金数额 10000 美金，这个奖金数额很低。既然网球是一种职业化运动，奖金数额低的，吸引来的选手水平也不会太高超。所以，陆笙把它作为自己成年后职业生涯的首秀。

与陆笙一起去的是许萌萌。两人年龄和水平都差不多，许萌萌的情况和她极为相似。

比较令许萌萌心塞的是，去年陆笙刚进队那会儿，她打陆笙很轻松，现在俩人旗鼓相当。其实说旗鼓相当她都算给自己脸上贴金了，陆笙在最近的实战中，总是隐隐能胜她一筹。

唉，为什么陆笙可以进步那么大呢！许萌萌有点儿羡慕嫉妒恨。

光是单打有点儿单调，竞争也激烈，于是她们俩又组了一次双打，反正去都去了，要让路费和住宿费发挥出最大的价值。

俩人今年都升了二线球员，不过二线的比赛报销是有限度的。许萌萌是居家旅行省钱小能手，为了节省开支，提前一个月订了打折机票，价格比高铁还便宜一点儿，而且比高铁快。酒店也没有选择赛会主办方指定的四星级酒店，而是在四星酒店附近选了一个更便宜的连锁酒店。

她做什么，陆笙就做什么。俩人一起买了机票，订了连锁酒店标间。陆笙觉得许萌萌好厉害，许萌萌谦虚地说这都是前辈总结出来的小窍门啊我不敢居功。

这次比赛整个省队只有她们两个人去，没人带队，也没有医师跟随。

南风得知陆笙要和另一个小姑娘比赛，他有点儿不放心，当下让助理也订了一张去烟台的机票。助理一听老板要去烟台，立刻心领神会：老板这是又要发疯。

订完了机票，南风才和陆笙说："嗯，我也去烟台，看你比赛。"语气特别特别的云淡风轻。

陆笙有点儿感动，又有点儿不安。因为根据历史经验，只要他在旁边看着，她就不能安心比赛。不过呢，总的来说感动是多于不安的。她问南风："南教练你什么时候买的机票？"

"今天。"

"哎呀，你竟然买全价机票，你真是个土豪。"

南风：……什么鬼？

不管怎么说，明天他就又可以见到陆笙了。

几天不见，甚是想念。

第二天一早，南风打了个车去省队接陆笙。

许萌萌看到一个身材高大的帅哥从出租车上走下来时，目光立刻追随着他，一边悄悄扯陆笙的袖子："那个人好帅。"

陆笙抿嘴笑："是啊。"

恰在这时，南风朝她望过来。

四目相对，陆笙心口像是被戳了一下，立刻慌张得低下头。

南风牵起嘴角笑了笑，眸光明亮而温柔。许萌萌在一旁看得有点儿呆。

他走过来，对许萌萌点了一下头："你好。"

许萌萌看着他的脸庞，一种强烈的熟悉感扑面而来。"你是……"她一定见过他的，是在哪里呢？

陆笙突然有点儿紧张，她不知道该不该向许萌萌透露她和南风的关系，南风会不会介意呢？

她还在犹豫，南风却先道破了："我是陆笙的男朋友。"

"啊？！"许萌萌惊得张大嘴巴，扭脸看陆笙，一脸怀疑，"陆笙，你有男朋友啊？怎么没听你说过呢？"

"我……最近才有的，咳咳咳……"

看着陆笙局促的样子，南风有些好笑，特别想摸摸她的头。

许萌萌还在脑子里搜索南风这张脸。她确定一定以及肯定她见过他，毕竟，帅成这样的人不多见。果然，她突然瞪大眼睛，惊叫道："我知道你是谁了，你是南风！南风！"

六年前的天纵奇才，距离大满贯仅一步之遥，却因一场空难事故而陨落，迅速从人们的视线中消失。六年过去了，此事早已被人们淡忘，但是国内学习网球的人，尤其是那些职业选手，几乎全部记得这个名字。毕竟，中国往前数三十年，往后数三十年，大概都不会有第二个南风了。

南风，曾经是一个神话，后来是一曲悲歌。

陡然见到这个传说级的人物，许萌萌激动得语速都变快了："南风，真的是你！你怎么在这里，还有你怎么会是陆笙的……陆笙的男朋友？"

南风神色淡然，终究还是没忍住摸了陆笙的头，他答道："我是南风，也是陆笙的男朋友，这两样不冲突。"

许萌萌恍然自语道："啊，难怪有人说陆笙被包养了，原来是你……"

南风的脸色突然沉了沉，语气有些严厉："陆笙没有被包养。"

"对不起，对不起，对不起……"许萌萌挠了挠头，一脸歉意，"我不是那个意思，我是说，哎，这话也不是我说的……"

"是谁？"

他的脸色有点儿吓人，许萌萌想也没想就老实招了："是南英俊。"

"南英俊是谁？"

"咳，是南歌。"

南风又生气又心疼，气的是南歌竟然如此卑劣地散播谣言，疼的是陆笙被造谣诽谤。他连根手指头都舍不得碰的人，在外面被伤害被中伤。

他正咬牙切齿呢，手突然被一只柔软的小手握住了，一低头，对上陆笙关切的眼神，小丫头清澈的目光中隐含关切。

"不要生气了，我们还给南歌取外号了呢，大家都叫她南英俊。"

南风叹了口气。他也知道他是关心则乱了，这事说来不算什么大事，但是一放在陆笙身上，他就不能忍。

陆笙又说："其实这事已经过去了。"

南风突然想到陆笙曾经给他发的那条信息"今天你包养我明天我包养你"，他当时还以为这傻丫头又犯二了，现在想来，多半是在谣言中的自我宽慰吧。

南风看了一眼许萌萌，见这姑娘满脸的求知欲，八卦的心简直要写在脸上了。他于是满足了她的求知欲，三人坐上出租车后，他说道："其实，事情的真相是这样的……"

接下来，南风现编了一个故事：陆笙的爸爸是商人、慈善家、隐形富豪，妈妈是大美女，富家千金。六年前，陆笙的爸爸妈妈坐飞机去迪拜，在飞机上遇到了南风，陆爸爸和南风很投缘，可是紧随而来的空难夺去了陆家夫妻的生命。陆爸爸临终之前托南风代为照顾他的独生女儿陆笙，南风因此和陆笙结识。陆笙想学网球，南风送她去了树青业余体校。南歌也参加了树青体校的选拔，可惜遗憾落榜。当时的教练明确指出陆笙比南歌更加有天分，南歌从此怀恨在心，还曾经对陆笙暗下毒手，并多次造谣中伤陆笙。

"南歌嫉妒陆笙却又渴望成为陆笙，她对外总是宣称自己的父亲是商人、慈善家、富豪，可如果你问她父亲是谁，她就会说，因为她小时候被绑架过，所以她爸爸让她低调，不能告诉别人自己的身世。"南风说道。

许萌萌听得眼睛都直了："对对对，她就是这么跟我们说的！"

别说许萌萌了，陆笙自己都快信了。南风胡编乱造的水平很高啊，半真半假，天衣无缝。南歌小时候确实被绑架过，这也是她从不对外吐露真实身份的原因。可这么一件真事被南风说进故事里，就显得她的托词假得不能再假。

陆笙看到许萌萌一脸容光焕发，准备等回去就大干一场的样子。她默默地为南歌点了根蜡。

她挑眉看南风，朝他眨了眨眼睛：帅哥你够能编的啊！

南风也眨眼睛：我已经很厚道了，小三和私生女这么有意思的话题都被我砍掉了。

陆笙突然觉得很好笑，她闭着眼睛朝他嘟嘴，"mua"飞吻。

嘴唇却突然被温暖柔软的触感覆盖住，短暂的一瞬，温柔得像是蝴蝶亲吻花朵。她吓了一跳，慌忙睁开眼睛，发现他正襟危坐，眼睛望着车窗外。

陆笙心虚地扭头看许萌萌，许萌萌此刻正在翻背包，没有发现他们的异常。

她抬手摸了摸嘴唇，有点儿怀疑刚才是自己的幻觉——不会是因为她太饥渴了吧……

她又疑惑地仰头看南风，发现他眉眼弯弯的，好看的嘴角轻轻牵起来，盈盈春水般的笑意荡漾在脸上。

许萌萌一路都在消化南风这个人的突然出现以及从他口中讲出来的那个震撼的故事。呜呜呜，八卦之心完全被点燃了，真的好想掉头回省队给大家讲故事！

偶尔，许萌萌偏头看一眼陆笙和南风，当看到那对恋人对视的眼神时，她宁可自己那双狗眼是瞎的。

就这么气氛诡异地到了机场，登机时南风才发现一个严重问题。陆笙和许萌萌她们订的是经济舱，而助理帮他订机票时习惯性地订了头等舱。上飞机后他跟空姐沟通了一下，空姐同意他和许萌萌在双方自愿的情况下调换座位。

于是，南风如愿地坐到陆笙的旁边。

陆笙不太喜欢乘飞机，总是感觉没有安全感，所以她一上飞机就用睡觉来消磨时间，这几乎形成了条件反射。南风坐在她身边，看着她戴上眼罩。那个眼罩很魔性，两个大眼球凸出来，看着特别欠揍。

他给陆笙买衣服时总是把她打扮成小公主小天使，所以现在有点儿难以接受陆笙戴这种画风的眼罩。他问道："你从哪儿买的眼罩？"

陆笙答道："徐知遥给我买的。"

南风便沉默。

陆笙已经习惯了他不爱说话的样子，也不以为意。她闭着眼睛过了一会儿，迷迷瞪瞪快要睡着时，突然伸手去摸南风的手。

是实打实的"摸"啊！南风此刻正在看报纸，她也看不见他在做什么，就把手伸到一边摸索，摸不到的时候，还特自信地往后挪动。

南风本来没招谁没惹谁，在那儿清心寡欲地看着报纸呢，结果一只温热柔软的手盖在他腿上，他一低头，看到那只手正要往腿根移动。

他吓了一跳，慌忙按住她的手："做什么？"声音发紧，隐隐带着点儿颤音。

陆笙如愿握到了他的手，满足地扣住，脑袋一歪睡过去了。

南风哭笑不得。

又有点儿心猿意马。

2.

到烟台下飞机后，三人先去了酒店。南风把两个姑娘送到酒店房间，像个家长一样巡视了一下房间的环境，觉得不太满意。首先这个酒店的地理位置不太好，推开窗之后看不到风景，只能看到对面的高楼。然后房间内部也不好，到底是哪里不好呢？嗯，哪里都不好！

他从小到大，哪怕是最落魄的时候，也没在物质上亏欠过，所以他此刻不希望陆笙住这样的地方。

陆笙倒觉得还不错，她是来打比赛的，又不是度假。重点是，房费便宜啊！

南风有点儿无语，把陆笙叫到一边小声对她说："陆笙，你不需要省钱。"

"哦。"

陆笙这样答应着，可依旧我行我素，南风重新订了新的酒店，房间宽阔舒适，推开窗可以看到大海，陆笙却死活不搬走，就住这里，理由是房费已经付了。

南风有点儿不能理解："付了就付了，没关系。"

"不嘛。"

他摸了摸她的头："乖，听话。"依旧在坚持他的决定。

陆笙仰头看他，他发现她眼圈红红的，一脸委屈的样子。他有点儿莫名其妙，他不过是想让她住好点儿，怎么就委屈她了？

心疼女朋友也有错吗……

　　许萌萌不太确定地看着他们："你们，是在吵架吗？需要我回避吗？"但是她的表情告诉他们，她一点儿也不想回避。

　　陆笙把南风拉出房间。她靠在楼道的墙上，对南风说："南风，我爱你。"

　　南风本来还有点儿郁闷的，可听到这三个字，他的郁闷全部灰飞烟灭，余下的只有滚烫的心口。

　　"陆笙……"

　　陆笙打断他："我的爱和金钱无关，"她仰头注视他，目光坦然而坚定，"所以反过来也是一样的，金钱应该也和爱无关。无论我们是什么关系，这么多年我一直在花你的钱，这是事实。你可以不在乎，可是站在我的角度，我不能不在乎啊，如果我不在乎，我就是没良心。这么多年花你的每一分钱，我都记在心里，我希望等我长大之后能回报你。"

　　南风想说我不需要你的回报，可是话到嘴边他止住了。他发现他走进了一个误区。他愿意无条件地对她好，那是他的选择，同样的，她希望回报他，那也是她的自由。他怎么可以因为自己"不需要"，就阻止她的回报？

　　所以她才会觉得委屈吧？觉得他没有真正地理解她、尊重她。

　　想通了这一点，南风揉了揉她的脑袋："好啊，我等你的回报。"

　　"嗯！"陆笙重重点一下头，又说道，"所以在我真正有能力回报你之前，我想减少支出，不要总是花那么多钱。你……能理解吗？"

　　"能。"

　　"所以我不换酒店了可以吗？"

　　"可以。"

　　陆笙没想到他答应得这么干脆，她跟他确认了一遍："真的？"

　　"真的。"南风说着说着突然又笑了，他倒是没想到他的小女孩儿现在变得这么有想法，简直令他刮目相看。他突然低头，亲了一下她小巧的鼻尖儿，"反正你想怎样都可以。"

　　事情就这么愉快地决定了。南风自己也不去海景酒店了，而是在她们隔壁房间订了一个同样的标间。本来前台建议他订大床房的，可是大床房都距离陆笙的房间比较远，所以他拒绝了。

　　晚上许萌萌洗澡的时候陆笙感觉有点儿渴，下楼去买了几瓶矿泉水上来。她喝完水靠在床上，文胸摘了扔到一边，拿手机玩"贪吃蛇"。

这是她每天的睡前小娱乐。

听到洗手间的门响动，陆笙头也不抬地说道："你洗好啦？"

许萌萌没有说话，陆笙又说："我刚才破纪录了。"

一般这个时候，许萌萌就会吐槽陆笙的落伍，现在是智能手机时代，谁还玩"贪吃蛇"呢。

可是现在，陆笙都把包袱甩给她了，她依旧不接，陆笙有点儿疑惑，抬头说："你怎么不——"说到这里，卡住了。

因为她看到站在她面前的不是许萌萌，而是南风。

啊啊啊，怎么回事？果然她还是饥渴到出现幻觉了吗？怎么会把许萌萌想成南风！差太多了好吗！

陆笙揉了揉眼睛，再看，还是南风。

不只是南风，还是个刚出浴的半裸南风。他浑身上下只有腰上裹着一块深蓝色的比面巾大不了多少的浴巾。宽阔结实的胸膛、匀称流畅的肌肉线条、窄窄的腰身、性感的腹肌，还有大长腿……他身材太好，浴巾又太小，风骚荡漾的气息扑面而来，陆笙两眼发直，忍不住吞了一下口水。

唉，果然是情人眼里出西施，她会不会把南风想象得太美好了……

他开口了，声音也是南风的："陆笙，你怎么在这里？"

刚刚洗完澡就发现女朋友躺在自己床上，天知道这种感觉有多么令人心动神摇。但是理智告诉他，陆笙她绝不是故意的。

这话，陆笙还想问南风呢。她瞪圆了眼睛看他："你，你真的是南风？"

南风有些无语。

"如假包换。"看到她一脸呆萌的蠢样，他笑道，"不信你摸摸，来。"

他说着，走近了一些，立在床前等着她"摸"。

他一身的湿气，皮肤上还挂着未擦干的水滴，明明在笑，气息逼近时却对她产生了一点儿压迫感。陆笙哪敢摸啊，窘迫地往后退了退："不不不，我不是那个意思，我是想说……你把许萌萌藏到哪里去了啊……"

果然。南风无奈地摇了一下头："陆笙，你走错房间了。"

陆笙不信："不可能，我用房卡刷的门。"她说着，目光四下望了望，这才发现房间里没有她和许萌萌的行李，墙角放着南风的行李箱。

再结合眼前这个大活人，陆笙终于不得不承认这个事实——她真的走错房间了！

呜呜呜，好丢脸！

陆笙从床上滚下来，慌慌张张地穿鞋子往外跑，因为太着急，鞋子都没穿利落，逃的时候差一点儿绊倒，南风还好心地扶了她一把。

他赤裸的身体和结实有力的手臂，令她更加慌不择路。

陆笙跑走之后，南风低着头浅笑，一边自言自语："就这么点儿胆子，也好意思耍流氓？"

换好睡衣之后，南风决定睡觉。标间里有两张床，虽然他比较喜欢靠窗的，不过此刻他果断选择了陆笙刚才躺过的那张。

躺下去之后，然后，他从被子里摸出一个绝不属于他的东西——女式文胸。

那丫头太要命了，明明每一个举动都是无心，可偏偏勾得他魂不守舍。白天是这样，晚上还是这样！

南风想到了白天她那只手。腿上的触感似乎还有些残留，白天众目睽睽之下他要有道貌岸然的伪装，现在在漆黑的夜色里，孤独一人，很难再压抑自己。所以他一不小心就……嗯，就觉醒了……

他还是想抢救一下的，闭着眼睛挺尸装死，以期身体能平静下来。

无数历史证明静坐是没有用的，那么静躺更加是没什么用，南风满脑子过洋片儿似的都是陆笙，一颦一笑的陆笙、纯情诱惑的陆笙。

陆笙跑出去之后先去了趟前台，她太需要知道刚才那个乌龙到底是怎么回事儿。

她去的时候，前台的姐姐也正着急呢，因为那个姐姐把保洁员的万能房卡和普通房卡搞混了，找不到了。万能房卡可以开所有的房间门，万一落在哪个心怀不轨的人手里……简直不敢想！

正巧，陆笙给送过来了。前台姐姐好一通道谢，陆笙也不好意思责备她了。

往好处想，这次乌龙也不是没有福利的，至少她看到了南风的高清无 PS 半裸写真图不是吗……

唉，可惜了，当时太紧张，都没有看仔细一些呢！她不无遗憾地想。

3.

第二天陆笙和许萌萌都有比赛。因为俩人是第一次参加成人比赛，没有积分没有排名，所以还是要从资格赛开始打起。好在她们俩水平都不错，资格赛第一轮打得很顺利。打完比赛回酒店之后，南风把陆笙叫到他房间，然后他把她的内衣还给了她。

内衣被他洗得干干净净的，散发着肥皂香气。

陆笙简直不能直视这件内衣了。

一连打了三轮资格赛，陆笙和许萌萌都顺利进入正赛。

与单打的顺风顺水相比，俩人的双打困难重重。第一轮险险拿下比赛，第二轮终究还是倒下了，没能进正赛。输的原因倒不是水平问题，而是配合问题。

除了徐知遥，陆笙没有和别人打过双打，她和许萌萌配合时，总是不自觉地去寻求和徐知遥打混双时那种感觉，结果自然不好。

资格赛结束后，没有休息，她们又马不停蹄地进入正赛。

陆笙的比赛，南风是每场必看。他感觉陆笙的身体素质和技战术水平都上了一个台阶，远高于去年年初那会儿，这表明把陆笙送进省队的选择无比明智。而且这孩子在赛场上的冷静几乎是与生俱来的，八分之一决赛时，她遭遇了赛会二号种子选手，那个种子选手擅长快攻猛攻，结果陆笙打得不温不火的，把对手的节奏也带乱了，导致二号种子没有发挥出真实水准，最后竟然输给了这个无名小将。

当然，客观来讲，陆笙的表现并非完美，缺点也不少，最大的缺点还是老问题——与她冷静的心态相伴生的，是她走神的状态。

所以陆笙在比赛过程中也并没有发挥出百分之百的水准，不过南风可以看出，陆笙已经能越来越灵活地适应自己走神的状态，所以虽然整体水平打了折扣，她的发挥一直很稳定。

真是一个矛盾的综合体。

就这样磕磕绊绊地打着，她竟然也闯进了半决赛。

在半决赛中，陆笙要对阵的是许萌萌。

这场比赛好打也不好打，因为彼此之间太了解了。

比赛之前，陆笙对许萌萌嘻嘻哈哈的："手下留情啊你。"

许萌萌笑："哈哈，你也是！"

结果真打起来时，谁也没有留情。

拼尽全力，既是对自己的尊重，更是对对手的尊重。

这场比赛她们打了三盘，许萌萌遗憾落败。下场时，许萌萌有些沮丧，虽说一场比赛不代表什么，可是许萌萌总有一种宿命般的感觉，仿佛这是陆笙对她画下的一个句号。从此之后，许萌萌将不再是陆笙的对手，因为不会对她构成威胁。

就这样，陆笙挺进了决赛。第一次打成人比赛，这个结果很能够交卷了。不过，谁不希望能拿冠军呢？

决赛的对手来自新加坡，世界排名四百多位，技术扎实，球风细密。南风看过这个姑娘的比赛视频。他觉得，如果陆笙状态全开，遇上这位新加坡姑娘的话还有些胜算。但是现在陆笙的情况，一是比赛状态处于打折情况，二是，她比新加坡姑娘多打了好几天的资格赛，体力支出更严重。

结果也不出他所料，陆笙虽然竭尽全力，到最后还是惜败。

没能拿冠军，陆笙还是有点儿小低落的。

南风安慰她："亚军也很不错了。"

"是啊，"许萌萌在一边说，"有一千八百美金呢！折合人民币一万一千多！"

陆笙听得精神一振。她这次出来，连机票费食宿费加一起，支出不超过四千块，也就是说，她净赚七千块吗？

啦啦啦，发财啦！

原来打网球这么赚钱呀，心情一下子好起来。

晚上，三人一起去吃了海鲜大餐。许萌萌本不想当电灯泡，可是又放不下海鲜大餐，纠结了一会儿，胃战胜了大脑，她就跟去了。

吃饭的时候，陆笙喜欢吃蟹腿，南风就给她剥了好多蟹腿。作为回报，陆笙给南风剥虾。许萌萌在一旁看着恨不得戳瞎自己双眼，她一个人默默地给自己剥虾剥蟹，一不小心还把手指给戳伤了……

呜呜呜，单身狗也是狗，狗狗是人类的好朋友，可不可以不要虐狗呀……

4.

第二天，陆笙怀揣一笔巨款，告别烟台，回到 T 市。

南风把俩姑娘送到省队大门口，三人下车时，看到另一辆车停在门口。这车是省队的一辆小客车，经常接送队员，陆笙认识。她挺好奇，这是要接送谁呢？

车门打开，一身利落运动服的乔晚晚从车上走下来。

一起下来的还有她团队的其他人。

陆笙醒悟，乔晚晚近期去了迈阿密，打皇冠赛。皇冠赛的级别仅次于大满贯，也是顶级赛事，乔晚晚在这次比赛中打进八强，惜败于世界排名第三的选手，是个还算不错的成绩。今年的乔晚晚比往年精简了一些赛事，因为她要全力备战奥运。舆论都说乔晚晚今年有望夺牌，可惜的是乔晚晚几乎不打双打，否则中国女双拿牌的机会也许更大一些。

此刻，乔晚晚走下车时，一眼就看到了南风。

那一瞬间，她的表情有些恍惚，似惊喜，又似悲伤，半痴半怨、又爱又恨的样子，让陆笙在一旁看得有些别扭。女人是有直觉的，尤其在某方面的直觉，特别灵敏。陆笙看到乔晚晚看南风那个眼神，就觉得不大对劲，她忍不住握住了南风的手，暗示自己对这个男人的所有权。

南风反握住她，向她投过去一个笑容。

乔晚晚团队中的其他人也都是和网球打交道好些年，因此都很快认出了南风。有人上来和南风寒暄，说了几句，便有些唏嘘。南风不咸不淡地和他们招呼了一下，其实这些人他都不认识。

他们看到南风和陆笙握在一起的手，不禁好奇道："你们是……"

南风坦坦荡荡地答："我是陆笙的男朋友。"

陆笙看到乔晚晚听到这话之后，身体微微晃了一下。

那些人和乔晚晚待久了，眼界自然也高了，加之不常回省队，因此对陆笙没什么太深刻的印象，听到南风如此说，才开始真正打量这个姑娘。

霎时，陆笙被所有人围观了，她有些不自在。尤其是乔晚晚，目光像利箭一样钉在她身上。

陆笙终于明白为什么乔晚晚一见面就给她下马威了——情敌相见，分外眼红啊。

乔晚晚能喜欢南风，陆笙一点儿也不奇怪。南风那么好，肯定有很多人喜欢他。她突然想起，以前乔晚晚还是南风的师妹呢，这就比较耐人寻味了，南教练会怎样照顾小师妹呢？会像对她那样温柔地对待乔晚晚吗？

想到这里，陆笙有一点儿心塞了。

偏偏这个时候，乔晚晚还叫了南风一声"师哥"，像是故意给她添堵似的。

乔晚晚说："师哥，好久不见。"

南风朝她点了一下头："嗯。"态度不算亲热，也不算冷漠。

乔晚晚："好些年不见，都不知道你过得怎么样。我们找个地方聊聊？你现在方便吧？"

陆笙心想，有什么好聊的。

然而南风并没有听到她的心声。他点点头："好。"

南风答应完乔晚晚，看到他的小女朋友低着头，似乎不太高兴。他用力握了一下她的手，低声说道："放心。"

陆笙撇了撇嘴："我有什么不放心的。"

南风没揭穿她，他低头亲了一下她的额头。众目睽睽之下这个动作显得有些暧昧，不过他做得自然又坦荡，旁人也就没觉得有什么不好，最多是被秀一脸嘛……

陆笙很不好意思，抬头看到乔晚晚的脸都快绿了，她心里那个爽啊，高兴地回去了。

其他人都回去了，南风和乔晚晚去了最近的咖啡厅。

叙旧嘛，总是要聊聊各自过去的经历。乔晚晚的经历不用聊，出去一打听大家都知道。与她相比，南风的经历有些寡淡，用一句歌词总结就是，这些年过得不好也不坏。如果一定要寻找什么亮点，大概就是陆笙了。

当然，他不打算和乔晚晚聊陆笙。

乔晚晚却似乎对陆笙很有兴趣，问这问那的，南风一律没有正面回答，只是说道："怎么突然对她这么感兴趣了？是不是觉得她以后会是你的劲敌？"

乔晚晚呵呵一笑。她虽然没有说话，但她的表情全是不屑。

南风淡定地喝了口咖啡，似乎觉得咖啡味道不太好，他轻轻拧了一下眉。

乔晚晚看着他，俊逸的脸庞和精致的眉眼，与记忆中的师哥渐渐重合。只是如今的他不再像二十岁那样意气风发。男人历尽沧桑之后，目光沉静而平和。

乔晚晚问道："你真的和陆笙在一起了？"

"如你所见。"

乔晚晚咬了咬嘴唇："为什么是她？"

南风笑了一下，这是俩人走进咖啡厅之后他第一次笑。

他说："说不上为什么，就是喜欢。"

就是喜欢，就是喜欢……这是最霸道也最令人无奈的理由。

乔晚晚压抑住心头的难过，她直视着他，不甘心地追问："师哥，我到底哪一点不如她？"

"这个问题很幼稚，"南风摇了一下头，"感情的事情不能比较，你是你，她是她，你没有哪一点不如她。如果非要找出一点，"他看着她，面色平静得没有半分波澜，"你不是她。"

无论你多好，无论你多优秀。你不是她，这就是原罪。

乔晚晚特别想哭，可是她还要强颜欢笑："师哥，你还是这样冷酷无情啊。"

南风说："晚晚，我有一件事想拜托你。"

"嗯？你说。"

"南歌性子偏执又极端，撒谎成性，你不要跟她搅和在一起。"

乔晚晚似笑非笑的："你是怕我欺负陆笙吗？"

他没有说话。

见他不答，她冷笑："你想太多了，以陆笙那个段数，她还不够格被我欺负。"

"那样最好。"

第二章

NANFENG
RUWOHUAI

在最一无所有的年纪有了心上人，
可是除了一片拳拳心意，他什么都没有。

1.

陆笙回队之后，第一件事是找丁小小。她最近给徐知遥发信息都没敢提考试的事，怕戳到徐知遥的痛处，这次迂回到丁小小这里来打听。

丁小小听到她问之后，答道："你想太多啦。遥遥已经选上了，现在正憋在家里做题呢，足不出户，大家闺秀一样。"

陆笙惊喜得不太敢相信："选上了？国家队？六个人？"

"对啊，对啊！"

"太好了！可是，好奇怪啊，他跟我说话时总像是心情低落，我还以为没考好呢！"

丁小小当然知道徐知遥为什么"心情低落"，她心里叹了口气，却也不打算和陆笙说什么。笙笙知道得越少越幸福，遥遥肯定也希望陆笙幸福吧。

不过，陆笙立刻又为另外一件事感到惊奇："他竟然能闷在家里足不出户地做题，这还是我认识的那个徐知遥吗……"

"没办法，他闲不住嘛。"

闲不住……这个词真心一点儿也不适合徐知遥！

不管怎么说陆笙还是很为徐知遥高兴的，给他发了个信息恭喜。这些天陆笙已经习惯不给徐知遥打电话而是直接发信息了，因为每次打电话他都接不到，她甚至怀疑他二度变嗓子了。

许萌萌回队之后简直像是蛟龙入大海，终于有了发挥八卦之光的空间。不到两天时间，全队都知道陆笙离奇的身世背景以及她和南风的恋爱关系。富豪、空难、父母双亡，以及……南风。

短短一个故事，几乎每个字都是爆点，喜闻乐见的人民群众如饥似渴地对这个故事进行了自由发挥再创作，到最后故事变得有点儿走形，传得神乎其神。

不管怎么变，有一点是始终没变的，那就是这个故事里最大的反派南英俊同学。南歌听到不同版本的传说之后，气得肺都要炸了，情急之下主动跟人爆料说自己爸爸是南争鸣。

南争鸣的名气还是很响亮的。

然而——许萌萌同学是坚决不信的："我可是亲眼见过南风的，我怎么没听南风说他有个妹妹叫南歌呢？"

铁一般的人证面前，南歌百口莫辩。

与人气急转直下的南歌相比，陆笙简直成了明星，谁都愿意多和她说两句话。加上她最近谈了恋爱，心情倍儿好，走路带风，在某些心情晦暗的人眼中，这就是另一种嘚瑟。

所以陆笙虽然没有主动招惹南歌，但是在南歌心里，陆笙已经把她得罪过一万遍了。陆笙并不自知，还像以前那样对待南歌，把厌恶写在脸上。

两人之间的火药渐渐积攒下来。终于有一天，南歌这桶火药主动爆炸了。

中午陆笙像往常一样去食堂吃饭，打饭的人很多，熙熙攘攘的，她端着餐盘朝远处的许萌萌说话，这个时候冷不丁身后有人说了一句："好狗不挡道。"

陆笙回头一看，是南歌。仇人嘛，相遇之后那是一定要表达一下鄙视的。陆笙就冷笑一声，说："嗬，狗都学会说人话了。"

南歌把脸一拉，怒道："你骂谁？！"

看到南歌被气成这样，陆笙心里还挺爽的："还用问吗，这里这么多人呢，就一条狗。"

南歌气得脸色发青，手里的餐盘"哗啦"往地上一摔，冲上来扬手就打陆笙。

陆笙还处在斗嘴的模式里，冷不防人高马大的南歌冲上，乌云一样压下来。饶是她反应快，也没完全躲开，脸上挨了半下，从额角到颧骨，虽说另一半攻击被躲开了，但光这一半也够难受的。她感觉脸皮像是被人撕下来一块，火辣辣作痛。

陆笙顿时火大："你神经病吧！"

她也不会傻到吃眼前亏，南歌打完她耳光还想再打时，她已经扔开餐盘迎上去，膝盖重重顶向南歌的肚子。

这一招是跟电视里学的。

大概是陆笙动作不够标准，也可能南歌皮糙肉厚，总之陆笙虽然袭击了南歌的肚子，南歌却越挫越勇迎难而上，一把薅住陆笙的头发。

陆笙的头发比南歌的长，她被南歌抓住头发时，再想抓南歌的头发，已经晚了。陆笙被死命地揪头发，疼得直吸气，只好暂时换回防御状态，两手拼命捂脑袋，想把头发抢回来。

南歌一手抓着她的头发，另一手握成拳，抓住机会又在她身上捶了几下。

运动员的力气都很大，陆笙感觉疼得要命，头皮疼，身上也疼，疼得快要掉眼泪了。

周围人一开始吓了一跳，这会儿才反应过来把俩人拉开。但是南歌死攥着陆笙的头发不放手，直到乔晚晚也加入了劝架的阵营，南歌才放开她。

乔晚晚在一旁悠闲自在地看完了全程，等教练们听到风声过来了，她才假模假式地上前劝架。

2.

这一仗陆笙打得无比狼狈，比球场上的完败还要屈辱。她半边脸肿着，头皮疼，后背也疼，脸色可想而知有多难看。许萌萌特别后悔没跟在陆笙身边，这会儿她都不敢大声和陆笙说话，轻声细语地问："陆笙你想吃什么，我去给你买。"

"不用了，我自己买。"

陆笙自己又买了一份午餐，几人坐在一起吃着。宋天然安慰她说："南英俊主动挑事打架斗殴，处分少不了她的。"

许萌萌也说："陆笙，不要生气了，你被疯狗咬一口，难道还咬回去吗？"

宁夏倒是没有安慰陆笙，而是说："要不我帮你打她一顿出气？"

宋天然："你可省省吧你，你也想被处分吗？"

宁夏满不在乎地说："又不是没被处分过。"

许萌萌有点儿好奇："宁夏姐，你也被处分过呀？为什么？"

宁夏没说话呢，宋天然先爆料了："还能为什么，打架呗。"

"啊，和谁？"

"乔晚晚！"

许萌萌立刻膜拜了："天哪，你连乔晚晚都敢打？"

宋天然继续说："其实是乔晚晚先动的手。不止宁夏，还有一个人也被处分了，那个更惨，直接被开除了。"

宁夏突然不耐烦地说："你怎么这么八婆？"

宋天然食指往唇前一挡："好了好了，我不说了。"

陆笙倒是有点儿好奇，宁夏和那个被开除的人都被处分了，那么乔晚晚呢？有没有被处分？

宁夏似乎看出了陆笙心中所想："陆笙。"

"嗯？"

宁夏："好好训练吧，实力越强，特权越大。"

"啊……"这话仿佛在暗示什么，陆笙有点儿伤感。所以，乔晚晚没有被处分吗？

宁夏突然一笑，说道："不过，我希望你无论变得多强大，也能够保持本心。"

陆笙面容一肃："我一定。"

饭后不宜运动，运动员们吃完饭都会回宿舍休息一下。陆笙面色如常地回到宿舍，除了脸上肿起来，额角似乎被挠破了，其他并无异常。

许萌萌有些放心，又有些不放心……

她问陆笙："要不要去医务室一趟呢？"

"一会儿再去。"陆笙坐在宿舍发了会儿呆，不知道在想什么，过了一会儿，她问许萌萌，"你还有奶粉吗？给我一包。"

许萌萌："你想喝奶粉啦？"

"嗯。"

许萌萌有点儿奇怪："刚吃完饭怎么会想喝奶粉呢。"

"午饭没吃饱。"

果然陆笙还是因为打架的事情生气了，看，午饭都没好好吃。

许萌萌好同情陆笙，连忙把自己常喝的奶粉拿出来给陆笙。她的奶粉是加钙的，喝奶粉也是希望长长个子……

陆笙从袋子里拿出三小包奶粉："我多拿两包啊。"

"拿吧，拿吧，都拿去也没事。"

陆笙拿完奶粉，许萌萌看了她一会儿，奇怪问道："你不用热水冲一下吗？"

"不，"陆笙嫣然一笑，"我干吃。"

她那个笑容没办法形容，许萌萌看着挺毛骨悚然的。

拿完奶粉，陆笙说："我去医务室。"

"啊，快去快去，让队医给你好好消毒，万一南英俊有狂犬病呢！"

陆笙走后，许萌萌在宿舍看了会儿世界名将的比赛视频，然后也去训练了。

到了球场，许萌萌没有见到陆笙。

大概陆笙还在医务室吧，许萌萌心想。可是不知道为什么，她总觉得哪里有古怪。

爱好八卦的人身上都是自带雷达系统的，此刻许萌萌用自己的雷达扫描了一下，终于发现为什么古怪了——不仅陆笙没来，南英俊也没来！

此刻陆笙就在她们的宿舍楼里，她站在楼道，靠在南歌宿舍的门外，南歌站在门里，俩人就一门之隔。

"咣咣咣！"

南歌一边用力砸门，一边喊道："陆笙，我知道是你，赶紧开门！"

南歌脾气不太好，刚来的时候还有个室友，后来室友主动调换宿舍走了，所以她现在自己住一个房间。陆笙午休的时候把卫生间的笤帚拆了，拆出两根棍来。一根来自塑料笤帚，比较细小，另一根是木头的，又粗又硬，很趁手的武器。

她把塑料的那根别在南歌的房间门上，然后自己守在门口，有人路过时一看到她，就知道怎么回事，也不掺和她们的恩怨，最多是离得远一点儿围观。木头棍子被她放在了洗手间，因此没人发现她手头有武器，大家都以为她就是想搞个恶作剧戏弄南歌。

毕竟她中午被打那么惨，这会儿小小地报个仇，也可以理解。

等到午休时间结束，围观的人都散了，陆笙从洗手间把武器拿出来，守在南歌的门口。南歌力气很大，用力拽了几下门，那根塑料棍子不堪重负，折了。所以，她终于把门拉开了。

她没看到陆笙，骂骂咧咧地走出房间，结果迎面一大把白色粉末袭来，她没躲开，中招。眼睛迷住了，有点儿疼，睁不开。她本能地低头揉眼睛，这个时候脑壳上结结实实地挨了一棍子。

南歌只觉脑袋"嗡"的一下，仿佛地震一般，她终于识破了陆笙的诡计，怒道："你有本事光明正大地跟我打！"

陆笙说道："谁要跟一条疯狗光明正大。"说着，木棍劈头盖脸地打下来。

南歌挨了好多下，好不容易眼睛能看到点儿东西了，她不管不顾地冲上来想教训陆笙，结果陆笙又甩来一把白粉末……

大意了，大意了，谁能想到她还有一把啊！

南歌重复了刚才的悲惨遭遇。陆笙有武器，能远程攻击，还能加状态，就仿佛打游戏时给小 Boss 丢个眩晕然后冲上去一顿胖揍……那个情况，把南歌打得直号叫。当然陆笙也不敢真把她打残，主要是怕被追究刑事责任……

南歌终究认识到敌我悬殊这个事实，摸到房间门，一头扎进去，反锁。

陆笙把木棍别在她门口："缩头乌龟，你永远别出来了。"

然后陆笙去了医务室，丁小小给她上药时她疼得龇牙咧嘴。丁小小看惯了伤病，这会儿也有点儿不忍心，说道："遥遥要是看……不是，南风要是看见了，得多心疼啊。"

陆笙一想到南风，坚硬的心立刻软下来，特别想躲到他怀里去。

不过，她转念一想，他总是把她当小孩子，所以她不能再在他面前耍小孩子脾气了。这点儿小事就不要告诉他了。

再说，南歌还和南风有血缘关系呢。

陆笙从医务室出来之后去了球场，丁小小让她今天不要训练了，但她觉得反正闲着也无聊，还是练一会儿吧。

结果一到球场，大的小的老的少的，一个个见到她都行注目礼，眼神黏在她身上不离开。

陆笙很少有这样万众瞩目的待遇，她很不习惯，心虚地摸了摸鼻子。

李卫国脸色少有的严厉："你还知道回来？我以为你已经潜逃了！"

陆笙一缩脖子，声音有些飘："我……逃什么……"

李卫国四周围扫了一眼，发现大家都在往这边看。他也不能让她戳在这里影响别人训练，因此把她单独叫走了。

叫走之后，李卫国对陆笙说，"你还不知道吧？连教练把南歌送去医院了，说是要做伤情鉴定。"

陆笙不太相信："她怎么了？我走的时候她还好好的呀，活蹦乱跳的，逃得特别快。"

李卫国瞪了她一眼："头晕，流鼻血。具体情况还要看医生怎么说，反正你的处分是背定了。"

"李教练，队里会怎么处分我？"

"看情况。轻的话，记大过；重的话，开除！"

李卫国一提"开除"，陆笙才有些慌了。她倒也不是多怕开除，主要是担心南风会失望。

如果可以，她希望他永远不会对她失望。

见陆笙面有惧色，李卫国冷冷一哼说道："哟，现在知道怕了？你打人时的霸气呢？把人堵在门口打？还往人眼里撒石灰粉？陆笙你挺能啊，跟谁学的下三烂的手段？"

陆笙纠结之余还不忘纠正："那不是石灰粉，那是奶粉。"

李卫国气结，指了她半天，不知道说什么好。最后他重重一甩手，转身走了。

陆笙连忙跟上去。

李卫国说："你跟着我干吗？"

陆笙无辜地看着他："我回去训练。"

李卫国忍不住翻了个白眼："脸都肿成这样了还训练。去去去，回宿舍吧！"

陆笙就这么被强制放了假。

李卫国看她离开时那个依依不舍的样子，一时脸上也有点儿挂不住，不好意思再对她横眉立目的。他摆摆手："快走吧，今天不用训练了。"

"李教练，您……能不能先不要把这事告诉南教练呀？"

"先看看南歌的伤势再说吧。"

3.

陆笙心怀忐忑地回到宿舍，一会儿担心真的把南歌打出什么残疾——她虽然恨南歌，但也不至于恨得要毁掉南歌；一会儿又发愁自己被赶出省队之后怎么跟南风说。心情不能平静，也不能找人倾诉，她就拼命地看鸡汤书。但是此刻鸡汤书也无法赐予她力量了，看了一会儿，始终心绪难安。

她扔开鸡汤书时，手机铃声响起来了。

南风不会这么快就知道了吧？

陆笙不敢接电话。她就坐在一边看着桌上的手机，手机不厌其烦地响了一遍又一遍，她终于决定勇敢面对，拿起手机。

看到来电显示是徐知遥时，她松了口气。

"喂，陆笙？"

徐知遥的声音，她真的好久没有听到了啊！陆笙听着耳边熟悉的声音，突然倍感亲切，不自觉地点了一下头："嗯，是我。徐知遥，你总算给我打电话了。"

那边听着像是有点儿焦急，这个时候他也没跟她开玩笑逗闷子，直接问道："你没事吧？"

"没啊，我能有什么事。"

"我听说你跟人打架了？"

"呃……"陆笙有点儿囧，消息怎么传得这么快，她问，"你怎么知道的？"

"你有没有受伤？"

"没事，都是小伤。不过我把南英俊打进医院了。"

徐知遥没有为她的英勇喝彩。他敏锐地察觉到一个更严重的问题："你怎么没训练？是不是伤很严重？你还好吗？"

"徐知遥，"陆笙突然有些担忧地说，"我好像不太好。"

那边徐知遥听到这句话，心里一"咯噔"，仿佛浸泡在冰水中。他不敢往下问，怕听到什么"不太好"的消息。沉默了一会儿，他硬着头皮，逼自己问道："你到底怎么了？"

陆笙带着点儿哭腔说："徐知遥，我要被开除了……"

徐知遥精神一松，心情立刻回暖了。人没事就好，人没事就好……

他问道："你现在在哪儿呢？"

"我在宿舍呢。李教练不让我训练了。"

"那我去找你吧。"

陆笙有一个多月没见徐知遥了，还挺想他的。虽然他大部分时候不着调，但这么多年，他是她最好的朋友、最亲密的伙伴，尽管两人要分别走进不同的人生，但她的青春岁月里始终有他的身影。

徐知遥到得很快。他还在路上买了陆笙爱喝的香蕉奶昔，拿给她的时候，凉丝丝的纸杯周围凝结了一层水滴。

两人坐在距离球场很远的大树下，远远地看着别人训练。陆笙觉得，这个距离，这个角度，李卫国应该发现不了他们。

然后徐知遥从兜里摸出几块大白兔奶糖给她。

陆笙哭笑不得："你是不是把我当小孩儿哄呀？"

徐知遥看着陆笙额角上贴的创可贴，以及她红肿的半边脸，他拧眉问道："还伤到哪里了？"

"身上挨了几下，没什么事，小小姐姐已经给我上好药了。"

"你把南英俊打进医院了？"

"嗯。"

"怎么没把她打进火葬场呢！"

陆笙被他逗笑了。她笑着看他，一个多月不见，总感觉他瘦了一些，皮肤变白了，眼睛还是那样黑亮有神，一看就是聪明人。午间的阳光透过树叶的缝隙落在他脸上，照出了他下巴上的几根胡楂儿，那是独属于科研工作者的颓废。

陆笙说道："我还以为你也要说我太冲动呢。"

徐知遥摇了摇头："我了解你。如果不是被欺负狠了，你是不会动手的。所以我觉得你怎么打她都不过分。"

被人理解的感觉真好呀！陆笙感动地点了点头。这是她人生中的第一次打架，如果可以通过摆事实讲道理来解决问题的话，她当然也不愿意动手，可谁让她遇到的是个神经病呢！

　　陆笙说："其实我觉得南歌这个人外强中干、欺软怕硬，我要是让着她，她会得寸进尺地欺负我。我要是狠狠打她一次，把她打怕了，她以后就不敢惹我了。"

　　"嗯，一仗打出十年和平。"

　　陆笙哈哈一笑："总结得很到位。"

　　徐知遥叹了口气："我要是在，你肯定不会受这样的欺负。"

　　"哦，对了，我还没有恭喜你呢，徐知遥，恭喜你选进国家队。打网球还没进国家队呢，考数学倒是先进了。"

　　徐知遥笑了一下："有什么好恭喜的，就是做题、比赛，还不如打球来得刺激呢。"

　　说到打球，陆笙又有一点儿小惆怅了。她托着下巴，说道："唉，你知不知道，没有你，我跟谁组双打都别扭，配合不来。"

　　徐知遥乐了："你可别这样说啊。"

　　"怎么了？"

　　他低头笑了笑，笑得有些落寞："万一我舍不得走了呢。"

　　陆笙和徐知遥坐了一会儿，徐知遥给她讲了几个笑话，把她逗得心情放松了些。徐知遥始终觉得，陆笙就算被省队开除，也不算什么坏事。

　　因为南风会把她照顾得很好的。

　　每每想到这一点，徐知遥心里又欣慰又心酸。年少的他，在最一无所有的年纪有了心上人，可是除了一片拳拳心意，他什么都没有。不能呵护她，不能守护她，甚至连陪伴都不再有了。

　　想变得强大，有力量守候自己心爱的人。可对方连一个憧憬的机会都不给他。

　　他还未往前踏一步，身后的一切已经物是人非了。

　　徐知遥有很多话想对陆笙说，可那些深埋在心底的秘密，他一个字也说不出口。陆笙坐在他身边憧憬未来，她自己成为国内一流选手，而徐知遥一路读到博士，成为前途光明的青年科学家，什么什么的。

　　徐知遥有些好笑："你现在胆子小了啊，以前不一直想打大满贯吗，怎么现在只敢说说'一流选手'了？还是国内的？你怎么不说环渤海湾地区的一流选手？"

　　陆笙不好意思地笑了笑："以前想太多了，大满贯哪里是那么好打的呢，乔晚晚到了大满贯都只有被虐的份儿。我现在只想先把目标定低一些，不然又高又远的，像天边的星星，看得见摸不着，就没动力了。"

徐知遥点了点头："师妹真的成熟了啊。"他却是不想告诉她，他对成为青年才俊的科学家没什么兴趣。如果可以，他宁愿和她并肩站在世界冠军的领奖台上，受万众瞩目，又热血又浪漫，那才不枉费青春一场。

可是他太了解自己了。运动员这条路，可以适合很多人，但绝不适合他徐知遥。

人的生命轨迹大部分时候是被限定住的，上帝只会给你一两样美好的东西，他老人家给你什么，你乖乖接住就好，不要叽叽歪歪。

陆笙坐在树下，远远地看到许萌萌朝他们走过来，一看到徐知遥，她眼睛一亮："徐知遥，真的是你呀？你怎么来了？我听说你要去外国比赛数学了，是真的吗？"

"嗯。"徐知遥点了下头，他倒也没觉得这有什么炫耀的，"你怎么不训练跑过来，教练不骂你吗？"

"是教练让我过来的。"许萌萌这才想起正事，"陆笙，李教练让你过去呢！"

李卫国找陆笙，八成是为打架的事。陆笙只是想不到他为什么这么快就找她，难道处理结果下来了？

不应该啊，处理结果要等南歌的伤情鉴定出来呢，南歌她"身负重伤"那么容易鉴定出来？

陆笙一头雾水地去找李卫国了，徐知遥有点儿无聊，就去医务室找丁小小了。

丁小小刚去门卫那里拿了个快递回来，正好在医务室门口碰到徐知遥。

丁小小有点儿诧异："你怎么来了？"说完又是一副恍然大悟的表情，"我知道了，是因为笙笙吧？宋天然跟你说的？那个大嘴巴！"

徐知遥没回答，他见她手里拿着个扁扁的四方形的纸盒子，问道："什么东西？"

"项圈。"

徐知遥嘲笑她："你怎么管项链叫项圈啊？项圈是给狗戴的。"

丁小小翻了个白眼："这就是给狗戴的。"

徐知遥突然想起来，他某个宿醉后混乱的早上，好像确实有只卷毛狗出镜了。那只狗很小，和猫一般大，长得像个玩具。

他挠了挠头，问丁小小："你怎么想起来养狗了？"

"我觉得吧，人活着，得有点儿精神寄托。"

"养狗算什么精神寄托啊……"

丁小小说："你不懂，我们家马力特别可爱。"

"你等会儿，你们家……谁？"

"马力。"

徐知遥挑眉看着她:"我说大姐,你这狗的名字出处不会是'路遥知马力'这句诗吧?"

丁小小嘿嘿一笑:"你也知道这句诗呀?"

轮到徐知遥翻白眼了,他哼一声说:"我当然知道,这我名字的出处!"

"哦,你爸妈好有文化呀。"

"这不是重点,重点是,你怎么可以从我的名字旁边抠俩字儿给狗,太欺负人了!"

"冷静,冷静,我本来想叫它'见人'的,感觉有点儿侮辱它。"

"所以你就侮辱我了?呵呵,'见人'不行,还有'日久'嘛。"不过从下半句抠名字也没有多好吧?

丁小小看着外面的树影,一脸的忧伤:"坦白地讲,你说的这个名字真的更适合它……"

徐知遥:-_-# 这么污的名字到底哪里适合一只卡哇伊的宠物了?

丁小小不想在这个问题上做深入讨论,她问徐知遥:"你怎么不去找笙笙呢?"

"她被李教练叫走了。"

丁小小恍然大悟地拍脑袋:"啊,没想到南风来得这么快。"

"南教练怎么来了?"

"我给他打的电话。"

徐知遥有些郁闷:"可是师妹她不想让南教练知道这事。"

丁小小摇了摇手指:"你不懂。就算我不告诉南风,李卫国肯定也要告诉他,所以这事他迟早是要知道的。晚知道不如早知道,咱们不能干看着笙笙被欺负。"

4.

这边陆笙被李卫国带到了会议室。在会议室里,她看到了省队的领队邓林屹,还有……南风。

陆笙惊讶地看着他,一时手足无措。

南风第一眼看到的就是陆笙肿起来的半边脸,还有创可贴。他心头的火腾地就起来了,脸色阴沉如铅云。他扫了一眼邓林屹,冷冷地说:"我把孩子送到省队,不是为了看她怎么挨打的。"

邓林屹已经在省队待了十九年,南风曾经是他手下最得力的干将。没想到这会儿俩人换了一种关系对峙，听到南风这么说，他脸上有些挂不住："南风你说话讲点儿道理，你光看到陆笙挨打，怎么不想想她把别的孩子打成什么样？"

"嗯，我是没看到。那么邓领队，您看到了吗？"

"我……我暂时也没看到呢，连教练带南歌去医院了，具体要看她的伤情。"

"我明白了。"南风点了点头，一撩眼皮，似笑非笑地看着邓林屹。他目光太犀利，气场太强烈，把邓林屹看得心里有点儿毛毛的。

南风说："我明白您的意思了。南歌去医院就该被关切，我们家陆笙挨打了忍着没去医院，就活该被处分。您看我理解得对不对？"

邓林屹被问得哑口无言，李卫国连忙说："南风，别瞎说，邓队肯定不是这个意思。"

"那是什么意思呢？"

邓林屹好歹是个领导，在省队被捧着久了，很少遇到这种下不来台的情况。他有点儿恼火，质问南风："你的意思是陆笙没做错？"

"不，您不要误会。"南风扭脸看了一眼陆笙，陆笙低着头，目光落在地面上，不敢看他。他再看到她脸上的伤，还是心疼得一塌糊涂。他转头对邓林屹说，"以暴制暴是不对的，这点我们必须承认。为什么不对？因为有规则的制约。国有国法，家有家规，省队同样有省队的规定。我尊重你们的规定，但也请你们自己尊重自己的规定。谁参与了暴力，谁就该受罚，谁首先动的手，谁就该受重罚。那么，到底是谁先动的手？"

邓林屹看向李卫国，李卫国答道："是南歌。"

南风又问："队里有没有规定，打架受伤是可以免责的？"

"没有。"

"这就有意思了。"南风换了个坐姿，一手搭在桌面上，手指轻轻敲着桌面，那个做派，让邓林屹产生了一种面对领导问话的错觉。

南风说："怎么我听邓队的意思，南歌就是个无辜的受害者了？是不是谁的哭声大谁就有糖吃？我们陆笙不声张就活该被处分？南歌受伤了，陆笙就没受伤？脸是她自己挠的？"

邓林屹脸上实在挂不住："我什么时候说过南歌无辜！"

"不是就好，"南风突然一笑，"抱歉啊，我可能误会您了。"

邓林屹觉得他的笑容很欠打。

南风说："虽然我小人之心了，但我还是希望提前打个预防针。我知道，哪一方闹的动静大，哪一方就有理，没理也变有理，很多时候就是这样。邓队您可能不太了解我，我这人不爱闹，可谁要是敢给陆笙一点儿委屈，我保证不会善罢甘休。我不求别的，但求一个公平公正，邓队您能给吧？"

这话要是从别人嘴里说出来，邓林屹可能会觉得是威胁，可南风不一样。运动员的圈子是错综复杂的，越是知名运动员，影响力越深远。南风虽然退圈了，他在圈子里的影响还存在，而且网管中心的王主任和他有半师之谊，最好是不要得罪。倒也不是说他邓林屹怕了南风，关键是，没必要啊！

更何况，不说运动员内部，光是南风的家世，也让人不愿轻易得罪。

而且，陆笙这个队员也是比较特别的。别的队员在省队，领导们可以说一句"省队培养你不容易"之类的话，陆笙她自己有赞助，她给省队带来的效益，远高于省队在她身上的付出，所以她腰板挺得直，省队没办法用"培育之恩"压她。因此她和队里的对话是平等的，不需要低声下气。

唉，小队员里现在比较出挑的就是陆笙和南歌了，没想到这俩人先掐起来了，谁走了都可惜啊。

邓林屹权衡一番，最终决定不和南风"计较"，给他一个面子。但还有一件事处理起来比较棘手——"南歌的家人要是找队里闹呢？"

南风眼皮都不抬一下："让他们来找我。"

得嘞，有你大少爷这句话我们就放心了。

南风先带陆笙离开了，留下李卫国和邓林屹面面相觑。

邓林屹问李卫国："你怎么看？"

李卫国叹了口气："我说实话啊，南风这回是动真气了。"

邓林屹当然也知道。

南风是谁啊，队里的老功臣，虽然在省队训练的时间并不长，但至少是给队里建过功立过业的，他今天要是跟邓林屹说几句软话，把老资历一抬，邓林屹有可能真的开除陆笙吗？

可是他没有这样做。他说话跟刀片子似的，句句往人脸上剐。

邓林屹可能不理解南风的做法，李卫国那是相当地理解。南风今天生这么大气，兴师动众地还说出"不会善罢甘休"的话，很不像他，但他这也不是为了他自己，他为的是边上站着的人。

陆笙就算是做错了，他也要给她讨个说法。"求个公平公正"，这是他的肺腑之言。

　　陆笙跟着南风走出去，走到外面，南风低头看她一眼。阳光照到他的脸，他的神色不像方才那么阴郁，像是被阳光暖到了。陆笙仰头看他，看到他的眉头微微锁起一个弧度。他还是有些不高兴吧？

　　南风抬手轻轻碰了一下她受伤的脸，因为怕她不舒服，不敢用力，羽毛一样轻柔。他问道："还疼吗？"

　　陆笙摇了摇头，反问："你还生气吗？"

　　"还有点儿生气呢，怎么办？"

　　陆笙看到他的眼睛微微眯起来，仿佛心领神会一般，她踮起脚，在他脸上亲了一下。

　　楼上邓林屹刚推开窗户，就看到楼下这一幕。他瞪大眼睛，恍然大悟地对李卫国说："你快来看，原来他们俩是这种关系，我说呢！"

　　李卫国也挺奇怪："邓队，你不会才知道吧？"

　　"咳！"邓林屹突然有点儿不好意思，为自己的无知。

　　南风被陆笙亲了一下，果然愉悦："真的不生气了。"

　　他牵起她的手，边走边说："这次之后就离开省队吧，我给你请专业的团队。"

　　"啊？"陆笙很不理解，"你刚才那样据理力争，不就是为了避免我被开除吗？"

　　"是也不是。"

　　"那现在为什么又要我离开？刚才不是白忙啦？"

　　"你可以开除别人，别人不能开除你。"

　　陆笙听到这话，心中一暖，但是她摇头说道："我不走，反正暂时不想走。"

　　"为什么？"

　　"至少要打出点儿名堂来，也不算白来一回。"

　　南风看着她倔强的小脸，几乎没有犹豫，就点头道："好。"

　　其实还有一个原因，陆笙没有说。她被南风送来，在这里，她就代表南风的脸面。她要给他争气，还没成为省队的小明星呢，怎么能因为打场架就悄无声息地退场？

　　陆笙身上有伤，南风不想她继续训练。他干脆也把她带去医院做了个全面检查，还让医生同样出了个伤情鉴定。

　　看到陆笙没什么大碍，南风算彻底放了心，他对陆笙说："你放心，南歌应该也不会有事。"她若是真的出了事，家里肯定早就翻天了。

　　"嗯。"陆笙点了点头。

从医院出来，两人无事可做，就去电影院看电影。身为男女朋友，他们俩在一起的时间太少了，哪怕是看电影这种小事，也显得弥足珍贵。

陆笙站在电影院大厅选片时，她试探着问他："如果你给我请专业团队，那么你会来吗？"

南风知道她的意思，他却不能给出令她高兴的回答。他抬手揉了一下她的头，答道："我来不来都一样。"

"那怎么能一样呢。"她低着头，小声说。

"陆笙……"

陆笙突然抬手捂住他的嘴。她点着头说："你不要说了，我都知道。是我太贪心了。"

南风握住她的手，轻轻吻了一下她柔软的手心。他看着她，目光温柔："陆笙，人应该做自己能做的事，而不是想做的事。"

这个话题让陆笙有点儿惆怅。她指了指滚屏播放的电影列表，问："你想看哪个？"

"你说。"

陆笙就选了个看起来像是爱情片的电影，名字叫《初恋这件小事》。

南风低头轻轻牵着嘴角，心想，初恋可不算小事。

他给陆笙买了小份的爆米花，还有冻酸奶。陆笙拿到冻酸奶时先挖了一小勺送到他面前，他吃完之后，陆笙舔了一下小勺。

南风的心尖儿因为她这样一个小动作轻轻抖了一下。

看电影时两人坐在最后一排，可能是工作日的原因，人不多，最后一排只有他们俩。

陆笙固执地扣着南风的手，她一只手无法完成吃冻酸奶的过程，南风只好帮她托着酸奶杯，像个大内总管一样伺候着，她想吃的时候就挖一下。

电影前半部分都演了什么，南风看得断断续续，注意力总是被身旁的人吸引。而且她的手也不安分，握他的手握累了，松动一下，又不愿离开，就把手指伸到他手心画圈圈玩。一下一下的，圈圈像是画在他的心口上。

电影到结尾，男女主角重逢，陆笙很感动。她偏头看南风，南风像是有感应一般，立刻也偏头看她。

陆笙："南教练，你是我的初恋。"

南风嘴唇动了动，却是什么也没说。

没等到想要的答案，陆笙只好鼓起勇气逼问："我是你的初恋吗？"

依旧没有回答，他突然低头吻住了她。

陆笙吓了一跳，这里是电影院，他胆子好大！她想推开他，抬起来的手却被他抓住，包裹在掌心里。她就这样仰头承受着他的亲吻，心脏像揣了一只小兔子，疯狂地跳跃，又甜蜜又激动又紧张，不知道哪一种情绪占了上风。

这个吻持续的时间并不长，最后南风伸出舌尖儿轻轻扫了一下她的嘴唇，结束了这个吻。他刚一坐回去，现场的灯就亮了，时机拿捏得十分到位。

陆笙还沉在那一瞬间温热湿润的触感里回不过神来，她摸着发热的脸庞，偷偷瞄他一眼，发现他此刻正襟危坐，那个表情，特别特别的道貌岸然。

观影的人都站起来退场，没有人注意最后一排的他们。

南风站起身，轻轻拍了一下她的头："走了，发什么呆。"

竟然还问！

陆笙起身，脸上热意未褪，被他牵着手走了出去。

第四章

NANFENG
RUWOHUAI

如果你无法控制地喜欢一个人，
那么你一定会无法控制地在意他。

1.

第二天，李卫国告诉陆笙，南歌在医院的伤情鉴定出来了，除了脸被打肿了，还有点儿轻微脑震荡，其他尤甚大碍。连少清这个人还是很可靠的，公事公办，该怎样怎样，不会让自己队员受委屈，也不会放任他们欺负别人。

队里的处理结果也下来了，南歌和陆笙打架，影响恶劣，分别记过一次，以示儆戒。

南歌脑震荡之后不敢训练，就先回家了，结果回家之后爸妈自然发现她受了伤，这个可不得了，打架的事就被牵出来了。

南歌一口咬定是陆笙跟她作对，自尊心作祟的她还声称把陆笙打了个半死，这话某种程度上缓解了事态恶化。得知女儿把陆笙"打了个半死"，南争鸣也不打算追究陆笙了，但是他又不傻，陆笙之所以敢对南歌动手，还不是因为她背后有南风那个孽子撑腰！

所以，南争鸣就打了南风的电话，要敲打敲打他。

他们父子决裂这么多年，南争鸣这是第一次打电话给南风，目的还是为了教训他。

在电话里，南争鸣说的最经典的一句话是："南歌她是你的亲妹妹！"

南风说："我也是你亲儿子。"

"你什么意思？"

南风也不想跟他掰扯什么，总感觉三观不合不适合沟通。他只是说："没什么意思。看在我们是亲人的份上，我提醒您一句，南歌她……"

他欲言又止，让南争鸣也觉得不对劲，问道："她怎么了？"

南风："你以为你的宝贝女儿为什么越长越像个爷们儿？不是因为她爸的基因太强大，我看多半是激素失衡导致。"

"什么意思？"

"长期使用兴奋剂，导致身体调节失代偿，她在发育的时候就吃，危害只可能更大。你再不管她，明天她就该刮胡子了。"

"你说南歌吃兴奋剂？怎么可能？"

"信不信由你，我也不是百分之百肯定，没准儿她真的只是投错胎呢。"

南争鸣情感上自然不愿相信南风的鬼话，但对南风的怀疑，他还是留了个心，毕竟南风当过运动员，肯定知道兴奋剂之类的表现。再想想女儿这几年的长势……南争鸣就信了几分。

他把南歌叫到身边，说："小歌，爸爸问你，你到底为什么非要打网球呢？"

南歌眯了眯眼睛："爸，我就是喜欢赢球的快感。"

"嗯，那你为了赢球，有没有用过一些辅助的手段呢？"

爸爸看起来很慈爱，可他的话让南歌有点儿警觉，反问："什么手段？"

"比如吃点儿药、打个针，类似这些。"

"你说兴奋剂吗？没有！怎么可能！"

她一瞬间很激动，南争鸣连忙摆手："不要着急，爸就是随便问问，没有就没有。我是担心你，怕你因为急功近利，误入歧途。"

南歌还有些不高兴："比赛查得那么严，我要是用，早就查出来了！"

"嗯，没用，没用。"

这个时候，南歌她妈妈也坐过来，她轻轻捏着南争鸣的肩膀，问，"怎么突然想起问这个事呢？"

南争鸣没好气："还不是南风那个逆子，说怀疑小歌吃兴奋剂，让我管管她。"

南歌妈妈听到这里笑了一下，却也没说什么。虽没说什么，她的意思全在那一晒之中。

南歌就比较直接了："哥哥不喜欢我，只喜欢那个陆笙！他根本就是为了维护陆笙，编造这些，转移爸爸的注意力，好让爸爸不要骂他！"

南争鸣没有像身旁女人以为的那样跟着骂南风。他只是突然叹了口气，语气有些沧桑无力，听在她耳中，怪不舒服的。

2.

南歌再回到省队，突然向陆笙发起挑战。

那天下着毛毛细雨，陆笙在小雨点中奔跑着打球。雨点打在身上，又轻又凉，很舒服，落在地上，留下一个小小的深色的斑点，几秒钟又消失。衣服湿漉漉的，紧贴肌肤，陆笙已经习惯了这种感觉，她往常每一个普通的训练日，全身衣服总是被汗水湿透。

李卫国因为自己知道得太多，所以在平时训练中有意识地让陆笙和南歌分开，避免摩擦。但今天，南歌跨越两个片区跑过来，用球拍指着陆笙，那姿势，有点儿跋扈，也有点儿中二。

陆笙停下来，冷冷地看她："要怎样？"

南歌："你敢不敢和我比一场？"

"嗯，怎么比？"

"正式打一场比赛，输的跪下认错。"

李卫国发现南歌过来之后，抻着脖子看连少清。过了一会儿，连少清发现了，跑过来说："南歌，给我回去训练。"

"等一下。"陆笙说着，还扬了一下手，挑着眉看向南歌。她那个似笑非笑的表情，像极了南风，李卫国在一旁看着，心想，学谁不好啊学他……

陆笙说："我觉得你的提议很好，不过，跪下认错多没意思，要赌，就赌大的。"

"呵，那你说要怎么赌？"

"输的，离开省队。"

李卫国听到这里，皱了一下眉，打住她："陆笙，别胡闹。"

南歌冷笑："你可别后悔！"

陆笙把球拍搭在掌心，轻轻转悠，也冷笑："看来你很自信。"

连少清拉下脸说："你们当教练是死的吗？"

李卫国连忙深以为然地点头。

陆笙说："怎么会呢，李教练、连教练，这是我和南歌之间的个人约定，我们还需要你们做个见证呢。"

陆笙都把话说到这份上了，李卫国便叹气。两个队员是省队年轻一代里最难控制的两个，偏偏也是最好的两个。他知道，今天他和连少清就算不答应，这俩人私底下多半也会继续无法无天。他看一眼连少清，发现连少清也是这个意思。

连少清其实有点儿不耐烦，早在陆笙和南歌打架时，他就建议队里把俩人都开除，当然结果没人听他的。

陆笙的话好歹给教练们留了面子，南歌就直接无视他们了，对陆笙说："时间、地点你定。"

陆笙想了想，俩人自己搞一场竞赛也没意思，不如在大赛上定输赢。未来一段时间内距离他们最近的正式比赛是奥运会，当然这个比赛跟她们俩没有半毛钱关系，全国只有乔晚晚一个人入围奥运会女单比赛。再往后，就是全国大学生运动会了。于是陆笙问南歌："今年 9 月份的大运会你参加吗？"

南歌今年也上大学，上的是 N 大，和南风一个学校。大运会也是全国性的重要比赛，南歌肯定是要参加的。她傲慢地点了一下头："那就决赛见。"

决赛见，口气好大啊！李卫国都快听不下去了，这孩子太目中无人了。

陆笙点了点头："我们不一定真的会遭遇，反正最终成绩好的就算赢吧。"

晚上吃晚饭的时候南风来找陆笙。她训练太忙，他只能找机会和她一起吃个饭，这就算约会了。别人家谈恋爱，小情侣们恨不得天天腻在一起，只有他们俩，天天分开，度日如年。

所以在一起时就格外珍惜，眼神几乎黏到一处去，无差别秀恩爱，闪瞎围观群众的眼睛。

吃饭时说起正事，陆笙就把今天和南歌的约定说了。

南风沉默着，专注地把面前的牛排切成小块。陆笙见他垂着眼睛不说话，她有些不放心，问道："你是不是觉得我做错了？"

"不是。"南风把切好的牛排放到她面前，他看着她的眼睛，"陆笙，你已经成年了，做事情可以有自己的判断，不需要问我是对是错。"

"哦。"

看到陆笙举着餐叉吃牛排，南风拿过第二盘，继续切。嗯，他的小女朋友胃口大，一盘肯定是不够的……

南风一边看着她吃得像只幸福的小松鼠，一边问道："不过，我倒真的有件事想问你。"

"嗯？你说。"

"我重新看了一遍你过往的比赛视频，然后，我发现一个规律。"

陆笙心头一紧，默默地放下餐叉。

南风："我一直以为你打球容易走神，但结果表明，你似乎只有当我在现场观看你比赛时，才会分心。陆笙，为什么？"

陆笙抿了抿嘴，紧张得又开始吃牛排。

南风："是因为我吗？"

她埋着头，没有回答。

然而就算她不回答，南风也早已经猜出来。

陆笙在赛场上有一种超越她年龄的冷静，所以她的走神才一直让他困惑不解。当所有的迹象都指向那一个答案时，他才发觉自己有多傻。

傻到竟然猜不出，他自己才是她分心的原因。

他抓着她的手，包裹在手心里，轻轻地喟叹："你啊，怎么这么傻？"

陆笙抬头看着他的眼睛，她鼓起勇气说出了心里话："我怕你失望。"

"你记住，我永远不会对你失望。"

那之后陆笙陆续参加了几次比赛，状态起伏不定，南风坚持她的比赛每场必看。不奢求她突然完全突破自我，只希望她能慢慢地适应他的存在。

3.

7月13日，陆笙收到了北京体育大学的录取通知书。

7月22日，国际数学奥林匹克竞赛落下帷幕，因为今年试题难度太大，全球只有两名选手获得满分，一名来自俄罗斯，另一名来自中国，他叫徐知遥。后者带领他的五名队员，为中国拿下总分世界第一的好成绩，捍卫了中国在国际数奥中的王者地位。

8月15日，奥运会网球竞赛顺利进行。中国金花乔晚晚力克世界排名第二的选手，获得一枚珍贵的铜牌。这也是中国在本届奥运会网球比赛中获得的唯一一枚奖牌，考虑到上届奥运会的零奖牌入账，这算是一个很大的进步。乔晚晚一时声名显赫，荣耀归国。

9月1日，陆笙办理了大学入学手续。

9月12日，全国大学生运动会盛大开幕。

全国大学生运动会每四年举办一次，参赛者都是在校大学生或者毕业不超过两年的学生，代表团以地域（省、自治区、直辖市）为单位，而非按学校划分。因此，虽然陆笙和南歌是仇人，这次依旧同属于T市代表队。

虽说T市网球队是老牌强队，不过网球里的大学生并不多，除了南歌和陆笙，还有一个女队员两个男队员。那个女队员想和陆笙组女双，另外两个男队员都想和陆笙组混双。

其实不止队内有人想和陆笙组双打，队外也有别的在校生联系陆笙，希望强强联手。毕竟陆笙是拿过城运会混双冠军的人，在球员里有那么点儿名气，尤其双打这方面。

对于以上邀请，陆笙统统拒绝了。

她不太想和徐知遥之外的其他人双打，主要原因是不适应。之前和许萌萌的那次尝试以失败告终，她还想过是不是因为她和许萌萌风格部分重合，不容易互补，后来又试着和宁夏等几人组过，效果都不太好。

她没办法配合别人，别人也没办法配合她。

每到这个时候，陆笙就分外地怀念徐知遥。

只有徐知遥。

本届大运会的举办地点是 T 市，因此陆笙她们不需要集合，训练什么的一如既往，只需在有比赛时去相应的地点，这就是主场优势，非常方便。

陆笙也没想到会在赛场上见到徐知遥。

比赛第一天艳阳高照，天空澄净如水洗过的蓝宝石。陆笙背着球拍，昂首阔步地走在大太阳下，空顶帽的帽檐压得有点儿低，留给路人一个略带婴儿肥的尖下巴。运动员都不怎么怕冷，已经是秋天了，她还穿着短袖短裤，甩着两条修长笔直又结实匀称的美腿招摇过市，引得路人口哨乱飞。

陆笙根本没意识到别人吹口哨是对着她吹的。

她边走边找球场，突然直觉身后有人欺近，她还未来得及回头，眼睛已经被一双手蒙住了。

突然而至的黑暗让陆笙小小地慌了一下，她第一反应那是南风，但南风从来不跟她开这种幼稚的玩笑，虽然她觉得这种玩笑还不错。

而且，南风的手上是没有茧子的。好多年不打球，用他自己的话讲就是，他已经"退化"了。

那么会是谁呢？小小姐姐吗？不，那人身材比陆笙高，绝不是丁小小。

正当她疑惑时，他终于开口了："美女……"

这个声音，嘻瑟中透着亲切，陆笙简直太熟悉了，立刻脱口而出："徐知遥！"

徐知遥便松开手，陆笙扭头看他，见他还是笑嘻嘻的，吊儿郎当的样子，一点儿没变。她有些高兴，简直以为自己这些天的思念产生了召唤效果。徐知遥怎么就来了呢！

她还当他是来给她加油的，但是再一看，她发现了他身后背着的黑色球拍袋。她有些不确定，指了指他的身后："你这里面装的是什么？"

徐知遥有点儿囧："这个除了球拍还能装什么？炒勺吗？"

"不是，我的意思是……你不会是来打比赛的吧？"

她一脸见鬼的表情，也让徐知遥感觉莫名其妙："怎么我不能打比赛吗？我也是大学生好不好！"

知道你是大学生，而且还是牛到没边的大学生，但问题是……陆笙挠了挠头，说道："可是我在签表上没有看到你的名字。"

拿到签表时她不仅看了女单的，还顺便也看了男单的，以前她看签表总是把徐知遥的也看了，现在这个习惯还没改掉。

徐知遥说："你看的是乙组，我在甲组。"

他说到这里，表情有点儿郁闷。

大学生里有普通大学生，也有体育特长生，如果让体育特长生和普通学生一起比赛，那显然是欺负人，所以大运会的比赛都是分两类的。甲组是一般学生，对各个体育项目是业余爱好；乙组是专业组，参赛的都是特长生。

陆笙理所当然在乙组。不过，徐知遥的情况就比较复杂了，他有着体育特长生的实力，但入学时走的是数学特招生的流程，大运会报名时他还没到学校报到呢，只是联系学校给报了个名。徐知遥自己低调，没把光辉历史讲清楚，学校负责这方面工作的老师也没有了解清楚，直接按照普通学生处理了。

不怪老师，谁能想到一个数学天才也能把网球玩得那么溜呢……

于是有了眼前，健将级运动员跑到业余组兴风作浪的囧况。

这事，陆笙也觉得挺搞笑。她已经可以预见到甲组其他男选手的悲惨命运了。

不过嘛，陆笙还觉得不对，问："那你怎么没找我呢？我们可以打混双呀。"

徐知遥一脸高深莫测的样子："这个问题，我已经回答过你了。"

"啊？"

她瞪着眼睛的样子很可爱，眸子清澈水润，嘴巴微微张开，露出小白牙的边缘。徐知遥不敢多看，轻轻推她的肩膀："走了走了，比赛不能迟到，这是礼仪。"

陆笙还想追问，被他三言两语岔过去了。

4.

陆笙的第一天比赛，南风没有过来。他倒是特别想过来，但当天有个重要会议，他的员工已经很隐晦地向他暗示，希望他恋爱之余顺便关心一下他们，公司还是很需要大 Boss 坐镇的。

至于为什么员工们能发现老板谈恋爱，嗨，你可能不太了解，单身狗们的眼睛啊，那都是雷达，军工级别的。

第一天比赛，陆笙和徐知遥都是两盘顺利淘汰对手，陆笙给南风发了张照片求关注，考虑到她的诺基亚小蓝没有拍照这么高端的功能，她就用徐知遥的手机拍照发给南风。

这边南风接到一张来自徐知遥的照片。照片内容是陆笙和徐知遥，俩人并肩挨在一起自拍。陆笙笑得一脸阳光，徐知遥吊着嘴角，笑得有点儿欠揍。

南风觉得这可能是徐知遥的挑衅。

挑衅又能怎样的？人已经是他的了。南风于是淡定回复："拍得不错，照顾好你的小师娘。"

"小师娘"三个字刺得徐知遥眼睛疼，不等陆笙看到，果断删掉。反正这信息也是发给他的对吧？他有权偷偷删掉。

陆笙后面的比赛打得可以说顺利，也可以说不顺利。顺利的是，都把对手淘汰了；不顺的是，南风每场必看，于是她每场比赛的状态都有起伏，时好时坏的，简直像个精分。

南风既然知道她的症结，就致力于帮她解决。他坚持在现场看她比赛，他会在赛前鼓励她，赛后给出积极评价。他知道，她真正要解决的并非这一个问题，而是在这个过程中塑造更强悍的心脏、更坚韧的性格。

虽然效果似乎不那么理想。不过，人要改变自己，也非一朝一夕的事。

就这么打到决赛。陆笙和南歌之前一直没有遭遇，各忙各的，南歌的状态显然比陆笙还要好，又因为南歌是攻击型选手，球风泼辣有力，观赏性强，因此一路打下来，很是吸引眼球，就连报纸，对她的关注也多过对陆笙。

陆笙倒不争这点儿关注，她只是想战胜南歌。

决赛那天是南风把陆笙送过来的。更衣室挨着洗手间，他在更衣室外等她，她换好衣服出来时，他一把将她拉进洗手间，锁好门。

陆笙吓了一跳："干吗？"

没有回答，他铺天盖地的吻压了下来。不满足于轻描淡写的亲昵，他吻得有些疯狂，力道很大，挤压着她的嘴唇用力斯磨，撬开她的唇齿，长驱直入。

陆笙被他吻得心尖儿发颤，血液疯狂地咆哮，手不自觉地揽着他的腰，仰着头回应他。

南风放开她时，手还捧着她的脸蛋。她的脸热热的，肌理细腻，又软又弹，满满的全是胶原蛋白。他用拇指肚轻轻摩擦她的脸蛋，那触感很美好。

两个人的气息都还凌乱着，陆笙的眼睛蒙着一层水光，晶亮莹润，眨眨眼睛，看着他。

"陆笙，"南风捧着她的脸，压低声音说，"我相信你，也请你相信你自己。"

"嗯。"陆笙看着他近在咫尺的脸庞，看着他精致的眉眼，她还有点儿意乱情迷呢。

南风的手向下滑，左手扶着她的肩膀，右手扣在她心口处。

他说："你要记住，一个伟大的球员，最强大的地方不在手上，而在心上。"

他说的不是大运会，也不是大满贯。他说的是一个伟大的球员。

伟大的，球员。

这几个字让陆笙的心房隐隐发烫，仿佛虔诚的信徒在仰望圣光，竟有一种落泪的冲动。她点了点头，将这句话小心翼翼地珍藏在心间。

5.

T市体育频道选择为陆笙和南歌的决赛进行现场直播。

大运会比赛项目繁多，每一场都进行直播当然不可能。在选择直播项目时，本地的媒体会对本市的运动员给予更多关注。网球女单决赛里两个球员都是T市人，这块金牌已经是T市代表队的囊中之物，如此振奋人心的消息，自然更容易被关注和讨论。

决赛前，赛会官网上做了个简单调查，调查显示，认为南歌会在决赛中胜出的网友占了53%，而支持陆笙的则占了47%。虽然南歌稍有优势，不过两人支持率差距不算太大，这倒是出乎一些专业人士的意料。

直播开始前，主持人问解说员的看法。解说员谨慎地只是对调查结果给出了一个解释："南歌是典型的底线进攻型选手，正反手都不错，一发球速已经接近几年前的乔晚晚了。最关键的是，她在这次比赛中表现得势如破竹，可以说状态绝佳，手很热。所以支持她的人相对多一些。"

主持人心想，这不是废话嘛……然后主持人微笑着问："那么，陆笙呢？"

"陆笙的状态就有点儿飘忽不定了，如果发挥好了的话，比赛也会比较有看点，鹿死谁手还未可知。"

主持人不想听废话，不依不饶地问："单纯地分析两个人的技术呢？孰优孰劣？"

解说员心想，这人真不会聊天啊……然后，解说员微笑着说："她们俩的技术是没有可比性的，因为是不同的风格。南歌是进攻型，杀伤力比陆笙大；陆笙是防守反击型选手，稳定性比南歌强。她们各有优长，关键还是看谁能更好地扬长避短吧。"

主持人点了点头："好。本场比赛呢也有许多网友在我们体育频道的官方微博上进行热烈讨论，现在让我们看一下。"

官方微博的留言数量其实有点儿凄凉，前线小编好不容易截够两个屏幕的图，主持人看到屏幕上除了正儿八经的分析，还有一些这样的：

——我来看妹子的，陆笙好漂亮【心】【心】【心】。

——这腿够我玩一年。

——小编你能帮我问一下陆笙身材是怎么练的吗？腿长就算了，为什么她的腰可以那么细？

——陆笙有男朋友吗？请如实回答。

——回楼上，有，是我。

——楼上死开，陆笙是我媳妇儿。

……

这些伪球迷真颜狗的言论让主持人有一点儿小尴尬，幸好画面很快切掉了。

不过，现在他终于明白陆笙那 47% 的支持率是怎么来的了。

说话间，运动员进场了。

现场进行一番运动员介绍之后，电视台的摄像镜头在全场观众里扫了一下，许多观众的面孔飞快掠过，解说员突然对导播说："等一下。倒回去，倒回去看看。距离陆笙比较近的观众席，前排，穿黑 T 恤那个，看一下。"

摄像师照做，把镜头定格在穿黑 T 恤的人身上。精致俊朗的脸庞、细长漂亮的眉眼、颧骨下一道细细的浅色疤痕。那人似乎察觉到摄像机的偷窥，朝这边望了一眼。

解说员失声道："这是南风啊！"

南风。

这个名字，在一切与网球行业相关的从业者心中，是有着绝对分量的。哪怕当年他空难之后销声匿迹，一去经年，杳无音讯，哪怕花团锦簇的体育新闻与层出不穷的体坛巨星如车轮般滚过，在人们心中覆盖了一条又一条车辙，仿佛他早已被这个世界淡忘。可是从那几年走过来的学网球的人、痴迷网球的人，他们心中都曾有过一个南风梦。

梦境永不死，只是渐凋零。

解说员意识到自己有点儿失态，于是平复了一下心情。

主持人借着这个机会给观众科普了一下南风，并且说了一个小八卦：现在风闻南风和省队还有一些联系，他这次来，是意料之外，也是情理之中。

主持人没说是什么八卦，主要是这个八卦他自己也不是很信。南风消失这么多年，圈子里还是很认他这个牌子，所以总是会发生拉着南风炒作、踩着南风上位之类的新闻，大家已经形成免疫力了。而且南风就是 T 市人，因此这种情况在 T 市尤其常见。但凡和南风有关的八卦，T 市本地的媒体通常都没什么反应。

谁能想到这次是真的呢……

现场镜头也不好意思老停在南风身上，往左右挪了挪，给了徐知遥一个镜头，还有李卫国。丁小小也来了，姑娘长得漂亮，于是也得到了一个镜头。

李卫国坐在南风身边，徐知遥和南风之间隔着一个丁小小。丁小小捏着拳头说："好紧张，好紧张，好紧张……"

南风："闭嘴。"

丁小小："嘻嘻嘻嘻嘻，我就是不闭嘴！"

南风扭脸不搭理她了。

徐知遥不好意思说。他自己打比赛从来不紧张，这会儿看陆笙比赛，竟然有点儿紧张了。

这边陆笙和南歌练了几拍子，正式开打。练球的时候陆笙就感觉南歌的状态很热了，这大概是专业球员的直觉。她抿了抿嘴，告诉自己，勇者不惧！

许多道理我们其实都懂，可是真正应用在自己身上时，往往不那么灵。

第一个发球局是南歌的，南歌的发球又重又狠，陆笙站位靠近中线，看到一点黄绿色飞速袭来，越来越大，那一瞬间她晃了一下神，就是这么一晃神的工夫，她错过了最佳的抢救时机，网球飞向外角，那个距离，她跑也来不及了，于是干脆只挪动了一下脚步，便收起姿势。

发球有效，得分。

第一局，第一球就被人打了一个漂亮的 ACE，实在太打击人的气势了。

陆笙有点儿沮丧，她知道自己不该沮丧。在这样的场合，面对这样的对手，这个她最希望战胜的对手。

她收拾一下心情，重整旗鼓再战。虽然一再做心理建设，但刚才那个 ACE 球确实对她造成了一点儿影响。赛场上高度紧张，压力巨大，往往一点儿细微的影响，都会被无限放大。

所以这一局陆笙打得有些掣肘，南歌干净利落地保发了。

休息时陆笙看了一眼南风。两人离得不算远，她视力好，甚至能看清他的目光。那目光还是一如往常的温和，带着点儿淡淡的纵容。她想到他刚才对她说的话，便暗暗告诉自己：我要相信自己。

相信自己，相信自己。

她带着这样的想法再次走上球场。

这一局打得有些艰难，但陆笙终究是把发球局保住了。

第三局，南歌保发，把局势打成2:1。

李卫国问身旁的南风："你怎么看？"

南风看着陆笙的身影，淡淡答道："她没打出士气来。"

李卫国摇了摇头："我看就是因为你坐在这儿，要不你还是走吧。"

南风也有点儿无奈："再看看。"

徐知遥说："其实不能全赖师妹，我感觉南歌手太热了，打到现在没有主动失误，要不要这么犀利……她是不是嗑药了？"

李卫国脸一板："不要乱说！"

嗑药这种问题事关一个运动员的尊严，李卫国不能允许徐知遥乱讲话。徐知遥虽然已经离开省队，到底和李卫国有着师徒情分，所以李卫国可以放心大胆地教训他，他也不回嘴。

6.

此刻又到了陆笙的发球局。陆笙表情平静，内心却经受着无比煎熬。她不是没尝试过，每次南风来时，她都试过把注意力从他那里拉过来。可是她似乎管不住自己的潜意识。如果你无法控制地喜欢一个人，那么你一定会无法控制地在意他。他出现在哪里，你的注意力就在哪里，不管你怎样集中精神，总是会留一丝意识在他身上。

那几乎成了一种本能。

而这一丝遗留的意识，却是至关重要的，因为缺失了它，就不是百分之百的专注。

赛场上不能百分之百地专注，意味着败局已定。

道理她都懂，可是她做不到！

为什么就是做不到！

陆笙一边无力，一边自责，一边告诉自己要专注，一边又无法摆脱潜意识里的枷锁。她很煎熬、很痛苦，那感觉，像是自己在撕扯自己的灵魂。

在这样糟糕的情绪下，她几乎毫无意外地丢掉了这个发球局。

观众席上，李卫国又劝南风："你走不走？"

虽然李卫国觉得陆笙和南歌的赌局很任性，但他是陆笙的教练，当然要向着自家徒弟，这会儿还是很希望陆笙赢球的。

南风叹了口气："人想要蜕变，必定要经历巨大的痛苦。"同样身为球员，他知道她此刻有多痛苦。

李卫国："你走不走？"

"我今天可以走，明天呢？后天呢？她总要改变的，不能一直这样。"

"要不你这次先走？下次我们再考虑让她改变？"

南风想了一下，摇头："这次机会不容易。巨大的比赛压力，是难得的挑战，也是难得的成长机遇。"他说着，低头看了看手表，自言自语，"小朱怎么还不来。"

"那是谁？"

"我的助理。"南风掏出手机拨通了助理的电话，简单粗暴地说，"二十分钟内不到，你就永远不用来了。"

"喂喂喂，老板我真的堵车了，您先不要挂……"

"嘟……"已经挂了。

李卫国觉得，电话那头的小朱大概也经历着巨大的压力……

小朱果然在第二十分钟的时候风风火火地赶到了。这个时候陆笙已经输掉了第一盘比赛，正坐在休息区垂头丧气的。小朱跑得好快，狗撵兔子一般，灵敏地在观众席间的过道上穿梭，终于跑到南风身后的座位上坐下，喘着粗气说道："老……老板，我……我来了。请……请不要……开掉我……"

丁小小觉得很神奇，看一眼满头大汗的小朱，再看看南风，奇怪道："你这老板真奇怪，自己看比赛就算了，为什么还要逼着员工看呢？"

"闭嘴。"

"你就不能换个词吗？"

小朱摆摆手："美女你误会了，我是来送东西的。"

"送什么？"

小朱拍了拍怀里一个鼓囊囊的藏蓝色大背包："爱心公告牌。"

"什么？"

小朱一边把背包拉链拉开，一边讨好地对南风说："老板，全是按照您的吩咐，这都是我女朋友和她闺蜜帮忙搞的，女孩子最懂女孩子了。"

南风看到陆笙要抬头朝他看，立刻向后伸手："拿来，快。"

这边陆笙低头喝了点儿果汁和饮料，她思考了一下，决定让南风先离场一下。其实对于怎样应对南歌这样的对手，她的思路很清晰，只可惜状态不如对手好，才被压制住，没机会施展。陆笙觉得，如果南风不在，她至少还有胜机的。

她抬头，要对南风说话，却看到南风把一个白底黑字的方形手牌举在面前，手牌挡着他的脸，只露出带笑的眼睛。

手牌上写着几个大字：女神你是在看我吗?

陆笙："……"

南风看到她像是被噎到一样瞪大眼睛，惊得下巴几乎要掉下来。他有些好奇手牌上写了什么，低头看一眼，顿时黑线，扭头威严地扫了一眼小朱。

小朱吓得缩脖子："老板，对不起! 这个在最上面，您着急要，我就给您了……再说了这些都是我女朋友拍板决定的，没准儿老板娘喜欢呢……"

老板娘都叫出来了，可见这货谄媚的本事。南风不予追究，小朱庆幸地摸了摸脖子一扭头，发现美女身边坐着的一个眼熟的娃娃脸帅哥回头瞪了他一眼。

他有点儿莫名其妙。

这边陆笙像是被镇住了，一时连自责与忧伤的时间都没有了，脚步轻飘飘地走上赛场。

这盘开局是她发球。她不知道该怎么形容自己这个心态，精神不算专注，但也不算涣散，大概是震惊的后遗症，脑袋还有点儿放空。不知道是不是运气好，反正没有主动失误，拿到局点时，和南歌打了个十二拍的长拍，最后南歌出现了主动失误，这一局算是保发成功。

然后，陆笙又不自觉地看向南风，发现他还举着手牌，不过手牌的内容已经改变了。

这次写的是：哇，赢啦! 好棒好厉害!

真的，陆笙不太适应南风用这样的语气传达信息。不过，不管怎样他这是在夸她啊，虽然连标点符号都透着扑面而来的少女气息……

莫名地，陆笙有点儿想笑。

再次走上赛场，换南歌发球。这次陆笙接发球的质量提高了一些，不过南歌也不是盖的，虽然两次长拍都出现了主动失误，但最后还是堪堪保住发球局。

陆笙有点儿遗憾，再次看向南风。

他手牌的内容又变了：么么哒! （★ ^ 3 ^ ）

虽然还是囧到不行的画风，但陆笙不知怎的就有点儿感动，眼眶发着热。

这会儿，坐在南风身旁的丁小小看到手牌之后直接疯了："南风你大爷，你竟然还用颜文字，太犯规了啊!"

南风恬不知耻地扶着手牌，笑眯眯地看着陆笙。

7.

接下来几局，陆笙的状态就有点儿……怎么说呢，神奇。明明该高度紧张的，可是她紧张不起来，可能是被南风刺激了，反正精神挺放松。明明总是看南风，尤其喜欢看他变化多端的魔性手牌，可是呢，她在比赛过程中反而更专注了。她和南歌你来我往的，俩人都保住了自己的发球局，也都没能破掉对方的发球局，一转眼局势进行到了5:4。

因为这一盘陆笙一开始是发球方，所以她占了一个小先机，各自保发的前提下，她领先了一局。

下一局是南歌发球，如果陆笙能破掉南歌这个发球局，那么这一盘她就赢了。

此前几局的交锋，看起来像是拉锯战，实际上，陆笙是一种追赶的姿态。毕竟，她第一盘被打得毫无还手之力，这一盘一直能够紧咬比分，不在强大的对手面前掉队，这本身就是一种进步。尤其是，当经历了第一盘几乎到了崩溃的边缘，现在状态稳定回升，才更显弥足珍贵。

此刻，观众席上，李卫国有点儿感慨地对南风说："陆笙知道怎么打南歌啊。"他和连少清有约定，由于这场比赛事关两个队员的去留，所以俩教练都不会指导这俩队员，该怎么打，让她们自己琢磨去。

南风听到李卫国这么说，轻轻一笑。那笑容是自信的、轻快的、欠打的。

他答道："她一直知道。"

南风说着，又换了一个手牌，上书：接下来，请放肆地凌虐对手吧，臣妾先隐身了。

臣妾……隐身……

陆笙再也忍不住了，笑得倒地不起，躺在地上还打了个滚，狠狠地拍着地面，那德性，像是精神病院资深会员。裁判有点儿看不下去，警告她再不起来就罚款。

陆笙于是爬起来了，握着球拍，眯着眼睛看向对面的南歌，神色有点儿冷峻。

好吧，那么本王就要放肆地凌虐对手了！

怎么打南歌，陆笙心里很清楚。

南风曾经说过，"全面意味着平庸"，所以没有人是全面的、无懈可击的，每个人都有优势和不足。正如她陆笙，防守出色，连续攻击能力稍差，所以她最擅长的是在防守的过程中寻找恰当的时机来进攻。而南歌，擅长强打快攻，但她的缺点是稳定性差，只要一个球连续打到十拍以上，她失误的可能性就大大增加。回合数越多，这个特点越是显著。

所以陆笙和南歌拼攻击是不可能拼赢的，她要做的首先是稳定好自己，严防死守，只要防住南歌，接好南歌的球，把这个球延续下来，那么节奏就回到她的手上了。多打几个回合，不仅能增加陆笙寻求反击的机会，而且会增大南歌的负担，造成主动失误。在这个过程中，南歌的主动失误虽然名为"主动"，实际也是被她的节奏逼出来的。

陆笙从始至终都清楚地知道这个策略，只不过第一盘她状态太烂，担不起"严防死守"这几个字，因此才一直没发挥出来。

现在不一样了，现在她是精神病院资深会员了，这会儿已经抛开了一切，嗨得不得了，一心想要凌虐南歌。尤其是，通过此前几局证明，她完全有能力这样做。

这一局第一个球俩人就刀光剑影地战了好几个回合，最后陆笙瞅准机会冲到网前放了一个小球，打出一个非常高质量的攻击。

这个小球为陆笙的反击拉开序幕，这一局南歌虽攻势不减，陆笙却打出了水准之上的回球，强势保发。

第二盘，陆笙赢。

李卫国推了南风一下，说道："你这算以毒攻毒了吧？还挺管用。"

南风还扶着那个隐身牌呢，对李卫国的话不置可否。想了一下，他说："关键还是建立自信心。"

嗯，为了帮她建立自信心，他的一世英名已经随风飘走了……

就这样进行到第三盘。陆笙的状态完全上来了，她强大的防守令南歌完全束手束脚，想要增强进攻，但她的进攻能力已经是自身的极限，再继续强攻，反而送了失误给陆笙……

陆笙一口气赢了南歌四局，算上上一盘最后赢的那两局，她这是连赢六局，送了个隐形鸭蛋给南歌。

大局已定，南歌无力回天。

南风对李卫国说："攻守之间的胜负没有永恒，关键还是看哪一方技高一筹。从这个角度看，还是我家陆笙更出色一些。"

李卫国说："唉，南歌要离开省队了，你说我要不要安慰一下连少清？"

"我从你幸灾乐祸的语气里感受不到一丝安慰的倾向。"

"哪能啊，你净把人想那么坏。"

场上的比赛还在继续，南歌后来抢回来两局，但也只能到此为止了。陆笙6∶2

拿下这一盘，最终赢得比赛，加冕大运会专业组女单决赛的冠军。

裁判宣布完比赛结果，陆笙去场下休息时，记者们蜂拥而至。

一个女记者问陆笙："恭喜你。战胜对手的感觉是怎样的？"

陆笙微微一笑："我战胜的是我自己。"

第五章

NANFENG
RUWOHUAI

我们总是以为理想的世界虚无而遥远，
实际大多时候，它触手可及。

1.

大运会专业组女单冠军陆笙：战胜的是自己。

《体坛周报》的记者小汪本来想把这句话作为标题，放在明天发行的报纸的综合版要闻中，搞不好还能抢个头条呢。采访完陆笙，他很高兴，拍了好多照片，还顺道采访了陆笙的教练李卫国。

中午和同事一起用餐时，小汪还想聊聊自己的想法。同事正在刷手机，小汪刚要开口说话时，那位同事像是被踩到尾巴一样："卧槽，卧槽卧槽！"

小汪吓了一跳，"你……你吃到虫子了？啊，好恶心！"

同事摇摇头，把手机拿给他："看这个。"

那是一段剪辑过的视频。小汪从头看视频，才看到第一个画面就惊奇道："这不是南风吗？这就是刚才的场馆啊，他什么时候来的？不会是今天吧？我的天，我竟然错过了南风？他拿的是什么，'女神你是在看我吗'，呃……"

然后小汪就沉默了，视频后面带给他的震撼越来越大，他怕自己张口也会爆出"卧槽"。

同事说："我听说这场比赛直播的后半程收视率猛增，还奇怪呢，如果真是因为南风，那倒是可以理解了。"

小汪的精神有点儿恍惚："南风怎么会是这样的人呢……"说不清楚自己算震惊还是失望，也可能两者兼有。

同事轻轻拍一下他的肩膀，安慰道："人嘛，遭受过重大打击之后，性情难免会变得古怪。"

这是一个合理的理由，可小汪还是不太能接受。要知道，那可是他曾经的男神啊！现在呢？妥妥的男神经！

怎么会这样，岁月真是一把无情的杀猪刀，可以把一个人砍得面目全非。

相对普通观众来说，小汪这种程度的心碎已经算超级淡定了。他不知道的是，许多看了直播的观众，以及虽然没看比赛但是看到视频剪辑的观众和网友，在看到那样画风清奇的南风时，都感觉自己的灵魂受到了洗礼。为此，不少人都在网上吐槽说自己眼睛瞎了，还有人怀疑电视台请了个和南风长得像的人，故意炒作。这一论调竟然受到了许多人的追捧。

也有许多人不知道南风是谁，有专业人士进行了科普，网友们看完科普，一边高呼"大神收下我的膝盖",一边为他的命运扼腕叹息。

小汪看了一会儿网友评论,忍不住说:"这些人都没说到重点啊!重点根本是南风为什么要举这些牌子。总不可能真的是因为脑子不正常吧!"

同事说:"他虽然不能打网球了,但肯定还是看网球的。会不会场上某个选手是他的偶像?"

"不可能,他就算不能打球,档次在那儿摆着呢,他的偶像必须是大满贯冠军级别的。"

"可是我看他这些对话都像是对着场上选手说的,那么是为什么呢?"

"选手有两个,一个叫南歌,一个叫陆笙。南歌和南风都姓南,你说会不会有渊源?"

"有可能哎。这样,我们回去把直播视频仔细看一遍,然后,必须尽快采访到南风。"

"好,那我们分头行动吧。"

对记者来说,重大新闻出来时,他们就是在和时间赛跑,谁跑在最前面,谁就能抢得先机。南风时隔多年再次出现在公众视线内,而且是以如此独特的方式,这个新闻头条跑不了了,关键是哪家媒体能拿到更多的内幕消息。

小汪回去把直播视频看了一遍,感觉今天解说员和主持人发挥得有失水准,说话甚至有点儿结巴。身为观众,南风的镜头特别多,似乎他每换一次牌子,摄像师都能拍到他,看来摄像师对他也是真爱。

也因此南风的手牌标语被搜集得很完备,现在网上已经在流传他的全套表情包了。

南风的标语内容有点儿含糊,不过小汪根据自己纵横体坛多年的经验以及直觉,认为这话是对陆笙说的。

那么,南风和陆笙是什么关系呢?

可惜小汪的推理也只能到此为止了,不管他怎样猜测他们的关系,也必须有事实进行佐证。

同事还在想办法采访南风,小汪转而去采访T市网球队的人,因为根据直播主持人的说法,南风和省网球队还保持着联系,万一能挖到一点儿边角料呢。

谁知,T市网球队内部从领队到教练,电话都要被打爆了。媒体闻风而动,各种打听,甚至还有人问及参赛的小队员。幸好小队员们不敢跟记者说别人八卦,因为一旦说了就要对说出去的话负责,那可是南风耶,万一惹毛他就完了。

不过，无论记者们怎样上天入地地找，依旧没有找到南风，也没有找到陆笙或是南歌。好嘛，这回大家站在同一条起跑线了。

媒体需要用事实说话，网友们就没有这方面顾忌了。到下午，南风为什么举牌，已经被网友们推理出来了——因为陆笙是南风的女神！他第一个牌子就表达了希望受到女神关注的强烈渴求，之后更是越发地不要脸，各种卖萌求调戏，开屏的孔雀一般。另外，还有人自称南风的亲朋好友公司员工之类的现身说法，真假不可考。

至于为什么网友们齐刷刷地认为女神指的是陆笙而非南歌，那是因为大家普遍觉得南歌似乎更适合被称作"男神"。

反正不管怎么说，网友们为这样一个小插曲而彻底嗨起来了，好像手里没有一套南风表情包，上网都不好意思和人打招呼。

当天各大媒体——无论是体育媒体还是娱乐媒体，头版头条都是南风手举少女心公告牌的高清照片。

2.

南风回到家打开电视机，看到手举"么么哒！（＊＾３＾）"的自己，他踉跄了一下。

陆笙就在他身后，也看到了，很不厚道地笑出了声。

他回头淡淡地扫了她一眼。

陆笙连忙掩住嘴，眼睛却还是笑笑的。

"没良心。"南风这样评价她。他坐在沙发上，握着遥控器换了一个台。

换一个台，还是在播放他的新闻。

南风有些无语，媒体还真是无聊啊！

陆笙坐在他身边，用他的手机上网。她现在学会了玩社交媒体，因为自己也不常上，所以就用南风的账号，反正南风的账号很简单，没什么隐私。陆笙发现热门微博几乎都和南风相关，一条条地点开，她就看着网友评论在一旁闷笑。

南风面无表情地看着电视机，说："再笑，就办了你。"

恰在这时，陆笙终于忍不住了："哈哈哈哈哈哈！"

南风："……"

这是赤裸裸的挑衅。

不等陆笙反应，他突然把她扑倒在沙发上，按着她亲吻。

这个姿势让陆笙不太舒服，她抬手想推他，他却一手扣着她的双手拉到她头顶按住，亲吻并不停歇。

他吻得又急又重，像是训诫和惩罚，陆笙头脑发胀，喘着粗气想调整呼吸。他今天第二次把舌头伸进她的嘴里，她觉得那个触感有些羞耻但也很舒服，她就壮着胆子伸舌头钩他，他身体一紧，吻得更激烈了。

这一吻结束时，两人气息都很凌乱。

南风松开她，嘴唇因湿润而显得发亮。他的胸腔还压着她，能感受到她柔软胸口的起起伏伏。他的脑子有点儿乱，低头定定地看着她，喉咙轻轻滑动了一下。

陆笙眯着眼睛，喘息着说："南教练，我饿了。"

南风受不了这个程度的挑逗。他压低声音说："嗯？你想吃什么呢？"一边问着，一边低头轻轻嗅了嗅她修长的脖颈，贴得很近，鼻尖几乎蹭到她的肌肤。

他声音喑哑，语调有些轻佻，尾音微妙地上扬，含着说不清道不明的引诱。

炽热的呼吸喷在她的脖子上，陆笙本能地觉得这气息有点儿危险，可是南教练怎么可能是危险的呢！她就安心了，笑着回答："我想吃番茄炒蛋、三杯鸡，还有红烧带鱼。"

南风沉默了几秒，最终轻叹一声，起身说："我去给你做。"

陆笙又补了一句："我还想吃草莓慕斯。"

"不要得寸进尺。"

陆笙伏在沙发上，看着他的背影，她突然扬声说道："南教练。"

南风并没有回头，只是答了一声："嗯？"

陆笙："谢谢你。"

"不用谢，我上辈子可能欠你的。"

陆笙就"嘿嘿嘿"地笑起来。

南风回头看了她一眼，那个眼神，她总感觉有点儿幽怨。

南风太了解媒体那点儿"尿性"了，这会儿肯定在省队门口蹲点儿，所以他建议陆笙晚上不要回省队了。

陆笙有点儿小小的羞涩，低着头说："南教练，我们会不会发展得太快了？"

南风哭笑不得，心想：这会儿你怎么有觉悟了？

第二天，陆笙一起床就打电话。南风在厨房，一边煎蛋煮面，一边支起耳朵，很不厚道地偷听客厅里陆笙说话。他做好饭时，问陆笙："刚才是徐知遥？"

虽是疑问句，语气却颇肯定。

"嗯。"陆笙点了一下头，偷偷地看着南风的表情，"南教练，我今天上午想去看徐知遥比赛。"

南风答："徐知遥的比赛难度低，没什么观赏性。"

"我去现场支持一下嘛，要不然不够意思。"

南风想了一下，说道："那你要做好心理准备，我不是危言耸听，你到了球场肯定被记者包围。"

"我不怕，他们都没我力气大。"

"这是比力气的时候吗？"他瞪了她一眼，问，"记者要是问你和我的关系，你怎么回答？"

陆笙捧着脸蛋，眯着眼睛看他："我就说，要不是民政局不给发证，咱俩早就在一个户口本上了。"

南风被她这番话逗得直牵嘴角。臭丫头总是这样在他面前卖萌耍宝。

不过嘛，南风觉得这事如果一味躲着也真不是个办法，躲得过初一躲不过十五，陆笙肯定是被媒体盯上了，这次问不成还有下次。她以后总不能为了躲麻烦就不比赛了吧？只要比赛，就有记者追问此事。

记者就是这么无聊，不关心成绩，就喜欢关心一些边边角角的八卦。

陆笙看南风沉思，她小心翼翼地问："你……是不是不想我们的关系公开呀？"

南风摇了摇头："其实越早公开，麻烦越少。"

媒体这么无聊，不就是缘于公众的好奇心嘛。好，满足他们！

3.

今天上午的比赛是甲组男单决赛。毕竟是业余组，受关注的程度远不如昨天的乙组女单决赛。不过，今天比赛的其中一个选手很有意思，他叫徐知遥，有着不输于专业选手的技术水平，混迹在业余选手中，一路打得犹如砍瓜切菜一般，轻松晋级。

只要稍微做点儿功课，就知道他曾经拿过城运会冠军，因此对于这样专业级的选手跑进业余组虐菜，业余组选手们表示很受伤，还有人向主办方投诉过。一般这类比赛，确实会有人为了多拿一块金牌而不要脸地把专业选手伪装成业余选手。于是，主办方很负责任地派专人对徐知遥进行了调查，根据相关规定，判定一个学生是专业还是业余的依据是，这个学生入学时是否为体育特长生。

调查结果显示：没有任何问题。

受伤的业余组选手们：怎么可能没有问题，一定是他走后门，有靠山！

他们只是没料到这其中的漏洞，毕竟这个漏洞把徐知遥自己都吸进去了。

身为记者，小汪还是很有职业敏感度的。徐知遥的事如果真的有猫腻，那就是丑闻一件；如果没有猫腻，徐知遥是普通文化生而非体育特长生，那说明什么？说明这个学生不简单啊，因为这货的学校是北大。

他把自己的想法跟领导提了一下，领导呵呵一笑："找到南风了吗？"

"没……"

"那还不快去找！"

此刻小汪捧着相机，守在入口外。他在纠结到底是进场找关于徐知遥的新闻，还是出门找南风。前者容易挨骂，后者容易一无所获还迷路。要知道 T 市的交通道路很复杂，就跟盘丝洞似的，全国闻名。

正忧伤着，前面走过来两个人，手牵着手，戴着大墨镜，看着有点儿眼熟。

唉，眼熟不眼熟的，无关紧要，他现在就想看到南风。呃，等等……这就是南风啊！

小汪就这样目瞪口呆地看着那俩人走近。他们穿着情侣装，陆笙握着一杯饮料，南风挎着个单肩包，路过小汪时，他听到他们的交谈。

陆笙："这个人怎么一动不动呀？"

南风："不清楚。"

陆笙："会不会是蜡像呀？"

南风："蜡像不能放在太阳底下。"

竟然一本正经地讨论起来了……

小汪囧得元神归位，职业本能使他捧起相机连拍了好几张照片。不知道是不是他的错觉，他们似乎有意配合他，竟然站在原地等他拍完了。

小汪有些激动："你们好，我是《体坛周报》的记者。"

南风点了一下头："嗯，你好。"

"你们，这是……"他的视线很刻意地落在他们交握的手上，"这是什么关系呢？"

南风轻轻挑了一下眉："看不出来？"

小汪需要的是对方主动承认，于是摇头道："看不出来。"

"这都看不出来，枉为记者。"他说着，牵着她走了。

喂喂喂，怎么不按剧本说话啊……小汪连忙跟上去。

一路走进场馆，南风又遇到了一些记者，那些记者都跟疯了似的追着他们狂拍，直到俩人坐进观众席。记者们虽然还在拍，至少不会围着他们形成骚扰了。

也幸亏今天来的记者不多，没有形成太大阵仗。

但是渐渐地，从他们坐下之后，这个场馆聚集的记者多起来了。

记者们假模假式地把镜头对着赛场，然后又自认为神不知鬼不觉地移动镜头偷拍南风和陆笙。

南风无力吐槽。

为了让记者们"得逞"，他还亲了陆笙的额头，假装没被人看到。

电视台得知这个消息之后，虽然正在直播别的比赛，但是也准备插播这边的现场。此举有可能得罪部分观众，可他们坚信一定会收获更多观众……

然而，等他们做好准备，刚把镜头摇过来时，恰闻裁判宣布：比赛结束，徐知遥获胜。

太快了啊……徐知遥你就不能温柔一点儿吗……有没有爱心啊……

由于徐知遥的速战速决，还有许多记者没来得及赶到现场，现场就散了。场馆有好几个出口，每个出口外都聚集着一撮记者。南风和陆笙出来时，俩人被记者们团团围住。

这情况太扯淡了，南风有点儿后悔没请个保镖团来。

陆笙也很无奈。没有南风的提示她不敢回答任何问题，怕自己言多语失，被记者们抓住把柄断章取义。可那些记者围上来，最前面的记者几乎要扑到她身上了。陆笙只好推了他一下，本来是想把他推开的，哪知道那个男人虽看起来壮壮的，实际竟有点儿弱不禁风，才被她推了一下，就向后仰倒。不仅他自己倒下了，还压倒了身后一群人。

陆笙："……"

南风："……"

她挺不好意思的，微微弯腰说道："对不起，对不起，我不是故意的……"

南风忍着笑，对一地的记者说："今天不接受任何采访，明天我会在××酒店开一个新闻发布会，把一切事情说清楚。"

本来被推倒的记者们有些火气，某些人已经想好了怎么写新闻报道陆笙，动手推人是事实，且极具看点。不过现在南风说有新闻发布会，这显然是意外之喜，他们也就收起那些不友好的心思，眼看着两人翩然离去。

他们到酒店才和丁小小、徐知遥会合，四人一起吃饭庆祝陆笙和徐知遥拿冠军。不过，徐知遥虽然赢了比赛，看起来却没什么精神。

陆笙有些奇怪，问他："徐知遥你赢了比赛还不开心吗？"

徐知遥扯了一下嘴角，摇头道："那样的比赛，一点儿劲都没有。"

陆笙明白他的意思。

丁小小问："你是不是想打专业比赛啦？"

这个问题，徐知遥没办法回答。

想打就能打吗？他已经离开那个圈子，选择另一种生活。换句话说，他现在无论打什么规格的比赛，都充其量算是"玩票"。

南风适时地岔开话题，问徐知遥："什么时候回去？"

徐知遥："下午吧，下午还有课呢。"

南风："你竟然会上课，真是不可思议。"

徐知遥翻了个白眼。

丁小小想起一事，问徐知遥："现在大一生都军训呢，你怎么没军训？"

"我们军训是明年。"

丁小小便一脸遗憾地说："唉，好可惜哦，还想看你被练呢。"

徐知遥瞪了她一眼。

当天下午，徐知遥归校，陆笙归队。

4.

第二天，南风真的举行了新闻发布会，在发布会上他正式确认了自己和陆笙的恋人关系，挑挑拣拣地回答了一些问题。

一直以来神出鬼没的昔日巨星，突然光明正大地开了新闻发布会，尽管他并没有回答全部问题，但与会的记者们依旧倍感满足。

在发布会上，南风重点提了一下，希望大家不要去打扰陆笙，让她安心训练和比赛。他说得很郑重，且再三强调，搞得好像谁要是打扰陆笙就算得罪他似的。

这场发布会很快又占据了各大媒体的显著位置，晚上南风和陆笙一起吃饭时，他接到南争鸣的电话。

南争鸣也是从新闻上才知道自家儿子干的好事。果然和那个叫陆笙的女孩儿搞在一起了，他就是为了她才和自己的亲生父亲闹翻的！

南争鸣自然不可能同意他们之间的事，在电话里把南风一通狠批。

南风接电话时面上表情淡淡的，陆笙却能感觉到他的不悦。她听到他说："请不要这样称呼您未来的儿媳妇。"

这话让陆笙心口一振，她激动地抬眼看他。恰在这时，南风也看着她，两人目光交汇，南风轻轻笑了一下，像是温柔安抚。他一边说着话，还给她夹了一筷子菜。

南争鸣气道："谁说她会是我儿媳妇？我不同意！"

南风答道："您可能误会了，我的婚事，不需要经过您的同意。"

"你……你这个不孝子！"

南风轻笑了一下，陆笙感觉他的笑容有点儿冷。他说："既然您提到了孝顺不孝顺，那么我们就掰扯一下这个问题。我私以为，假如我无条件地屈从您，对您做的错事不闻不问，那才是真正的不孝。您意下如何？"

在"孝"的问题上，父子之间产生了强烈的三观差异，最终为了避免争吵，南风找了个理由挂断电话。

陆笙还在因为"未来儿媳妇"这个称谓心花怒放着，南风看着她粉红如朝霞的脸蛋，十八岁的女孩子，无论怎么打扮都是美丽的。

他忍不住抬手轻轻蹭了一下她的脸。

陆笙抬眼看他，抿了抿嘴，小声问："你说的是真的吗？"

他挑眉看她，明知故问："我说的什么？"

"就是……咳，未来的儿媳妇……说的是我吧？"

这傻子，还用问吗！南风偏不回答。

陆笙抓着他的手摇晃："是我吧，是我吧，是我吧？唔……"

南风突然把一个丸子塞到她嘴里。眼看着她被丸子堵着嘴巴，眼睛瞪圆，像是一只小青蛙。他牵着嘴角，凑近，在她眼角亲了一下，接着伏在她耳边低声说："不是你还能是谁？"

5.

徐知遥只在学校上了一个多月课，便开始有了一些知名度。长得帅、身材好就是占便宜，很容易圈到一些以貌取人的追随者，网球打得好也是一个加分项，可以满足妹子们的幻想。另外，越是高智商人才聚集的学府，越是容易对智商有一种别样的膜拜。刚好，徐知遥有一颗"最强大脑"……

如此德智体全面发展的优质帅哥，在大学生求偶市场中那是相当具有竞争力的。

所以倒追徐知遥的女生络绎不绝。一开始徐知遥的室友有点儿嫉妒他，还试图排挤他，后来发现这货有点儿没心没肺，关键是对于那些倒追他的女生，他能做到一不接受二不炫耀，显得特别特别清心寡欲。

真是一个有着高尚操守的男神啊！

室友们就决定接纳他了。但是做下这个决定之后，他们又有了另外一个忧虑：徐知遥似乎对女生一点儿兴趣没有，那么，他会不会对男生有兴趣啊……啊？

这个想法太可怕了。徐知遥如果真的对男生有兴趣，那么他们显然处在最危险的第一线！

天！

从此以后就没人愿意和徐知遥一起去公共浴室洗澡了。万一要面对捡肥皂这类艰难的抉择呢……对吧？

就这么相处了一段日子。直到有一天，徐知遥和室友们一起观看了苍老师的电影，才无形中化解了某种不可说的尴尬。

然后室友们为了向徐知遥示好，教会了他打游戏。这个时候学生间最流行的游戏是DOTA，英雄联盟这时才在国内上线一年，名声不太好，普遍被认为是DOTA的阉割版，小学生才玩的。

学会打游戏之后，徐知遥同时学会了逃课。一开始只是逃公共课，后来连专业课也逃了。逃课也不干别的，就是打游戏，打得没时间去食堂，就让室友帮忙带回来，或者吃泡面。打游戏时，他觉得自己像是坠入了另一个时空，没有烦恼，没有忧伤，只有战斗的快感。

辅导员找他谈过话。

徐知遥毕恭毕敬地听辅导员扯了一堆大道理，回到宿舍继续打游戏。

有一次陆笙晚上训练结束后，给徐知遥打电话。徐知遥接电话之后，她听到那边很嘈杂，背景里有人大声说着她听不懂的词儿，徐知遥说了句"我现在忙，晚点儿回你"，然后就挂了电话。

之后却并没有回她电话。

陆笙有点儿难过。她觉得徐知遥变了，说不清楚是哪里变，反正两人渐行渐远了。每次都是她主动给他打电话，他总是说话敷衍，还很忙，可又不像是在忙学习，听着倒更像是打架。

陆笙找丁小小倾诉，丁小小一听就知道怎么回事了。

　　许多学生刚上大学时都会有那么一段混混沌沌的时光，没有目标，没有方向，沉浸在虚幻的世界里无法自拔。

　　丁小小也打电话劝徐知遥，可是徐知遥全当了耳旁风。丁小小有些郁悒地想，也对哦，遥遥怎么可能听她的话嘛。

　　丁小小专程去学校找徐知遥。徐知遥开开心心地请她吃了饭，吃饭时丁小小又想劝他，他就有点儿烦。

　　在丁小小眼中，徐知遥最可恨的一点是他太聪明。越是聪明的人，越是难以说服。他们有着自己的一套思维，相当自信，很难撼动。

　　那顿饭吃得她也很不开心。回去之后，她给他发了几条信息。

　　丁小小：这是以前的你。【图片】

　　丁小小：这是现在的你。【图片】

　　丁小小：我就问你一句话，你对自己现在的生活满意吗？

　　徐知遥头天打游戏太晚，第二天才看到这条信息。

　　室友都去上课了，屋子里很安静。

　　他看到那两张照片，以前的自己阳光健康、干净利落，现在的自己一脸菜色、颓废漠然，看起来像个犯罪分子。

　　视觉冲击力有点儿大，他丢开了手机。

　　可是那句话却又回响在他的脑海里。

　　你对现在的生活满意吗？

　　这个问题，想必十个沉溺游戏的人，十个都会回答不满意。

　　浑浑噩噩、头昏脑涨、暗无天日。这样的日子和"满意"这个词汇没有半毛钱的联系。

　　可是在他这里，满意的生活也绝不是定点上课、复习、考试、社团活动……

　　有那么一瞬间，徐知遥突然感觉茫然了。

　　在上大学之前，他告诉自己，这是一个正确的选择。可是上了大学之后，他并没有做一件正确的事。

　　以及，他也并没有改变的动力。

　　他看到室友桌上有一包打开的香烟。因为"好基友不分彼此"，室友们很不见外地经常不问自取他的零食，于是他也不见外了，几乎没有犹豫，就拿了香烟，点了一根。

　　香烟的味道很刺激，他被呛住了。适应了好几次，才终于制伏它。

徐知遥就趴在窗前抽香烟，抽完一根又一根，抽到最后他都有点儿犯恶心。

恰在这时，室友们下课回来了，其中一个室友帮徐知遥带回了上一次的专业课作业。他把作业拍在徐知遥桌上："遥哥，上次作业老师留的最后一题，全系只有你一个人做对了。"

室友说这话时的心情有那么一丢丢酸爽。在入学之前，谁不是自己高中的尖子生呢，到了大学才知道人外有人天外有天，曾经他们是备受学渣仰望的存在，现在，他们摇身一变成为学渣仰望别人了。

室友自我安慰：不是他们不好，而是对方太变态。

"嗯。"徐知遥心不在焉地应了一声。他一手夹着烟，眼睛还望着窗外。今天下了一场秋雨，外面葱茏的古木被水洗过，越发苍翠。树木那边是高楼，以及络绎不绝骑自行车经过的学生。

大家看起来都很匆忙，只有他，闲得慌。

室友见徐知遥反应那么平淡，凑过来问："你不高兴吗？"

"高兴什么？"徐知遥转过头，像模像样地吐了个烟圈，"那道题太难了，老师调戏你们呢。"

室友感觉牙痒痒："还有一件事忘了跟你说，老师虽然没点名，但是他记得你，知道你没来，扣了你的平时分。"

徐知遥有点儿无语。他总共没上过多少课，但是专业课老师几乎都记住了他。有的老师比较宽容，他不去，老师也不和他一般见识。有的老师就比较严格了，扣起分来绝不手软。

他又看向窗外，室友好奇地问道："你是不是想家了？"

他们宿舍的窗户，正对着南方，那是 T 市的方向。

徐知遥摇了一下头，突然又叹气："没什么，就是觉得生活挺没意思的。"

室友觉得徐知遥可能距离大彻大悟遁入空门也不远了。不是他夸张啊，数学是最接近哲学的一门学科，聪明绝顶的人很容易把人生看透，然后就……

下午，徐知遥去了趟 T 市。他不想回家，也不敢去找陆笙，独自一人在他长大的城市兜来转去的，后来不知怎的，就去了树青业余体校。

门卫老大爷还没退休，徐知遥给他留下一兜水果。然后老大爷告诉他，卫校长和丁主任出门去电台做访谈了，要和听众们聊一聊陆笙在树青体校的光辉岁月。

徐知遥便去了网球场。今天并非周末，网球场上很空旷，没人。他坐在球场边的大树下，恍惚看到了昔日他和陆笙练球的身影。

那时候他总是觉得自己生活在水深火热之中，反抗过、犹豫过，却未曾逃离。

直到此刻，他甚至在怀恋，怀恋那样一段日子。

徐知遥看着满地夕阳，突然有些唏嘘。

都道是时光无情，实际时间是最有情意的，且它的情意从不掺假。你的所思所想、所作所为，你的痛苦与快乐，都被时间一笔一画地记录着，不紧不慢，温情脉脉，直到有一天你突然发现，它把这一切毫无保留地回馈给你。此时，站在时间的这一头，蓦然回首，会更加清晰地看清那段时光的真正面目。

他以为他的坚持只为一人，然而将近七年的时光，犹如刻刀一般，雕刻的远不是一个人，而是一个世界。

只不过那人刚好站在那世界的中央。

我们总是以为理想的世界虚无而遥远，实际大多时候，它触手可及。

——你的心在哪里，你的梦就在哪里。

NANFENG
RUWOHUAI

第六章

我不会成为你的过客，
永远不会。

1.

陆笙和南风约会通常在晚饭时间，除此之外就是她每个月半天的珍贵假期。如果遇上比赛，恰好南风也有空来看她比赛，那么在比赛的间隙，他们也可以抓紧时间约会一下下。

总之，谈个恋爱比抢收都紧迫……

另外，比较令陆笙苦恼的是，她和南风的恋情曝光之后，记者们成天蹲点拍他们。

她挺不理解的，不就是牵个手吃顿饭嘛，有什么好拍的？

然而，记者却乐此不疲。

记者爱拍，新闻受众也爱看。

有一次陆笙和南风晚饭吃蟹腿，南风把蟹肉剥好了放在陆笙盘子里，就这么个稀松平常的动作，被记者拍下来发到网上，底下一水儿地评论被秀恩爱闪瞎眼云云。

幸好陆笙没时间看这些。

南风看到了，他全程吊着嘴角看评论，不知道为什么心情棒棒的，可能是因为他有女朋友而评论里的都是单身狗吧……看完这条新闻的评论，他又转战论坛，看看坛友们都在讨论什么，尤其是，讨论陆笙什么。

置顶的帖子是关于今年中网比赛的，有人发帖问乔晚晚能不能拿中网冠军。

现在网上流行掐架，到处都是火药味儿，一言不合就打起来。南风没有围观打架，他一拉到底，回了个评论。

【愿为西南风】：一切皆有可能。如果斯科托娃和阿古娜都退赛，可能性会更大一些。

斯科托娃和阿古娜的排名都在乔晚晚之前。虽说排名在乔晚晚之上的人不止这两个，不过她们俩的球路都比较克乔晚晚，所以南风才有此一说。

南风的说法很快引起了众人的注意。

【古娜我的嫁】回复【愿为西南风】：想得真美，你说退赛就退赛，中网是过家家？是小白就安安静静潜水，不要出来丢人现眼。

【会当凌绝顶】回复【古娜我的嫁】：瞧把你狂的，阿古娜要是真退赛你直播裸奔不？

【古娜我的嫁】回复【会当凌绝顶】：滚！

才这么一会儿，又吵起来了，南风看得直扶额。这个"会当凌绝顶"也算是论坛里的名人，他是乔晚晚的忠实粉丝。阿古娜又刚好是乔晚晚的克星，乔晚晚和阿古娜的对阵胜率只有10%，所以"会当凌绝顶"很讨厌阿古娜，连带着也和论坛里的阿古娜粉丝势不两立。

南风没有参与掐架，退出这个帖子，往下拉，看到有人提陆笙，说的不是什么好话。

主题：要不是南风，谁认识陆笙？打球不怎么样，钓男人的本事不小嘛！

南风好生气，点进去快速浏览了一下，发帖人叫"小丸子"，也不知是不是吃错了药，说话极其刻毒，话里话外把陆笙形容成一个徒具皮囊不务正业借着男人炒作的狐狸精。

南风编了一大段话替陆笙辩解，发表之后，很快就被楼主回复了。

【小丸子】回复【愿为西南风】：呵呵呵，水军来得真快，陆笙团队给了你多少钱？什么"努力又有才华"，你家笙主子也配？乔晚晚提携陆笙结果被陆笙踩一脚这种也算"人品"咯？泡到南风了不起哦，可以横着走！南风不就是她一块垫脚石嘛！等着吧，接着她肯定接广告接到手软，搞不好还要混娱乐圈呢。不过呢，以她的球技，以后也只能混混娱乐圈了。我就看你主子能走多远！【大笑】【大笑】【大笑】

回复内容完全的重点模糊思维混乱，还挑着没凭没据的小道消息比如"乔晚晚提携陆笙却被陆笙踩"这种没影的事情胡说八道。

南风突然不知道该怎么跟她讲道理了。

他不得不承认，在网上和人打架，这种事情他实在不擅长。于是，他把冯助理叫了进来，指着电脑屏幕给冯助理看。

冯助理有点儿委屈："南总啊，咱们公司快上市了……"整天就不知道忙点儿正事吗？！

南风点了点头："嗯。你女朋友今天有空吗？"

"呃……南总您想干吗……"

"请她帮我纠正这个小丸子对陆笙的偏见，"南风说着，扫冯助理一眼，"这个月还是奖金双倍。"

冯助理干净利落地跪在了人民币面前："好嘞！"

当天晚上，小丸子发的帖子被一个三人小团伙轮了。

虽然小丸子一直指责这三人小团伙是陆笙的水军，但这几个水军战斗力十分强悍，讲话既有凭有据有道理又锋芒十足，把小丸子讽刺得抬不起头来。他们还给小丸子取了个外号叫"小完蛋"。

小丸子大概留下了心理阴影，从那之后好些天没上线。

南风借此机会又清理了其他胆敢抹黑陆笙的浑蛋。

陆笙并不知道论坛里发生的一切，毕竟她是一个每天忙成狗累成牛的运动员。虽然她和南风的新闻给她带来了一些骚扰，但同样给她带来了知名度，所以很快有广告商找上门了。如果是以前，能接到广告，陆笙肯定是高兴的。现在吧，她就有点儿别扭。

因为她知道这些广告商为什么找她。凭的并不是她的实力，而是你南风。

省队的意思是希望陆笙可以接那些广告，陆笙自己犹豫着，问了南风的看法。

南风的意见特别明确——不接。

陆笙问道："为什么？"

"接了广告你就要付出时间做品牌活动，还不如把时间留给我们约会。"

"呃……"竟然觉得他说得很有道理 -_-#。

陆笙想了一下，说道："可那毕竟是一笔收入。"

"收入太少，得不偿失。以后这种小打小闹的广告都不用接。"

"那怎样的广告才不算小打小闹？"

"劳力士这类的。"

"……"

这个标准太高了！陆笙觉得她这辈子不用接广告了，嗯，除了"陆笙"运动服。

说起"陆笙"运动品牌，本来嘛，这个一直亏损的企业整合时间不长，加上服装产业整体都不太景气，所以它从南风接手之后一段时间还是亏损的。南风也并不着急，他本意是先放心赔，等陆笙打出些知名度，就能够做到盈利了。

虽然参与这个项目的其他人都心里没底，但南风对陆笙有着谜一样的自信。

哪知道，才赔了没多久，俩人的恋情突然曝光，陆笙知名度乘着火箭上升，连带着"陆笙"品牌也真正走进了众人的视野。有人特意科普了这个品牌的由来，许多人为这个品牌背后的意义而感动，直接刺激了整个品牌的销量。

就这样扭亏为盈了……

现在，虽然南风平时不务正业，老是看比赛逛论坛，但他手底下的小弟们依旧觉得他就是那神一样的存在。

2.

也正是因为南风和陆笙的新闻铺天盖地沸沸扬扬，闹得连凌峻宇都知道了。身为乔晚晚的忠实粉丝，凌峻宇也是经常关注网坛的。看到这个新闻后，他觉得哥们儿很不够意思，有了女朋友也不说，还让人看新闻才知道。

南风丝毫不为此感到羞愧。

凌峻宇又说："你什么时候把她带出来吃顿饭啊，我们见见。"

南风反问："你不是见过她吗？"

"那哪能一样啊，以前见她的时候她才这么小点儿。"凌峻宇在自己胸前比画了一下。他以前见过陆笙，那时候陆笙还是个小朋友，南风的小徒弟。

想想以前那个瘦瘦的小孩儿，再看看眼前，凌峻宇忍不住说："南风你这个禽兽！"

南风挑了一下眉。

"我还当你是正人君子呢，结果连自己的徒弟都不放过。"

南风低头闷了一口酒，笑得眉角弯起来，像盛开的桃花。他说："是她不放过我。"

凌峻宇才不信他鬼话呢："呵呵，瞧把你嘚瑟的。"

南风看一眼凌峻宇，问道："现在放心了？"

有些事情是他们心照不宣的。凌峻宇对乔晚晚有那么点儿意思，偏偏乔晚晚喜欢南风。所以凌峻宇就老担心南风把乔晚晚抢走。虽然凌峻宇也未必能得到乔晚晚吧，反正南风就是不能抢哥们儿看上的人，这是原则。

凌峻宇听到南风这样问，偏偏装糊涂："喝酒吧，哪那么多废话。"

由于凌峻宇执意要"重新认识"陆笙，南风只好决定牺牲一次约会。于是原计划他和陆笙两人一起观看的中网女单决赛，变成了三人一起观看。

凌峻宇看到陆笙时，有点儿惊艳。这倒也不是说陆笙长得多么美，毕竟他凌峻宇也是纵情花丛见过各式美女的。主要是吧，陆笙给他的印象一直是小时候那个瘦瘦的、有点儿清秀的小姑娘，现在五官长开了，清秀的底子还在，眉眼变得温婉俏丽，天然漂亮的小尖下巴颏儿，脸上还带着点儿婴儿肥。凌峻宇之前看新闻图就吃惊不小，现在看到真人，依旧要感叹女大十八变，越变越好看。

而且，陆笙她还没学化妆，就是清清爽爽的素颜。

没有男人不喜欢素颜的姑娘。

凌峻宇就凑到南风耳旁说："哥们儿，艳福不浅呀。"

南风心情是愉悦的，面上不动声色地看着钻石球场："别废话，你的梦中情人出场了。"

今年乔晚晚的球运好得没话说，前不久才拿了奥运会铜牌，现在中国网球公开赛，自己国家的主场上又连克劲敌，杀入决赛。

当然，她能打得这么顺利，与斯科托娃和阿古娜这两个名将的因伤退赛有极大关系。

是的，南风一语成谶，中网里最克乔晚晚球路的两个名将，都退赛了。

新闻放出来时论坛里的人就疯了，一个个都来膜拜"愿为西南风"。

在女子网球比赛中，中网的比赛规格属于四大超级赛之列，四大超级赛的重要程度仅次于四大满贯。所以中国网球公开赛也是巨星云集、备受关注的。

在自己的主场上，自己的同胞打进决赛，这对国人来说无疑是一个强力的刺激，因此这场决赛在国内的关注程度空前，据预测，直播的收视率将远超无中国人参与的四大满贯决赛。乔晚晚也一时成了风头无两的人物，比赛还没开始，已经有广告商在想办法洽谈合作了。

如果这场比赛乔晚晚能赢，那么她的 WTA 世界排名将上升至第十五位，史无前例地杀入前二十，刷新自己的最高排名。

她今年才二十二岁，未来还会有无限可能。

所以乔晚晚是肩负着很多人的期待走上赛场的。

她一出场，现场一阵骚动，淡定的人在鼓掌，不淡定的已经开始呐喊了。不淡定如凌峻宇这种，喊出来的话很没羞没臊："乔晚晚，嫁给我！"

不少观众受他启发，也跟着喊"嫁给我"，于是现场刮起了一阵求婚的旋风。

南风偏头看陆笙，问她："你希望谁赢？"

陆笙认真想了一下，答道："还是乔晚晚吧。"

南风挑了一下眉，笑着看她，像是有些意外，又像是故意调戏她。

"怎么了，"陆笙撇了一下嘴角，解释道，"我讨厌乔晚晚是一回事，但我也不会盼着她输球。我不想通过期盼对手弱小来反证自己的强大。她强的话，我以后打她才有意思呢！更何况，乔晚晚再怎么说也是中国人，中国人拿冠军总比外国人拿强。"说到这里，她看着他，问道，"这很奇怪吗？"

南风微微一笑："不奇怪啊。"

"那你为什么看我？"

"看你可爱。"

陆笙脸一红，扭开头不理他了。

"喂，我说……"凌峻宇突然开口了。

南风扭头看他，发现他目光幽幽的。他说："你们俩能不能注意点儿影响，我的牙都要倒了。"

南风："废话真多。"

凌峻宇：＝＝！

凌峻宇决定不搭理南风了，他问陆笙："小陆笙，你为什么讨厌乔晚晚？乔晚晚多可爱呀！"

陆笙没好气道："她是我情敌。"

陆笙都不知道凌峻宇眼睛怎么长的，怎么会觉得乔晚晚可爱。难道这就是男人和女人的审美差异？陆笙想到这里，难免又要多想一点：凌峻宇觉得乔晚晚可爱，那么南风呢？是不是也觉得——至少曾经觉得，乔晚晚可爱？

她想到这个问题，斜眼看了一眼南风。南风那个默契啊，立刻摇头道："我从来没觉得乔晚晚可爱。"

这两个人之间的互动，把凌峻宇都要看呆了。他碰了一下南风的手臂，问道："哥们儿，你见过狗吗？"

"嗯？"

"狗摇尾巴，讨好人。我觉得你现在比狗都特别……那个词怎么说来着？哦对，谄媚！"

南风呵呵一笑："我只见过单身狗。"

凌峻宇就扭头不理他了。

这场比赛打得很精彩，乔晚晚苦战三盘，两度陷入赛点，最后终于打败对手，拿到中网冠军。这也是她拿过的最高级别的女单冠军。

凌峻宇激动得快哭了，比赛一结束他就打电话："快点儿，开过来！"

陆笙好奇道："什么呀？"

"我订了一车玫瑰花，庆祝乔晚晚夺冠。"

陆笙觉得这个事真有点儿奇葩，她不想围观凌峻宇给乔晚晚献花的场景，就和南风先离开了。

嗯，凌峻宇也不希望自己献花时有南风在场破坏气氛。

3.

离开球场，陆笙在想是立刻回去，还是去看看徐知遥。她还没去看过徐知遥的学校呢，也不知道他最近怎么样。

南风说道："你想徐知遥就去找吧。"

陆笙有点儿奇怪了："我发现，现在我心里想的事情，不用说，你就能猜出来。"

南风微笑着解释："都写在脸上了。"

其实，根本原因还是足够喜欢啊。因为太喜欢了，她的一举一动，她每一个细微的表情，都被他仔仔细细地看在眼里，放在心里。

陆笙就给徐知遥打了个电话。然而令她奇怪的是，徐知遥说他不在北京。

陆笙问道："那你在哪里呢？"

"我在树青体校呢。"

"啊，你怎么去树青了？卫校长和丁主任还好吧？我也好久没去看望他们了！"

"都挺好的，他们出去接受采访了，采访的主题就是怎么培养你。"徐知遥半开玩笑地说。

陆笙挺不好意思的："不要寒碜我啦……徐知遥，你怎么不上课，突然就跑去树青了呢？你怎么了？是不是遇到了什么困难？"

"没。我只是，要想明白一些事情。"

"唔，那现在想明白了吗？"

"嗯。"

"那就好，"陆笙不知道怎么就有点儿伤感了，"那我过去找你吧？"

"不用了，我马上就回学校了。"

他这样躲闪，陆笙把憋在心里许久的想法说出来了："徐知遥，你是不是不想见我啊？"

"不是啊。"徐知遥想告诉她，他每时每刻都想见她。

可是他不能说，他忍着心酸，说："陆笙，我们大概很快就能见面了。"

"是吗？"陆笙还在伤感，她觉得徐知遥肯定是在敷衍她。他们两个渐行渐远，他不把她当朋友了，打电话也不接，有话也不和她说。

陆笙挂断电话之后，看起来郁郁寡欢的。

南风揉了揉她的头，温声问道："怎么了？"

陆笙摇头，不想说话。

南风说："是不是突然觉得，每个人都像是你生命中的过客。哪怕曾经亲密，最后也还是会远离？"

陆笙点了点头。

"陆笙，我不是。"

陆笙仰头看他，她看到他温柔的目光，和嘴角淡淡的微笑。他说："我不会成为你的过客，永远不会。"

4.

11 月中旬，陆笙去了安徽合肥，在那里打了场 ITF 巡回赛。比赛的级别是 50K，也即总奖金 50000 美元。同去的还有许萌萌和宁夏。

经过半年多的努力，陆笙现在打 ITF 低级别的比赛时，基本不用从资格赛打起了，她可以留着体力打正赛。

这很重要。许多从资格赛一路打进正赛的选手，往往面临着体力提前支出这种困境，导致在正赛的发挥并不理想。

宁夏的排名比陆笙她们俩高很多，也打过不少更高级别的比赛，她这次来打 50K，纯粹是为了赚积分。

许萌萌是为了赚钱。

她们俩问陆笙是为了什么。

陆笙仔细思考了一下，答道："是为了积累更多的比赛经验。"

的确，不要说和宁夏比了，就算是和许萌萌比，陆笙的比赛经验也是严重不足。一个选手真正的技战水准，只有通过一场场实战的磨炼才能提高，否则关起门来的训练只能成为空谈，上赛场就现出原形。

世间万事，大概都是这个道理。

三人之中，陆笙和许萌萌都是只攻单打，宁夏则另外加了双打，搭档是湖北省队的艾小梅。艾小梅的女单实力在国内来说也能排进前十，她也打过双打，一直没找到合适的搭档，这次和宁夏是初次配合。

本来许萌萌也想和陆笙组个双打，目的依旧是赚钱……双打的奖金虽然远不如单打，不过也不少啦！

陆笙不想打双打，除了和徐知遥的配合，她和任何其他人双打都找不到正常的节奏。可是当时陆笙又不好意思直接拒绝许萌萌，就问南风怎么办。

南风说："不想做的事情一律拒绝，你没必要迁就别人委屈自己。"

"可是……"

"没有可是。你是陆笙，这世界上任何人都不可以委屈你，包括你自己。"

陆笙就听他的话，对许萌萌说了 No。

选搭档这种事情和选男女朋友差不多，没办法在一起的就不能勉强。虽然道理许萌萌都懂，可她还是有点儿郁闷。

50K 和 10K 是完全不一样的档次，陆笙第一轮遇到的对手就有点儿难缠。那人的风格和陆笙很类似，也是防守反击型，两个防守反击型选手打球，如果双方都固守自己的习惯，战斗的过程会比较磨人。陆笙比她稍强在反应敏捷，且更擅长捕捉战机，所以磨到最后还是陆笙赢了。

第二轮中陆笙遇到了三号种子选手，她觉得自己真是个倒霉催的。

"我的签运好像一直都不太好。"陆笙对南风吐槽说。

南风的回答很有意思："如果你是那个三号种子选手，你还会觉得自己签运不佳吗？"

陆笙精神一振。南风说得有道理，运气这东西，只是实力不够强大时的弥补，倘若实力足够强大，谁还会在乎签运呢？那必须是抽到谁打谁！

我们遇到问题时总是找理由，其实最大的理由就是我们自己。

陆笙就心态平衡地走上赛场。

强打弱，压力大的未必是弱的那一个。因为弱的知道自己弱，做好了失败的心理准备，精神负担小，更容易放松。而强的那个，或多或少负担着"不会输"或"不能输"的压力，到了赛场上能发挥得怎样，就不好说了。

三号种子选手来自俄罗斯，金发碧眼，像芭比娃娃一样漂亮。陆笙赛前和她握手时，用自己蹩脚的英语说了一句："You are so beautiful."

把人家俄罗斯美女说得有点儿不好意思了。

俄罗斯美女的球路是底线攻击型。她的底线攻击和南歌那种还不太一样。这位美女的攻击主要依赖击球的路线和落点，配合恰当的力量、创造刁钻的深度和角度，可以说她控球的能力很厉害。

她这样的攻击风格，会大大增加对手防守的难度。

也就是说，俄罗斯美女的球路是正好能克制陆笙。

陆笙其实已经抱了必输的心态，可是如果真的被对手按住一顿猛揍的话，她又不甘心。赛前她问南风该怎么办，南风反问她："我以前是怎么教你的？遇到比赛，基本原则是什么？"

"以长搏短？可现在是她长我短呀……"

"她有没有短处？"

"呃……"陆笙怔了一下，思索着答道，"她底线能力好，可是她个子高，身体不算特别灵活，根据她的身体特点和打球的习惯——她网前的能力不会太强。"

"嗯，然后呢？"

"然后，我最好是放短球、小球，这样创造机会？"陆笙不确定这个方法能管用。相比网前攻击，她在底线上更有自信一些。何况，增大网前对战，意味着后营防守空虚，这不正中对方下怀吗？

南风叹了口气，说："陆笙，你该更自信一些。"

"可她是三号种子呢！"

"那又如何，你是陆笙。"

陆笙哑口无言。

她觉得吧，南风对她的信心有点儿盲目……奇怪的是虽然现在明知道他对她寄予厚望，但是有他在现场看比赛，她不会再莫名其妙地分心了。反正每次她看向他时，脑子里都会冒出几个大字：女神你是在看我吗！

呵呵，不笑场就不错了……

现在，不管怎么说，陆笙还是决定要搏一搏。

几局下来，俄罗斯美女暂时领先。

陆笙发现，俄罗斯美女打球一点儿不糊涂，针对自己，对方有着清晰的攻克思路，而且打起来很自信——自信是因为，她很清楚，她是克陆笙的。

陆笙开始反其道而行之，适当地牺牲防守，增大网前的进攻。

这样做意味着放弃自己的优势，倒是出乎对手的意料。

但是这样的效果是明显的，陆笙连着抓住机会放了两个短球，俄罗斯美女都没能接起来，她一下子被陆笙打得有点儿蒙，发球局竟然丢掉了。

连陆笙自己都觉得有点儿过于顺利。

她没想通其中关窍，看一眼场边的南风，发现他脸上挂着神秘的微笑。

什么意思嘛……

接着陆笙自己的发球局保住了，局势逆转为陆笙领先。

"南教练，为什么呀？"许萌萌问南风。因为陆笙称呼南风为"南教练"，所以许萌萌也就跟着这么称呼他了。

要说签运，许萌萌比陆笙还悲催，第一轮遇上一号种子选手，然后，就没有然后了……

所以她此刻坐在南风旁边看比赛。

南风解释道："陆笙的优势是防守，不过当她的防守被克制住，那么这个优势能发挥的作用就打了折扣。相反，对方的劣势是网前，就算陆笙最擅长的不是网前攻击，但是对上网前比较差的对手，她在这里能发挥的作用就被放大了。所以此刻，她在网前得到的，多于她在防守上失去的。"

许萌萌听得十分叹服："好厉害呀！"

"嗯。"南风望着陆笙的身影，心情十分愉悦，连语气都变得轻快了，"对手的心理素质稍差，也让她的逆转变得更顺利。"

许萌萌仔细思索一下，发现这个原理虽然简单，其中却包含着非常深奥的哲学：什么是优势？什么是劣势？一般球员打比赛时第一选择永远是发挥优势，但优势劣势却并不是永恒不变的。正如此刻，陆笙最大的优势反而成为劣势，放弃优势，形势立刻扭转。

唉，其实在这样的时刻，对于自己往常的优势、最大的筹码，说放弃就放弃，这也是一种勇气和魄力啊，绝对的大将风度，不服不行！

许萌萌扪心自问，如果她站在陆笙的位置上，第一选择很可能就是严防死守，用超强的意志力去防住对手，然后反击。

这个选择不能说是错的，也未必没有胜算，可是跟陆笙的一比，就显得不知变通了、不敢进取了……

许萌萌捧着脸，在对陆笙崇拜的心态中看完了比赛。

其实之后的时间陆笙打得也没那么容易。她不可能完全地放弃防守，底线还是要兼顾到的，所以在场上的跑动很频繁，体力消耗特别大。幸好她素质过硬，而且，对手被她逆转之后就情绪急躁，节奏没把控好。所以最后打了两盘，就把比赛拿下了。

比赛结束时，陆笙跑了一身的汗，秋天的小凉风一吹，那个爽歪歪啊。

她跑到观众席前，仰头看南风。南风就弯腰伸长胳膊，在她的小脑瓜上揉了揉，揉完还拍了一下，像是对待自家养的小宠物。

南风问道："累吗？"

"还行。"

"什么感受？"

陆笙挠了挠后脑勺儿："有些事吧，看起来容易，做起来不容易；可有些事呢，看起来很难，其实做起来不难的。"

"这就对了。"

5.

可能是一场意外胜利的刺激，使得陆笙的比赛神经被彻底激发起来了，之后一路磕磕绊绊的，虽然几度遭遇赛点，不过最终都顽强地挺下来，打进了决赛。

这不仅出乎她自己的意料，也让媒体刮目相看。

许多人嘴上不说，心里始终认为陆笙能被这么多人熟知，靠的就是南风。既然靠的是南风，惯性思维让他们觉得这人打球不怎么样。可是这些天她的表现可圈可点，不敢说技术水准有多精湛，至少在赛场上表现出的百折不挠的精神和冷静沉稳的气度，是十分令人敬佩的。

就心理素质而言，陆笙在同龄人中算佼佼者了。

陆笙决赛的对手是宁夏。

宁夏这个人很特别。许多人打球是偏向底线的，尤其女选手，但宁夏发挥最出色的地方是网前。因此她打球几乎是纯攻击型，在场上王者风范十足。有些选手和宁夏对决时，先在气场上输了，此后被她的攻势打得抬不起头，落进败局。

宁夏的技战术水平很好。陆笙知道，以宁夏的水平，绝对是省队的一线级别，甚至超一线。她之所以很长一段时间被迫待在二线，只是因为和乔晚晚有宿怨，受到后者的报复。也因此陆笙觉得乔晚晚不算什么正人君子。不过显而易见的是，乔晚晚讨厌陆笙比讨厌宁夏更多，所以陆笙到省队之后拉走了乔晚晚不少仇恨，于是不久后宁夏没有再受弹压，顺利进了一线。

进一线之后，宁夏还半开玩笑地感谢了陆笙。

两人的差距是客观存在的，面对宁夏，陆笙一点儿把握都没有。由于宁夏太过了解她，她也无法做到出其不意以长搏短。

"我几乎没有赢的可能。"陆笙这样对南风说。

南风笑了："对于现在的你，输赢没那么重要。"

陆笙心头一震。她发现，南风总是能在关键时刻一句话点醒她。她现在羽翼未丰，输赢远不是目的。这次比赛之前，她不就说过，主要是为了积累比赛经验吗？怎么现在面对宁夏就开始发怵了呢？区区一个 50K 级别的比赛而已，她可是要打大满贯的女人！

她现在所做的一切，都只是为以后走得更高更远而铺路，仅此而已。

陆笙就抱着这样的心态走上了赛场。和宁夏在真正赛场上交锋的机会并不多，有一次算一次吧。而且宁夏的球路比较少见，绝对的走过路过不要错过。

她们俩都太了解彼此了，很清楚对方的战略意图，所以俩人的交手就显得特别光明磊落。陆笙一开始就打算积极地进攻，一边尽量不要主动送给宁夏网前进攻的机会，一边增强对她底线的攻击。宁夏八风不动地反击，以强打强，反而使陆笙陷入被动。

输掉第一盘之后，陆笙退回到防守战略。

"唉……"许萌萌在观众席上叹了口气。她觉得陆笙这是无奈之举。

南风跷着二郎腿，十指交叉放在膝盖上，不动声色地看着场上形势的变化。

尝试而已，不可能每一种尝试都是有用的。陆笙只不过确定自己的战术没用，才退回到更安全的战术。

比赛进入到典型防守与典型进攻的对决。

陆笙并没有许萌萌以为的那样不堪一击，不知是运气好还是怎的，自己的发球局都顺利保住了。因为这一盘陆笙先发球，打到5:4时，她暂时领先一局，接下来一局是宁夏发球。如果陆笙能破掉宁夏的发球局，就赢下这一盘了。

可以看出陆笙的比赛神经很兴奋。和宁夏追了三次 deuce（平分），后来陆笙占先，把比赛拖入盘末点。

许萌萌倒提了一口真气，看着场上的交手。

宁夏也有点儿遇强则强的意思，这一球发得质量很高，幸好陆笙接住了，此后宁夏的回球也很犀利，一拍子抽向外角。

"啊啊啊啊，来不及了！"许萌萌焦急喊道。

但陆笙像一发小炮弹一样飞奔过去，网球落在界内之后已经弹向界外，她跑到界外之后扬手就是一拍子，网球以一个非常大的角度斜冲向对面。

然而宁夏已经等在网前，顺利拦截，把球打向另一边。陆笙也早已经意识到不对，宁夏截球时她就拔脚往回奔跑，距离太远了，她拼尽全力，终于追上时，几乎要错过击球的时机。此刻根本来不及转身，她只好侧对着宁夏回手打了一拍子，能不能打进界内就听天由命吧！

陆笙扭头看时，发现击球有效，她这个球打得很高，这个时候还没落下来呢，这给她争取了一点儿时间喘口气。

观众席上有人忍不住鼓掌了，为陆笙精彩的奔袭救球。

这一个高吊球，宁夏接住了，不过她回球时的站位不太好，自己球速又高，陆笙瞅准机会一个直线抽击，打到远离宁夏的另一角，拿到了这一分。

这一球打得太不容易了，也十分精彩，宁夏自己都忍不住朝陆笙竖起大拇指。

陆笙抹了一把汗，朝她笑了笑。

　　第三盘，频繁的跑动导致陆笙的体力有点儿跟不上，最后节奏慢下来，终于还是输了。但整场比赛她打得酣畅淋漓，这就够了。

　　比赛结束时，陆笙握着宁夏的手说："恭喜你啊。"

　　宁夏笑道："你今天打得很好，比你刚进队时进步太大了。"

　　"谢谢，嘿嘿！"

　　"陆笙。"

　　"嗯？"

　　"我想，大概明年你就能赢我了。"

　　"是吗，哈哈！"陆笙没当回事，觉得这是宁夏在安慰她。

　　"真的。"宁夏似乎并不觉得这样有什么不好，"你很难得，前途无量。等你成为大腕时，记得帮我教训乔晚晚。"

　　陆笙严肃地看着她："我会的！"

　　许萌萌对南风说："她输了比赛还这么开心呀？"

　　南风的视线追着陆笙的身影，目光有些温柔："会赢回来的。"

　　许萌萌又有点儿羡慕："虽然没拿冠军，但是也有两万多的奖金呢！"

　　陆笙也为这两万多感到高兴。她决定了，等奖金到账，先给南风一万块零花钱。咩哈哈哈哈哈！

第七章

NANFENG
RUWOHUAI

他很庆幸还有陆笙。
她像一座桥梁，沟通着他与那个遥不可及的世
界的来往。

1.

回到省队时，陆笙和许萌萌宁夏一起去训练场，看到和宋天然对打的一个队员。那个队员背对着她，背影眼熟得很，陆笙一瞬间有点儿恍惚，以为徐知遥回来了。

呜呜，徐知遥再也不会回来了吧……

许萌萌扯了一下陆笙的衣角，偷偷地说："那个人好像徐知遥哦。"

啊，原来不止她一个人觉得像。

正说着悄悄话，那背影转过身来了。

看到徐知遥那张带笑的娃娃脸时，陆笙觉得自己应该出现了幻觉。她张大嘴巴，呆呆地看着他走向她。这个幻觉，好真实啊……

徐知遥走到近前时，陆笙依旧对此人的真实度持怀疑态度。她有点儿茫然，不自觉地伸手摸了摸他的脸，然后又捏了一下……好像是真的啊？

徐知遥被她捏得，脸有点儿红。他偏头躲开，说道："怎么一见面就掐脸，才多久不见，你胆儿肥了啊？"

"徐知遥？"

"嗯，是我。"

"你怎么来了啊？"

"我来训练。"

"你……"

徐知遥突然笑吟吟地看着她："师妹，我回来了。"

陆笙想说话，可是不知怎的眼泪突然掉下来了。

徐知遥看到她为他哭，他心里暖暖的、酸酸的，不知是好受还是难受，也不知该拿陆笙如何是好。他只好不停劝她："别哭了啊，多大了还哭鼻子？哭什么呀，我回来你是高兴还是不高兴啊？"

"我高兴，我当然高兴，"陆笙一边擦眼泪一边说，"可是你怎么突然回来了呢？你……你……"她突然想到一个非常可怕的可能性，于是瞪大眼睛看着他，问道，"你不会退学了吧？！"

徐知遥没有回答，只是给了她一个大大的笑脸："你猜呢？"

陆笙有点儿急："徐知遥，你不能……"

宁夏拉了一下陆笙的手，笑道："不一定非要退学，他可以休学的。"

徐知遥摇头道："我没有休学。"说到这里见陆笙又着急，他也不卖关子了，摊手说，"我只是转了一下特长生。"

"哎？"

看着三个姑娘都是一脑门儿问号，徐知遥有点儿得意。其实对于转体育特长生这个途径，他一开始并没有考虑，主要原因是他根本不知道还可以这样。

许多学校的体育特长生管理规定里都有这样一条，那就是非体育特长生在入学之后，只要相应的体育技能达标，就可以进校队，如果学生自愿服从校队的赛事安排，可以申请转成体育特长生的。这类后转的体育特长生和入校前通过体育特长招生方式考入的学生，同等待遇。

但是这样的规定几乎是形同虚设的，尤其是一流大学里。因为真正想走体育特长生路线的，已经在招生考试时做出了选择，而通过文化课考试入学的学生们，几乎没有能把体育练到专业级水准的。毕竟，上帝是公平的，不太可能给了你一流的体魄，再给你一个一流的头脑。

好吧，上帝也有打瞌睡的时候，所以产生了徐知遥这样一朵奇葩。

这货不敢退学——怕他爸打断他的腿。他就想尝试休学，为此把校规翻了个透。无意间翻到《体育特长生管理规定》时，他看到这一条，突然就茅塞顿开了——还可以这样啊！

体育特长生的学制是五年，期间可以正常申请休学，如果四年内修满学分，也可以提前毕业。也就是说，转成体育特长生之后，他的学习压力会降低不少。而最妙的是，只要有校队或者外面的省级以上运动队给他开训练申请，他就能拿着这个申请去系里请假，有了请假条，就不用上课啦！啦啦啦啦啦！

当然，考试还是要的……

不管怎么说，徐知遥飞速地办完这一切，火速回到 T 市网球队。办手续时他校队的教练还问过他要不要进北京队，想进的话教练可以帮忙联系人，毕竟北京队距离他学校更近一些。徐知遥果断拒绝，北京队哪里都好，但是没有师妹。

徐知遥三言两语给陆笙解释了一番，陆笙听完啧啧称奇："那你现在和我一样啦？"

"差不多吧，不过我还是在数学专业。"

许萌萌还挺为他操心："数学专业太难啦，你不如转个轻松点儿的？"

陆笙目光幽幽地看着许萌萌："对他来说，数学专业才是最安全的……"

下午，领队邓林屹把陆笙和徐知遥叫到办公室谈了一次话。

陆笙上一次来邓林屹的办公室还是跟南歌打架那次，那次南风有点儿强势，闹得邓林屹不是很愉快。陆笙还以为邓林屹会记仇呢，结果今天邓林屹笑呵呵的，搞得好像失忆一般。

邓林屹找他们俩谈话的目的是想告诉他们，距离四年一次的全运会还有十个月的时间，队里想要把陆笙和徐知遥作为混双项目的重点培养对象。T 市网球队的其他项目都还不错，不敢说金牌，至少有夺牌的实力，尤其乔晚晚的女单，老一辈金花都退役了，乔晚晚在国内没有敌手，这块金牌几乎已经预定。

唯有混双，是 T 市网球队的短板。即便是自家实力强劲的男女队员，组混双也很难做到强强联手。所以虽说陆笙和徐知遥都是小字辈儿、各自的单打在全国排不上号，可组起混双来偏偏就能让人眼前一亮，前途无限。邓林屹这次也决定冒个险，把宝押在他们身上。

陆笙听完之后干劲十足。她还是很有集体荣誉感的。

2.

12 月中旬，陆笙参加了一次 15K 级别的巡回赛，这次比赛对手比较弱，她拿了冠军，拿到一万多人民币的奖金。她把奖金的一半用支付宝转给了南风，附言：这个月的零花钱，拿去花吧！

南风看到转账信息之后有点儿哭笑不得又有点儿感动。上个月也是这样，陆笙拿到奖金之后第一时间给他发了"零花钱"。那丫头自己的手机不能装支付宝软件，还是借用人家许萌萌的手机。

第二天，南风用热乎乎的零花钱买了一部最新款的智能手机送给了陆笙。小丫头长大了，应该不用担心她的自制力了。

元旦临近时，陆笙接到一个很特别的邀请。

她的小学班主任亲自给她打电话，对她讲话客客气气的。

陆笙有点儿受宠若惊。

两人互相问候一番之后，班主任说："学校非常欢迎你们随时回来看看。"

"嗯，我有空就回去看。"

"那你什么时候有空呢？"

"呃……啊？"

班主任说："是这样的，学校年底想邀请一些优秀毕业生回来给孩子们讲讲话，校长让我问问你 31 号有空没有。"

陆笙有点儿惊讶，她都成优秀毕业生啦？

班主任以为她没时间，又说道："那天没时间也没关系，我们这边时间可以调的，看你什么时候方便。陆笙，你能过来吗？"

陆笙从晃神中醒过来，忙点头道："我可以的，31号就行，我需要准备什么吗？"

"没什么要准备的，就是讲讲关于理想之类的。"

陆笙请了半天假，31号一早，南风把她送去了学校。班主任接待了她，带她在学校里逛了逛。

陆笙有许多年没踏足这里，现在眼中的一切显得熟悉又陌生。

陆笙觉得自己大概是个无情的人，她对母校并没有那种怀恋的情感。她在这里过的日子也不算太好，平凡又平静。老师、同学，没有人在意她，她最引人注意的时刻，恐怕就是拿不出校服费或者没钱买老师指定的辅导书。老师让她回答为什么没带钱，她站起来接受全班同学的目光洗礼。

那一刻她低着头，仿佛自己是全世界最卑微的那一粒尘埃。

那样狼狈的过去，陆笙已经很久没有回忆过了。

班主任把她带到了她曾经的教室外。里面书声琅琅，她站在门外，仿佛看到了童年的自己。那个女孩儿，苍白、瘦弱、自卑、倔强，每天都在经历绝望，每天都在满怀希望。

她想对那个女孩儿说：谢谢你，谢谢你愿意坚持相信生活的美好。

她还想对她说：黑暗终将过去，光明终将到来。你会迎来一个全新的人生。

"陆笙？"

"嗯？"陆笙回过头，看着班主任。

"我给你准备了一份礼物。"班主任说着，从包里掏出一个信封，递给她，"打开看一下。"

陆笙打开，从里面取出一张A4纸，纸上是一份复印的小学生作文。

整齐的格子上写着：《我有一个梦想》。

我有一个梦想。我想当一名网球运动员，像南风一样，为国争光……

陆笙看着那略显幼稚的笔迹，眼眶突然热了。

班主任也有些感慨，说道："陆笙，恭喜你，实现了梦想。"

"谢谢田老师，"陆笙生怕自己落泪，故意牵起嘴角笑了笑，"您是怎么找到它的？"

田老师笑道:"还记得吗?当时你这个作文因为感情真挚,被选为范文。"

"嗯。"当然记得,这可是她屈指可数的荣光之一。

"教研组把范文复印了供全年级语文老师拿去班里阅读,同时也留了备份。学校有一个习惯,就是把范文留下备份统一放在档案室,档案室里有许多优秀作文。那里边很乱,我找了好久才找到你这篇呢!"

"谢谢,谢谢田老师。这对我来说很珍贵。"

参观完学校,班主任把陆笙带去见校领导。

一起作为优秀毕业生回来演讲的,还有两个考上名牌大学的学生。领导们对待陆笙都很热情,之后,陆笙给全校小学生做了一个演讲,还回答了小朋友们的问题。

然后,领导想请陆笙他们几个吃饭。

陆笙说:"抱歉啊校长,我男朋友在等我。"她不想和一群陌生人一起吃饭。

校长会意,让班主任把她送出来了。

班主任一边走一边说:"陆笙,你还记得康熙吗?"

"田老师您是指一个名叫康熙的学生吧?"

"对。"班主任说着,突然一拍脑袋,"哎,我老糊涂了,康熙和你不是一届。他比你高一年级。"

"但我认识他,他是我邻居。"陆笙问,"他怎么了?"

"他呀,进去了!"

"啊?"陆笙不太确定所谓的"进去"是不是她理解的那个"进去"。

班主任解释道:"进监狱了,因为偷东西,被判了三年!"

"唉……"陆笙叹了口气。康熙对她还蛮好的,只不过他一身的小毛病,她很不喜欢和他接触,也不知道他妈妈现在后悔不后悔。

走到校门口,陆笙看到南风的车。南风见他们出来时,走下车跟班主任寒暄了几句。然后陆笙拉着他上了车,一上车,她突然扑进他怀里,揽着他的脖子用力亲吻他。

难得的主动又热情,一下把南风撩得特别特别激动,差点儿把持不住了。两人缠绵了好久,最后陆笙松开他,坐回到副驾驶。

南风轻轻舔了一下唇角,表情像是满足了,又像是不太满足。他低声问她:"怎么突然这么热情?"

陆笙把那个信封给了他。

南风看着陆笙的小学作文,低头笑道:"写得……挺可爱的。"唉,看到女朋友小时候对自己无限膜拜，这感觉不能更爽。

"南风。"陆笙突然叫他。

南风便抬头看她。

她认真地看着他："是你给了我重生的机会。"

南风揉了揉她的头。

"所以，"她板着小脸，无比严肃地宣布，"我的一切都是你的。"

"咳咳咳……"

"怎么了？"

"没什么。"这么庄重的时刻他不该想歪的……

3.

1月份的澳网，乔晚晚再次用实力证明"大满贯不爱她"这个定理。上一年的辉煌没能在年初延续，她只打到第三轮就被淘汰了。

其实这个成绩也不算差。大满贯巨星璀璨、强将如云，网球这项运动在国内发展的时间又短，所以国内能把网球打到世界顶尖级别的，简直是凤毛麟角。中国人征战大满贯，除了个别现象级的人物，一般情况下能挺过第一轮就可以打个及格分了。

很遗憾，乔晚晚不算现象级人物。

虽然乔晚晚铩羽而归，她的粉丝依旧对她宠爱有加，跑到机场给她举行接机仪式。现场又有某富二代献上大堆大堆的玫瑰花，这几乎已经成了乔晚晚所到之处的保留项目了。媒体记者们也记住了那张面孔，乍一看是正气凛然的帅哥，仔细看就会觉得这面孔怎么看怎么不着调。

总之，因为这个执着的富二代，乔晚晚回国的新闻又被记者们报道成花团锦簇的样子。

陆笙把目光从报纸上移开，看向一旁的南风，问："你怎么看？"

南风今天开车路过省队，就进来看了一会儿陆笙训练，现在正在省队食堂吃午餐。陆笙已被许萌萌和宁夏严重警告过，不许她和南风在单身狗面前秀恩爱。虽然陆笙从没觉得自己有秀过恩爱。

南风听到陆笙这么问，便答道："实际上她第三轮比赛赢面还可以。"

"那为什么输了呢？"

"状态不好。"

"那为什么状态不好呢？"

南风耐心解释道："状态不好有的时候能找到原因，有的时候找不到。而且，状态是有起伏的。没有人能始终保持高涨的状态。她去年的比赛神经很兴奋，今年有回落也正常。"

陆笙觉得状态这东西有点儿玄妙。她一边吃着饭，视线又在报纸上扫。

队里他们这个小团伙里，只有陆笙喜欢读报纸。许萌萌、宁夏甚至徐知遥，都更喜欢通过看电视的方式获取新闻，如果时间充裕，他们还会在社交平台上看新闻，总之，不会用报纸这么古老的方式。

南风觉得看报纸吃饭容易消化不良，便阻止她："陆笙，别看报纸了。"

陆笙低头"嗯"了一声，却并不抬头，只是反问："那看什么？"

"看我。"

南风就是随口一说逗逗陆笙，说完发现同桌几个人都看着他。他有点儿囧："没让你们看我。"

徐知遥小声说："你以为我们想看吗……"

其他人敢怒不敢言，只得默默点个头。

只有陆笙淡定地还在看报纸，看完这个版面还翻了页，然后她在角落里看到了自己的名字。

唉，自从她成为"名人"之后，总能隔三岔五地看到关于自己的新闻。

不过今天的新闻有点儿来者不善。新闻对比了陆笙三年前和现在的表现，认为她的进步太大了，有点儿"超乎常理"。"超乎常理"这个词不是记者的意思，是记者采访的某个陆笙曾经的队友说的原话。这个队友也在省队待过，和陆笙是队友，与陆笙不止一次交过手，可以用自己的亲身感受来说明陆笙的进步是何等夸张。

陆笙气呼呼地哼了一声。

许萌萌见状，好奇地凑过脑袋看，看完之后说："这什么意思呀？"

"还用问吗，意思是觉得我用了非常规方法才能进步这么大。"

"什么非常规方法？"

"禁药呗！记者不好意思说，我帮他说。"陆笙说着，翻了个白眼。也不知道这记者是真的怀疑她用禁药还是只想哗众取宠。

其他人也看了报道。

看完之后，宋天然说："消消气，你看，就这么一小块版面，说明报社也没什么底气，现在媒体就那德性。可他们也没明明白白地写出来，你又不能告他。"

宁夏问道："这队友是谁？"

徐知遥想了一下，问宋天然："近一年半省队有多少人离开？"

"五个，男队三个女队两个。"

"和陆笙不止一次交过手，肯定是女队的。女队离开的都有谁？"

"一个是南英俊，还有一个是青训队的，没和陆笙交过手。"

徐知遥一摊手："就她了。"

"神经病。"陆笙骂了一句，骂完觉得自己也不能把她怎么样。事实上能把南歌赶出省队，她已经很庆幸了。

下午南风离开时，恰好又在门口遇到了出席活动归来的乔晚晚。

乔晚晚见到南风时，几乎是不自觉地就眼前一亮。

南风叫住了她："晚晚。"

"嗯，师哥。"她走到他面前，温顺得像一只小绵羊。

南风从钱夹的深处掏出一张名片递给她。

"师哥，这是你的名片吗？"乔晚晚接过来，低头看了一眼，诧异地念出来，"冯少枫？"

"嗯，这是一个心理医生。麻烦你把这张名片转交给南歌。"

"为……为什么？"

"告诉她，她去这里可以打八折。"

乔晚晚还想说话，但南风已经拔腿告别。

4.

1月份，徐知遥不得不面对另一个问题——他要考试了！

躲得了初一躲不过十五，这一天终于还是要来了。

专业课他倒是一直在自行学习，反正就是看看书做做题，又不费脑子，至于别的课……那就随风飘扬去了……

其实陆笙也要考试，只不过体大对体育特长生的要求远低于北大，所以陆笙不怎么为自己担心，倒是很担心徐知遥。她觉得徐知遥现在面临挂科风险的根本原因是他没有足够的时间上课学习。对此，徐知遥倒是看得很开："相信我，就算我有时间我也不会上课的。"

"呃……"仔细想想，貌似这才是徐知遥，一点儿没错。

陆笙不知道怎么安慰徐知遥了，千言万语汇集成一句话："徐知遥，你千万不要被开除啊！"

徐知遥神情严峻地点头："嗯，一定不辜负组织的期待！"

好吧，组织对他的期待有点儿低……

徐知遥非常了解自己，靠着自学公共课肯定行不通，他放眼整个省队，找了个文化水平比较靠谱的人，那就是我们伟大的丁小小同志。

徐知遥让丁小小帮他辅导公共课。

丁小小一听乐了："我倒是可以帮你，可前提是你得听我的话呀。"

徐知遥猛点头："我听话！"

"你要是不听话怎么办呢？"

"你可以打我。"

丁小小微微一笑："我这么温柔可人，怎么能随便打人呢！"

徐知遥肩膀一抖，心里感觉怕怕的……

因为不想打人，温柔可人的丁小小同志发明了一个特别凶残的惩罚办法。她找了个医用小镊子，但凡徐知遥"不听话"或者"表现不好"，她就用小镊子拔他的头发。一根一根又一根，且全部集中在同一个区域。

徐知遥很无语："你能不能换个地方拔……"

"不能……容我提醒你一句哈，照这个速度下去，到考试的时候你就可以变成斑秃啦！"

徐知遥想象了一下自己斑秃的样子，绝对不能以这样的形象出现在师妹面前！绝对不能！

怎么办啊……

还能怎么办，加倍用功吧！/(ㄒoㄒ)/~~

就这样，为了不成为斑秃，徐知遥拿出了前所未有的热情备考。他做梦也想不到自己有朝一日会为了达到这样一个目标而用功读书。最后除了无法抢救的英语，他别的公共课竟然都过了。

他觉得自己创造了奇迹。

陆笙的考试也马马虎虎过了，然后学校放了寒假。

当然，对她和徐知遥这种长期扎根在球队的学生，寒假那只是个形式，他们俩没有寒假。

不管怎么说，放了寒假，年关也就近了。

5.

这天陆笙正在训练，突然听说外面有人找她。她挺好奇，现在南风可以直接走进省队大门了，不需要在门口等她，所以找她的人应该不是南风。

那么会是谁呢？她认识的人可不多。

陆笙走出去之后，看到几个陌生男人。那几人把她打量了一下，她听到其中一个人对另一个人说："还真有点儿像。"

陆笙一头雾水，问道："请问是你们找我吗？"

一个男人问道："你是陆笙？"

"嗯。"

"能说一下你和周瑾瑜的关系吗？"

陆笙一愣："我不认识周瑾瑜。"

那些人听她如此说，似乎有些奇怪，面面相觑之后，领头的人取出手机，调出一张照片拿给陆笙，问道："没见过这个人吗？"

手机里的照片是一张证件照，那种老式的黑白照片，由于年代久远，相纸泛黄，照片一角还盖着戳，看样子像是从档案之类的东西上翻拍下来的。

照片里的男人面庞清秀，目光温和。陆笙看着他的脸，感觉分外熟悉，她拧眉想了一下，当手机自动锁屏熄灭亮光之后，她看到了锃亮的钢化玻璃反射出她的面庞，顿时恍然。

这个人的眉眼，和她有点儿像呢。

哦，不，不能这么说，应该说她长得像他吧……

那人见陆笙又发愣，便拿过手机说道："见过就是见过，没见过就是没见过。你跟我们说实话吧，放心，我们今天找你不是坏事。"

陆笙挠着头，不知道该怎么解释，她也不能因为自己和这个人长得有点儿像就乱攀关系吧？她只好说道："我真没见过他。"

"没见过，那你怎么住他的房子呢？"

"啊？"

"树青区安各庄锦绣胡同 21 号的房子，你没住过？"

这个地方，陆笙已经很久没回去了，这次由一个陌生人口中说出，竟让她有种恍如隔世的感觉。她奇怪地看着他，问道："你们到底是做什么的？"

"我们呀，是拆迁办的。你住的那个房子在房管局登记的产权人是周瑾瑜，但是现在我们找遍天了也找不到这个人。"

陆笙明白了。原来那个男人叫周瑾瑜吗？

"妹子，"拆迁办的人继续说，"所以你到底知不知道周瑾瑜去哪里了？"

陆笙抿了抿嘴，答道："他好像失踪了，有将近二十年没露面了。"

"啊？"

陆笙也不是很确定这个周瑾瑜是不是她以为的那一个。她突然想到曾经看过的那张照片。可惜那张照片摄影距离太远，无法看到主人公清晰的面庞。

说来说去，还是不确定。

陆笙只好说道："我也不太清楚，我妈妈大概比较了解。"

"那你妈妈呢？"

"也失踪了。"

"……"

陆笙解释道："不过，她应该还活着。"

几个大老爷们儿突然很同情这个小姑娘了。

拆迁办领头的人说："要不这样，你现在只要能拿出证据证明你和周瑾瑜的亲属关系，这笔拆迁款你就可以领了。"

"我没有证据，不过……我有一张照片，想让你们帮我鉴定一下是不是同一个人。"

陆笙的照片没放在身边。不常用的东西她都放在了南风那里。

她有南风那边的钥匙，不过还是先南风打了个电话，恰好南风正在往省队这边赶呢。

和陆笙公开关系之后，南风把省队从上到下都打点了一下，连门卫老大爷都没放过。老大爷拿过南风几瓶好酒，今天见到几个大男人来找陆笙，怕陆笙有麻烦，于是第一时间打电话给南风了。

陆笙等了一会儿，南风开车过来了。

南风一见陆笙孤零零一个小姑娘和几个大男人对峙，瞬间提高警惕，幸好陆笙解释一番，南风便载着陆笙和其中两个人，去了他的住处。

陆笙的东西都收纳得条理整齐，所以她很快找到了那张照片。

撕碎之后重新粘贴的照片，虽然粘的时候小心翼翼，却到底是布满裂痕。

拆迁队的男人仔细对比半天，只能说像，也不敢把话说死。何况，就算能看出是同一个，单凭这张照片，也无法确认她和周瑾瑜的关系。

他们说："我们回去再合计合计，看看派出所那边能不能再提供点儿别的。如果实在没证据，拆迁款不能给你，但是这笔钱我们会打到指定账户，什么时候能确定了，什么时候来领。你妈妈回来之后你把这事跟她说说吧，也许她能拿出更有力的证明。"

"嗯。"

陆笙问他们要了一份周瑾瑜的证件照。送走他们之后，她就看着手机上周瑾瑜的照片发呆。

南风摸了摸她的头，陆笙把手机举到自己脸旁，问南风："你觉得我们两个长得像吗？"

南风点了点头："嗯。"

"那他是不是我的爸爸呢？"

"应该是吧。"

陆笙也不知道自己现在是什么感受。难过吗？谈不上。反正心头有点儿淡淡的失落。这是她血浓于水的至亲，她今天却以这种方式第一次认识他。

南风突然叫她："陆笙。"

"嗯？"

"想妈妈吗？"

陆笙想都不带想地就摇头："不。"南风给了她全世界最好的爱，除了他，她谁也不会贪恋。

南风一手揽着她的肩膀，眼睛望着窗外。

两人安静地坐了一会儿，南风突然说："陆笙，假如以后有一天，你发现我欺骗了你……"

不等他说完，陆笙就打断他："那一定是为我好。"

6.

春节过后，国内网坛发生了两件不算小的新闻。

第一件，终于有记者把陆笙跨越式的进步再次拿到明面上说，请她回应一下质疑。陆笙对记者说："其实质疑我的始终只有一个人，所谓的爆料也来自这个人吧？南英俊她……呃……"她显然意识到自己的口误，掩了一下嘴唇，然后问记者，"你们这不是直播吧？"

记者反应过来"南英俊"指的是谁，艰难地忍着笑，点头说："是直播。"

陆笙有点儿不好意思地低着头，不敢看镜头了："不好意思，是说顺嘴了。"

记者心想，不用解释了，我都懂，哈哈哈哈哈哈……

陆笙最后硬着头皮说："我觉得还是要把注意力都放在训练和比赛上，少分心去想其他有的没的。冰冻三尺非一日之寒，我付出很多努力才取得今天这点儿成绩，你可以不理解，但请给我起码的尊重。"

记者点了点头，又问："最近和南风感情怎么样？"

又来！

这句话就像春晚的《难忘今宵》一样，每次采访都出现，这么多人关心她的感情生活，让陆笙压力好大。

"挺好的。"她每次都这么说。

这次采访在电视上直播之后，观众朋友们都被"南英俊"这个贴切的外号惊采了。许多人不甘寂寞地把这段视频剪辑了传到网络上，寻找共鸣。于是短短一天之内，球迷之间刮起了一阵英俊的旋风。很多人本来不知道南歌是什么角色，这会儿全被科普了。

除了一片起哄架秧子的"哈哈哈哈哈哈哈哈"之外，也有部分网友觉得陆笙说话太恶毒。外貌都是爹娘给的，长得丑又不是犯罪，你不能仗着自己长得好看就恃靓行凶挖苦别人，还给人取这么难堪的外号！这教养真是可见一斑哦。

这些人对南歌主要以同情为主。

然后陆笙的粉丝不干了：先看看你们家南英俊干的那点儿勾当，跟记者爆私料泼陆笙脏水这种事真以为别人眼瞎看不出来吗？这才叫恶毒！你既然敢恶毒，就别怪我家笙妹不当包子！哈哈哈哈哈，笙妹干得漂亮！

许萌萌在网上看八卦看得很"嗨皮"，看完之后把这些报告给陆笙。陆笙觉得网友们的想象力太丰富了，竟然把她的口误理解为有意的反击。

陆笙确实挺想反击的，但也不至于这样。如果一定要爆出南歌的外号，她更倾向于当着记者的面叫她，呵……

连南风都发来贺电了。他在电话里用一种特别宠溺的语气说她："越来越调皮了。"

"咳……"陆笙感觉头皮麻丝丝的，定了定心神，"你，好好说话。"

"陆笙。"

"嗯？"

"南歌不会善罢甘休的，不过你不要担心。"

陆笙撇了撇嘴角："我才不怕她。"

过了几天，第二条新闻出现了。

陆笙还以为南歌会再出别的幺蛾子呢，结果她直接把老爸搬出来撑腰了。

南争鸣开了个发布会，首次公开南歌的身世。他号称女儿一直想要低调，虽然认识南歌的记者都觉得这话说得有些不要脸，不过他说低调就低调吧。然后南争鸣又说，但是身为一个父亲，他想要站出来支持女儿，做女儿最坚强的后盾。

其实说白了，闺女被欺负了，老爸站出来给她撑腰了。

但这不是关键，关键是南歌怎么突然变成超级富二代千金了？

哦，不，这也不是关键，更关键的是南争鸣不是南风的爸爸吗？这样一来，南风和南歌就是兄妹咯？南歌和陆笙不和就是姑嫂不和咯？妈妈呀，好大一出戏，宝宝脑子不够用了！

饶是在八卦海洋里身经百战见识过各种大风大浪的人，也被这兜头一大盆狗血拍得情绪几乎失控。

一时间讨论声尘嚣四起，基于侧重点不同，舆论奔向了不同的方向。反正不知道最后怎么搞的，南歌就成了弱势群体，是被哥哥和他女朋友联合打压的苦情小白菜。

陆笙难得上一次网，看看自己社交网里的留言，毁誉参半，重点是骂声太难听了，她完全没做过的事情，被人强横地扣在她脑袋上。

说不难过是假的。

她连训练的心情都没有了，一个电话把南风召唤过来。见到南风时，她就钻进他的怀里，双手环着他的腰，特别委屈："呜……"

南风搂着她，一手轻轻揉了揉她的头，他说道："我一直认为，对于以真刀真枪比拼的运动员，在舆论上的斗殴，无异于动物园里两个大猩猩互相扔粪便，一点儿意义也没有。"

"噗……"陆笙被他逗乐了。

喂喂喂，人家正难过忧伤呢，为什么要用大猩猩互相扔粪便这种场景来破坏画风！

陆笙抬起头看着他，没好气道："我又没有和她斗殴，是她！"

"对，是她。所以她是没智商的大猩猩，你不是。"

"可是网上那些人骂得可难听了。"

"陆笙，你听说过水军和网络营销吗？"

陆笙有点儿茫然。她成天不是训练就是比赛，很有点儿不问世事的意思，面对许多网络流行的东西，她就显得很傻很天真。网络营销这种，也不是不懂，就是吧，不是很懂。

南风解释道："网络营销就是一群人收了钱去帮客户引导舆论走向。这种手段之所以能成功，根本原因并非是营销手段多高明，而是因为群体的特性。你要知道，一旦进入一个群体，许多人就丧失了分辨是非的能力，只有盲从，人云亦云。那些人，无论捧你的还是踩你的，绝大部分是源于盲从。今天捧你的明天就可能踩你，今天踩你的明天也可能捧你。所以无论他们说什么，你看看就算了，不要当真。"

陆笙听得有点儿惆怅："唉，偶像和粉丝之间的关系就如此脆弱吗？"

南风笑了，捏捏她的脸蛋："谁说的？偶像也可以和粉丝成为情侣的。"

"咳……"陆笙有点儿不好意思，又说，"网上那些人太无聊了。"

"所以，我希望你以后无论身处怎样的群体，都要保持最基本的清醒和判断能力，不要别人说什么你都信。很多时候，眼睛看到的都未必可信，更何况耳朵听到的。"

"眼睛和耳朵都不能信，那应该相信哪里呢？"她歪着脑袋看着他，"是相信自己的内心吗？"

南风摇了摇头："不。有时候你内心的渴望正好会蒙蔽你。"

"呃……"怎么不按常理出牌呢。-_-#

他敲了敲她的头："相信这里边的东西。人类进化出大脑不容易，不用的话太浪费。"

陆笙按下他的手："好了知道了，我不是小孩子了，你不要总是敲我的头嘛。"

南风就笑看着她："不难过了？"

"嗯，"她用力点头，"那些人也是被蒙蔽了，我好同情他们。"

"这就对了。"他低头吻了一下她的额头，"南歌的事情你不用管，我来处理。"

"你……要怎么处理呀？难道要和她打舆论战吗？"

"口水仗治标不治本，不是我的风格。"

"你的风格是？"

他眯了眯眼睛："釜底抽薪，一劳永逸。"

7.

T市据河海之利，水产品那是相当丰富，老话说得好：借钱吃海货，不算不会过。

今儿，凌峻宇带着新认识的小美女去一个安静的地方吃海鲜，他也想不到会遇上南风。路过某个包厢的时候，那里边正好走出来一个服务员，也就是借着门打开那一瞬间，凌峻宇看到了包厢里的一个侧影。尽管这身影被桌上的鲜花挡了一半，但凌峻宇从剩下那一半里依旧一眼认出了他。

没办法呢，谁让俩人是发小呢，南风穿开裆裤的样子凌峻宇记忆犹新。

凌峻宇一推门，招呼也没打就走进去了。

南风穿得灰扑扑的，看起来很低调，凌峻宇从他的衣着打扮上几乎感受到他希望泯然于众的心情。

南风对面坐着俩人，一个中国人、一个外国人。

看到凌峻宇，南风也挺意外："你怎么来了？"

凌峻宇扭头朝身后的小美女抛了个媚眼："你去包厢等我哈。"

小美女乖乖等他去了。

凌峻宇一屁股坐在南风身边，一点儿不见外。他揽了一下南风的肩膀，对俩陌生人说："这我哥们儿，你们继续。"

南风说："我们的事情已经谈完了。"

那两人便起身告辞，凌峻宇还挺热情："别急啊，吃点儿东西再走。"

两个陌生人离开之后，凌峻宇拄着下巴看南风，问道："我说你又捣什么鬼？穿成这样肯定不是谈正事儿，你是怕被人认出来吧？跟哥说说，做什么坏事怕人知道？"

"你有正事，你快去忙正事吧，女朋友该等急了。"

"纠正，那不是女朋友，那是床伴。"

南风不想听他扯淡。

可凌峻宇还就赖上他了："你不说呀？不说我告诉陆笙妹妹去。"

"别去烦她。"

"南风，你真的做了对不起陆笙的事了？"

南风呵呵一笑："你以为我和你一样，一天换一个女朋友？"

"纠正，那不是女朋友，那是……"

"打住，"南风摆了摆手，"我可以告诉你，但你要把嘴捂严实。"

"得嘞，我用我下半辈子的性生活发誓行吗？"

南风给凌峻宇讲完之后，凌峻宇瞪大眼睛看着他："你认真的？"

"嗯。"他点头，缓慢而坚定。

凌峻宇还有些不信："那毕竟是你妹妹，亲的。"

“那又怎样。”

凌峻宇就静静地看着神色疏淡的南风，看了一会儿，突然叹气：“唉……”

“怎么了？”

“哥是羡慕你啊。说实话，我一开始并不看好你和陆笙。”

这话倒是让南风有点儿意外了。

“为什么？”南风觉得吧，他和陆笙怎么看都是天造地设的一对吧，竟然有人不看好？！

凌峻宇轻轻抬了一下下巴，意有所指的样子：“你不是……不行吗……”

“我怎么不行？”

“那里不行，你亲口说的。”

南风不是很想和另一个男人讨论行不行的问题。他沉默了一会儿，突然说：“峻宇，答应我一件事。”

“嗯，什么？你说。”

“滚。”

8.

陆笙上半年削减了外出比赛的次数，目的是为全运会做准备。

全运会四年一次，是国内级别最高的体育盛会。目前许多体育项目的发展还都是举国体制，全运会在制度内的影响力很大。

有多大呢？它关乎许多运动员的毕生生涯、许多官员的升迁、许多部门未来四年的资金变动。

还是不明白？

“这么说吧，”李卫国给陆笙和徐知遥解释，“美网厉害不厉害？”他说着，看到陆笙和徐知遥狂点头——美网当然厉害，四大满贯之一，无与伦比的顶级赛事！他继续说，“今年美网和全运会网球比赛的时间有冲突，乔晚晚肯定要放弃美网打全运会的。”

陆笙难以相信。两个比赛完全不是一个量级的，乔晚晚会为了一个全运会的单打冠军而放弃出征大满贯吗？她去年取得了很好的成绩，今年正是上升的最好时期，如果真的放弃美网，那就太可惜了。

李卫国一看陆笙的表情就知道她是怎么想的。他笑道：“不要以为乔晚晚多自由。队里培养了她这么多年，往她身上投入了多少金钱和资源？现在正是她效力的时候呢，不可能由她任性。"

陆笙恍然。乔晚晚参加怎样的比赛，并不取决于她的意愿，而是基于省队和国家队的需要。大满贯说到底是个商业比赛，乔晚晚又没有达到能拿冠军那个级别，所以征战大满贯于省队来说就是个鸡肋。而一个全运会的女单冠军，有可能影响很多人的命运。

如此说来，省队对乔晚晚的培养，是她的助力，也是她的束缚。

欠债还得还钱呢，一个道理。

陆笙有点儿惆怅，假如有一天她达到了乔晚晚那个层次，是不是也要放弃大满贯而回来效力一场国家级比赛呢？唉，虽然那样也没什么不好，可还是会有一点儿不甘心啊……

她想得有点儿多。徐知遥就比较直接了，问李卫国："那我和陆笙以后也会这样吗？"

李卫国的笑容有点儿深沉："你们俩啊，是例外。"

陆笙一怔。转念，她突然想到最近颇有些知名度的"陆笙"运动服，顿时明了。是啊，她之所以例外，是因为早早地拿到了赞助。省队确实培养了她，而她也给省队带来了真金白银的收入。如果真的算算账，恐怕还是省队赚得多。

也就是说，她不欠队里的，她随时可以转身，飞向更高更远的地方。

原来当初看似玩笑的赞助，竟然大有深意。

是南风，南风把所有事情都考虑到了，早早地帮她铺好路，让她没有任何负重地前行。

呜，怎么会有这样的人啊……陆笙感动得快要掉眼泪了，她对徐知遥说："我们要好好谢谢南教练。"

徐知遥有些别扭："其实我只要谢你就好了。"反正他被赞助也是沾了陆笙的光，顺带脚的事儿。

其实吧，被情敌赞助的感受并不怎么好。/(ㄒoㄒ)/~~

5 月份的时候，陆笙参加了一次 10K 级别的比赛，在比赛中她再度遭遇南歌，几乎没什么悬念地就赢了她。站在胜利者的角度，陆笙能看出来，南歌虽然技术和体力都不错，但是打球太浮躁了，典型的反面教材。

南歌输比赛之后，南风给她打了个电话，约她见面。

很少接到哥哥主动打来的电话，南歌有点儿惊喜，本以为哥哥是想安慰她，哪知道见面之后，南风完全没有兜圈子，直接拍给了她一沓资料。

"这是你和美国某药品研究所的来往邮件，这是你和他们某药物销售人员的见面，这个最精彩，"南风说着，抽出一张照片，"就是本次比赛，你在洗手间中注射药物，然后你把药瓶和注射器装进袋子里扔到了外面的垃圾桶。不好意思，这袋垃圾被人捡走了。他们把药物残留拿去做了分析，分析结果应该快出来了。"

南歌霎时脸色惨白，可怜兮兮地看着南风："哥哥，什么意思？"

"意思是你使用兴奋剂的事情证据确凿。"

"这不是兴奋剂！尿检都检测不出来，你凭什么说是兴奋剂？"

"尿检测不出只是检测手段的问题。或者这样说，假如我把药物的分析结果拿给反兴奋剂机构，你说他们会把它认定为兴奋剂吗？又或者，假如我把这些证据曝光，你觉得别人——那些媒体、公众，还有父亲——他们会听你关于兴奋剂定义的辩解吗？单是这一张照片，"他说着又拿起那张南歌注射药品的照片，神情冷漠地看着她，"就有足够的冲击力。更何况，我还有视频，还有很多照片。"

"哥哥，"南歌突然慌得掉眼泪了，"不要告诉别人，尤其不要告诉爸爸，我以后不敢了！"

南风神情依旧冷漠："谁管你以后敢不敢。"

"哥哥，什么意思？你不是来阻止我的吗？"

"不是。"

这下南歌彻底迷茫了："那你为什么这样做？是想警告我以后小心行事吗？"

南风觉得她的逻辑很可笑，他也不和她分辩，只是沉声说道："我确实要警告你。不过我的警告是，以后你不许再和陆笙作对。无论是公开的还是私下的场合，不许说她坏话，不许顶撞她，不许暗算她。"

南歌脸一板："所以你今天找我是为了陆笙吗？！"

"我还没说完。假如你没有做到我说的这些，那么全世界的人都会知道你做的事。"

南歌后来又哭了，一半是害怕一半是委屈。她也不再追问南风为什么不喜欢她了，她知道为什么。她是私生女，她的出生就是错误。

过了些天，凌峻宇发现南歌没再隔空追着陆笙打嘴仗了，他就知道南风搞定这事儿了。他给南风打了个电话，说道："你可够狠的啊，还雇侦探呢。哎，我说，你雇侦探花了多少钱？现在能帮我联系他们吗？"

"你要做什么？"

"我想了解一下乔晚晚……"

南风当然不可能帮他做这种事情。

凌峻宇被拒绝之后，又问："这事儿你有没有告诉陆笙？"

"没。"

"为什么？"

"没必要。"

凌峻宇说："这我就不同意了。做好事不留名，你怎么才能让她知道你对她的付出呢！"

"知道本身就是一种负担，我不会让她背负太多。"

9.

南风有时候会去省队看陆笙打球。

正值盛夏时分，地面热得能把鸡蛋烤熟。所有运动员——无论男女老少，被拉到室外网球场，顶着炎炎烈日训练。

不是没有室内球场，室内球场也不是没有空调。但是网球比赛很多时候在室外，打球需要适应各种天气因素，这是基本要求。

普通人在太阳底下站一会儿就晒得不行，更别说运动了。每到这个时候，省队全体队员和教练，都会变黑至少一个色度，等秋天以后才白回来。

陆笙不仅变黑了，还几次三番地晒脱皮，脸也晒伤了，红红的，发痒，很不好看。她觉得这样的自己太丑陋了，简直不能面对南风。

偏偏南风还跑来看她。

树荫底下放着几个大桶，有装水的，有装冰块的，还码着几箱子饮料，是为了补充运动员体内的电解质。饮料不远处就是一排垃圾桶，里面装着满满的电解质饮料的空瓶子。这是保洁员们的最爱。

有时候队里人手不够，南风还会帮着给运动员打水。

许多球员年纪都不大，学打球的时候就视南风为偶像，这会儿面对偶像亲自给打水，特别受宠若惊，捧着水杯激动不已。

南风就像个老人家一样坐着，也不说话，也不摆架子，经历过人生大起大落，此刻云淡风轻得像一只野鹤。有人问他问题，他总是答得言简意赅，态度平易，绝不会傲慢回避。

俗话说，看一个女人的品位，就看她找了一个什么样的男人。南风不经意间流露出的胸襟和教养，让陆笙的队友们不止对他，甚至对陆笙都产生了好感。

陆笙自己都不知道，她因为男朋友而不小心圈了好多粉。

身为教练，李卫国虽然不用上场打球，却也很忙，只能偶尔偷一点儿闲工夫来找南风絮叨几句。

场上的运动员们，说是"挥汗如雨"一点儿也不夸张。南风的目光追着陆笙的身影。她的衣服和头发已经完全湿了，皮肤表面包裹着一层细密的汗水，阳光一晒，反射着细碎晶莹的亮光。

李卫国走过来喝水，一边喝水一边明知故问地说："看什么呢，眼睛都直了。"

"看我女朋友会发光。"

"噗……"李卫国把水喷出来了。他举着水杯，瞪了南风一眼，"你能不能给我说人话，谈个恋爱把脑子都谈傻了。"

南风便收回目光，看了李卫国一眼，反问："怎么了？"

李卫国才不想探讨这种问题，岔开话题说："说点儿正事。"

"嗯。"

"你有没有感觉，陆笙今年的状态并不如去年那么好？"

"并没有。"

"我说真的。她吧，也不是不好，训练比赛什么的都挺努力的，但就是感觉没有去年神经那么专注、那么兴奋，你觉得呢？"

南风不以为然："那是因为你对她的期待太高了。她不会始终保持前两年那种上升势头，会慢慢缓下来的。"

"喊，难道你对她的期待不高吗？另外，我觉得你这个理论不对，你我都清楚，陆笙的潜力远远没有释放呢！"

南风总觉得李卫国似乎意有所指，他问道："李教练，你到底想说什么？"

"我的意思是，有没有这种可能，陆笙状态没有达到最好的原因是因为她谈恋爱了？她总是和你在一起，难免分心啊。"

南风一笑："李教练你想太多了。我也巴不得她'总是和我在一起'，可事实并非如此。"

李卫国翻了个白眼："你干脆来当教练好了，那就可以天天和她在一起了。"

南风只是笑而不语。

李卫国又说："但我真觉得她分心了。"

"证据呢？"

"没有证据，直觉，凭我从业三十年的直觉。"

"恰恰相反。我的直觉告诉我，恋爱是陆笙的正能量。"

两人到此产生了分歧。对于南风，李卫国也挺理解的，俩人正蜜里调油呢，你突然站出来告诉他，他是她的负担……不生气算教养好了。

南风走的时候给了李卫国一支治疗晒伤的药膏，托他转交给陆笙。

回到公司时，冯助理给了他一大堆东西。有文件要看，有合同要签。南风看着这堆东西，发呆。

别人无意中的一句话，像是敲在了他心口上。

"你干脆来当教练好了，那就可以天天和她在一起了。"

倘若一句话很轻易地撩动你的心弦，那一定是你内心真正的渴望所在。

南风不是不知道自己那点儿心思。这么多年，来了又走，走了又来，本以为他永远告别网球了，他也走得决绝。到头来却发现，他其实早已把心落在那里了。

也许和陆笙有关，也许和陆笙无关。无论怎样，事实就是事实。事实是，他总是魂牵梦萦着那片热土。

还能回去吗?

南风确实这样问过自己。回去可以做的事情很多，但他有他的骄傲、他的尊严。所以，答案在他这里是，不能回去了。

因为所有那些能做的事，等同于无所事事。

晚上，陆笙给南风打电话，开心地告诉他，药膏很管用，涂了之后脸立刻不疼不痒了。她还在电话里么么哒南风。

听着陆笙说话，南风想象她此刻撒娇的模样。他突然很庆幸，庆幸还有陆笙。她像一座桥梁，沟通着他与那个遥不可及的世界的来往。

NANFENG
RUWOHUAI

第八章

千万人之中，眼睛里只有彼此，
这大概就是爱情吧！

1.

全运会在即，省队突然发生了一件大事，在整个网坛闹得沸沸扬扬。

是这样，乔晚晚作为队里女单的王牌选手，是必定要出战的，这在队里几乎没人怀疑。可是美网的报名结果出来之后，乔晚晚赫然列席正赛。有个记者发现了，以此事来采访领队邓林屹。邓林屹跟记者说那一定是搞错了，回来之后就质问乔晚晚。

然后乔晚晚只好承认，她确实瞒着队里报名了美网。而且她也坦然说道："我确实打算打美网，我现在的排名挺好的，机会难得。大满贯一年只有四次，我不想错过，邓队，求您了。"

邓林屹怒道："大满贯一年才四次？可全运会四年才一次你怎么不说？"

"全运会毕竟只是国内的比赛。"

"但全运会有多重要，不需要我给你强调吧？"

乔晚晚说："邓队，别光盯着我呀，咱队不还有陆笙嘛，我看她挺能耐的。"

陆笙没在场，这话是李卫国后来复述给她的。乔晚晚做的这事儿，李卫国也挺不高兴的，陆笙听到乔晚晚竟然这样说，简直是要把她拖下水，也十分不高兴。

其他人，不管和乔晚晚熟不熟的，听说乔晚晚要放弃全运会去打美网，对这个决定多少都有点儿不以为然。这关系到整个省队的荣誉，也关系到每一个队员的切身利益。他们站在受益者的角度，自然排斥乔晚晚的决定。

放眼整个省队，最同情乔晚晚的，竟然是陆笙。陆笙是对事不对人，她虽然不打大满贯，但是有着和乔晚晚一样的对大满贯的渴望。说白了，她可是一只志存高远的小透明。

那天之后乔晚晚和邓林屹是怎么谈的，李卫国就含糊其辞了，陆笙只知道他们似乎吵起来了，据说邓林屹骂乔晚晚"翅膀硬了、忘恩负义"，乔晚晚说邓林屹"一队都是吸血鬼"，邓林屹气得当场摔了杯子。

陆笙觉得吧，如果"一队都是吸血鬼"这话真是乔晚晚说的，那么乔晚晚就太绝情了。省队又不是做慈善的，投入那么多人力、物力培养你，目的当然是要求回报，怎么能因此说省队是吸血鬼呢！

陆笙把这事儿跟南风说，南风问陆笙："你是否还记得问过我，乔晚晚的缺点是什么？"

"嗯?"陆笙想了一下,好像确实有这事儿。那时候乔晚晚刚拿了温网青少年赛的冠军,那个风光无限啊。

南风说:"现在你知道了?她最大的缺点是性格,刚愎自用、目下无尘、易冲动易恼怒、认不清自己,可惜了。"

陆笙理解南风"可惜"的是什么。乔晚晚真的是一个非常有天分的选手,可惜的是,她的性格配不上她的才华。

乔晚晚和省队闹的纠纷,后来不知怎的被外头的记者知道了,就在赛前,把这事儿好一通写,搞得乔晚晚与邓林屹之间的怨念更加深重,她几乎觉得自己已经不容于省队了。

但乔晚晚最后还是妥协了。她生长在这样的土壤里,她是这片土地里开出的花,她无法不妥协。

妥协后的乔晚晚退赛美网,和陆笙他们一起飞往成都,参加全运会。飞机上乔晚晚的脸黑得像锅底,周身一米环绕着"不要和我说话"的气息。她毕竟是一姐,也没人敢触她霉头。

反正大家相安无事地到了成都。

其实并非所有的网球项目都在成都举办。此前一个月已经结束了团体赛的争夺,T市拿到了一块团体金牌,算是开门红吧。当然,团体金牌的分量远不够满足老牌强队的胃口。

陆笙这次入围了两项比赛,一个是女单,一个是混双。

她的重心在混双上,女单只是陪跑打酱油,积累点儿大赛经验。

抽签前,陆笙看了一眼种子选手的排位。一号种子选手是乔晚晚,这个不稀奇,不过二号种子竟然是浙江队的骆灵之。

骆灵之和陆笙同岁,今年也是十九岁。骆灵之打球确实很好,不过这个年纪能排到全国第二,除了实力因素,多半还有一个原因:老一批名将一个接一个退役之后,现在国内女网真是人才凋零啊。

再往后看,陆笙发现自己也是个种子选手呢,虽然只是第八号,不过这个排名确实很让她喜出望外。

第一轮比赛,种子选手对阵的都是水准一般般的,陆笙顺利晋级。从球场中走出来,她听到一个令人大跌眼镜的消息:乔晚晚第一轮被淘汰了。

什……什么?

陆笙万万不相信乔晚晚在全运会第一轮能输比赛,除非她受到什么重大的创伤。

她问徐知遥："你说她是不是故意的啊？"

徐知遥说："师妹，你好天真。"

"啊，不是吗？"

"我的意思是，这种问题你根本不需要拿出来问，她必然是故意的！"

有时候实力太强也是一种烦恼，比如乔晚晚。她输了比赛，全世界的人都知道她是故意输的。为表公正，裁判组还特地判了她一个消极比赛，开了罚单。

虽然罚单没几个钱吧，但罚的那不是钱，那是脸啊！邓林屹这才发现，乔晚晚表面上的妥协，背后目的却是打脸——把他的老脸都要打肿了！

邓林屹这个人吧其实性格还好，能屈能伸的，李卫国第一次见他生这么大气，脸都扭曲了。乔晚晚是李卫国带出来的，这会儿李卫国也不好跟着骂她，又不知道怎么劝邓林屹。

而且李卫国想起另外一件事。乔晚晚这次比赛只有一个项目，今天淘汰掉就没别的事儿了，但是美国网球公开赛可是后天才抽签呢……

李卫国总觉得这个事儿不对，他问邓林屹："邓队，乔晚晚退了美网了吗？"

"退了！退了还给我这样胡搞，不知道她脑子里想的是什么！大概不想在国内网坛混了吧！"邓林屹脑子还没降温，在说气话。

"不是，我的意思是，你看到她的退赛申请了吗？有主办方的批复吗？"

邓林屹一愣："什么意思？"

李卫国叹了口气："希望不是我想的那样。"嘴上这样说着，心里想的却是，晚晚啊晚晚，你这又是何必呢……

过了两天，乔晚晚的名字出现在美网公开赛的签表上。邓林屹大概已经做了两天的心理建设，此刻坏事降临，他没再暴跳如雷，情绪比较稳定。

有记者采访了他关于这件事的看法。

邓林屹无法伪装成"祝福乔晚晚"的样子，况且乔晚晚在全运会故意打输比赛这事儿本身就办得不地道，他没必要装好人了。

所以，邓林屹对记者说：乔晚晚年轻冲动不懂事，等她回来队里要处罚她。

这件事大概宣告乔晚晚和 T 市网球队的正式决裂。

2.

陆笙把单打当副业，可能是因为签运比较好，没遇上什么重量级的角色，一路竟然打进了四分之一决赛。省队一开始也没对陆笙的女单抱有太高的期待，因为队里还有个宁夏呢。

宁夏同时报了女单和女双，两个项目她都有夺牌的实力。

可是第四轮过后，宁夏被淘汰了，陆笙却险胜留下来，成为 T 市网球队唯一挺进女单四强的。

当然，这并不是说宁夏实力不如陆笙，她遇上的对手也比陆笙遇上的对手强呢，如果一定要说哪里不如，只能是运气不如陆笙了。

就这么着，陆笙不小心打进了半决赛。

此刻她距离最后的王冠，也只有两场比赛的距离。

以邓林屹为代表的省队诸领导又燃起了新的希望。陆笙这次比赛的稳定发挥给了邓林屹一种感觉：她打得很不错嘛，完全有实力竞争冠军。

所以邓林屹找陆笙谈了次话，李卫国陪同。

邓林屹表达了一下自己对陆笙的期待，陆笙却意外地看着他："邓队，您不是希望我把主要精力放在混双上吗？"

"呃……你可以搏一搏嘛。"邓林屹不觉得这有什么冲突。

陆笙想了一下，觉得不妥。赛事安排太密集，她又没有非凡的实力，很难两者兼顾。于是她说："对不起啊邓队，我的实力你也知道，我只能选一个。"

李卫国挺意外的。一般人面对这个情况，肯定对冠军有点儿奢想的，陆笙能这么淡定？他不太信，问陆笙："你不想拿女单冠军吗？"

"想啊。"

"那你……"

陆笙小巧的脸蛋上满是坚定，她答道："南教练说，我在遇到这种情况时，首先要考虑的不是我想要得到什么，而是我能够得到什么。我也想把女单和混双都收入囊中，但是做不到就是做不到。"

邓林屹说："陆笙，你该自信一些。"

"邓队，我一直是自信的。但是，自信不能当《葵花宝典》用啊。"

邓林屹扯了一下嘴角："这句也是南风说的？"

陆笙点了点头。

邓林屹就感叹："感觉南风挺适合搞传销的……"

其实按照邓林屹的意思，肯定希望陆笙搏一搏。金牌与金牌的分量是不一样的。在网球来讲，单打冠军的含金量永远高于双打。如果让邓林屹做一个单选题"要女单金牌，还是混双金牌"，他会毫不犹豫地选择女单。

但陆笙这么坚决，很显然已经被南风洗脑了，邓林屹知道自己劝也无果。

半决赛里陆笙遇到的是骆灵之。她头天下午和骆灵之打半决赛，第二天上午还有混双的半决赛。

李卫国、邓林屹和南风坐在一起看了陆笙与骆灵之的对打。骆灵之实力强劲，打法灵活多变，技术素质也过硬，确实是一个劲敌。乔晚晚离开之后，骆灵之成为夺冠的最大热门，这会儿斗志昂扬，状态正热。相比之下，陆笙打得不紧不慢的，不算消极比赛，但也适当克制着，绝不硬拼。

邓林屹对陆笙抱着的那最后一丢丢期待，也被她此刻的节奏给浇灭了。

身为陆笙的教练，李卫国却看到了不一样的东西。骆灵之攻势很猛，打法多变，陆笙在这样的对手面前能守住自己的节奏而不乱，这本身就是一种实力的反映。何况她还能在赛场上固守自己的取舍，无论形势怎样变化，心志绝不动摇。

体育竞技，拼的远不只是技术那么简单。情商，尤其是在非常时刻管控自己情绪和性格的能力，是运动员的核心竞争力之一。

"啧啧啧……"李卫国指着场上的陆笙，对南风说，"我谁都不服，我就服她。"

南风矜持地笑着："我家的。"

几乎不出任何人的意料，陆笙到最后输了比赛。不过场上观众热烈的掌声中，依旧有很多是送给她的。不为别的，就为她带来的一场精彩比赛。

骆灵之对陆笙的观感很好，不光是因为姑娘长得好看。大概相由心生吧，反正她觉得陆笙看起来就像个善良单纯的人。她和陆笙拥抱了一会儿，然后说："你的进步真的很大。"

"谢谢啊，不过还是打不过你呢。"

"那也未必，你要是拼尽全力的话……"

陆笙笑了："说实话，我也想跟你酣畅淋漓地打一场，不过不行呢，我混双要争金牌的，队里交代的任务。"

同样身为运动员，骆灵之很理解，她拍了拍陆笙的肩膀："期待与你真正的决战。"

3.

次日上午的混双半决赛，巧了，陆笙的对手还是骆灵之。

骆灵之依旧和桑楚搭档，他们俩的配合很合拍。桑楚也打过一些有分量的比赛，但是遥想当年城运会决战那次经历，他还是觉得怕怕的，总感觉眼前这对对手给他留下了心理阴影。

偏偏徐知遥还说："又是你们呀，哈哈哈……"

哈什么哈呀！

桑楚还得硬着头皮赔笑，毕竟徐知遥也是发自内心地在笑呢……

今天这场比赛，陆笙和徐知遥的把握都比较大。一是以前交过手，知道对手的路数；二是这两年他们俩都进步很大，比对手跑得快。所以假如单论绝对实力，陆笙和骆灵之、徐知遥和桑楚之间的差距，已远远小于曾经了。甚至，徐知遥的实力已经和桑楚不相上下。

骆灵之并没有陆笙那么看得开。她渴望每一场比赛的胜利，每一场。今天这场比赛，骆灵之虽然赢面不大，却还是希望把对手斩于马下的。女单金牌和混双金牌，她都想要。

骆灵之打球技术扎实球路多变，经常是出其不意攻其不备。不过嘛，若论"变化"，今天骆灵之算是遇到克星了。徐知遥别的不敢称胜，玩花样没人玩得过他。

更关键的问题在于，他无论怎么作，陆笙都能跟上他的节奏。

这一点很恐怖。骆灵之扪心自问，要是把这么个变态搁在自己身边，大概最可能的结果是，她因为这货太过变幻莫测而一巴掌把他拍死在球场上吧……配合什么的就不要想了，更遑论默契……

所以从比赛开打，骆灵之和桑楚就一直绷着神经，生怕对手搞什么幺蛾子。可能是因为高度紧张，他们俩反而打得有些刻板。

邓林屹和李卫国又来看比赛了，邓林屹现在也快被陆笙圈粉了，于是陆笙的每场比赛他都不错过。当然，同样来的还有几乎快要忘记自己还有一个公司要管理的南风。李卫国有时候挺好奇，南风成天这么不务正业，他公司不会赔钱吗？对此疑问，南风的回答是：我驭下有方。

行了，李卫国已经不想回忆他当时那个表情了。也不知道为什么，李卫国总觉得南风自从谈恋爱之后，身上就多了一种欠揍的气质……

且说眼前。看着场上形势明显我方占先，邓林屹很满意，感叹道："陆笙真的很能配合徐知遥啊。"他也看出门道来了。

李卫国说："其实徐知遥也在配合陆笙。陆笙虽是个防守型选手，但她捕捉机会和攻击的能力还是很好的。陆笙配合着徐知遥的节奏打，徐知遥也在配合陆笙创造机会。"

邓林屹点点头："职业比赛里的混双比赛很少的啊，他们俩实战的机会也不多，怎么能做到这么默契呢？"

李卫国："人家从小一起长大的，互相了解，不稀奇。"

邓林屹笑道："青梅竹马呀？"说到这里感觉不对劲，扭头一看，南风正看着他，那个目光，凉飕飕的。

"咳！"邓林屹讪笑，"不过青梅竹马总成不了姻缘呢，电视里都这么演的，可惜，可惜……呃，一点儿也不可惜……"邓林屹说着，抹了一下脑门儿，他竟然被南风盯出汗了……一定是因为天太热！

场上的比分逐渐累积着。尽管骆灵之想赢的心很迫切，尽管她有这个自信与对方一战，但一切并不以人的意志为转移。

很多事情有其客观的规则，不是说你相信自己赢你就真的能赢。正如南风所说，自信只是一个必需品，它不能当《葵花宝典》用。

桑楚比骆灵之先想通了，反正这场比赛对他来说，就是一个感受：还是熟悉的配方，还是熟悉的味道……

所以他知道，他们的失败几乎是注定的。

回天乏术，他也只有享受比赛了。

因此后半程比赛，桑楚发挥得比骆灵之要好一些。最后输掉比赛时，他还一个劲儿地安慰骆灵之，生怕她想不开。他了解自己的这位搭档，求胜心太强。

陆笙昨天才被骆灵之击败，今天就还以颜色，这在媒体看来大概是一种复仇。实际上，一切只不过按照她的预期有条不紊地进行。半决赛打得顺利，也让她对决赛有了更多的信心。

混双的决赛在后天，而明天是陆笙的铜牌争夺战和宁夏的女双决赛。

铜牌争夺战里陆笙打得蛮顺利，拿到了一块铜牌。不过嘛，大家都觉得铜牌不值钱啊，聊胜于无吧……下午，她去看了宁夏的双打比赛。

陆笙对宁夏还是蛮期待的。

宁夏这个队员其实很适合双打，因为她在网前的实力很强，加上一个底线型选手，那就是不错的配合，如果搭档能够合拍的话，很容易成就一加一大于二的效果。所以宁夏和艾小梅组合双打之后，战绩很是不错，排名渐渐上来了。

可惜啊，宁夏和艾小梅属于不同的代表队，过去是互相扶持的搭档，今天成了针锋相对的对手。

这场比赛很精彩，不过宁夏和搭档实在是没磨合好，最后遗憾告负。

又输一场!

女单、男单、男双的决赛都已经比过了，T市代表队都没能拿到金牌，成绩最好的是男双，拿了一枚银牌。

也就是说，自从在月前的团体赛里拿到一枚金牌之后，T市就高开低走，全队状态低迷，像是一头睡不醒的老虎。四个最重要的项目竟然全军覆没，老牌强队的尊严何在？！

还有最后一个项目，这是T市翻盘的机会。否则如果全运会里只拿到区区一枚团体金牌，那么此后的四年，T市网球队大概都要被笑掉大牙了。

所以现在邓林屹就指望陆笙挽救尊严呢。拿一枚混双金牌，至少就不难看了，乔晚晚退赛导致T市球队状态不好，这个上面也能理解对吧?

陆笙啊，我求你了，一定要赢啊！

以上是邓林屹看比赛时的内心独白。

几人一块儿看比赛时，李卫国忍不住说："邓队啊，我得以下犯上说说你。我知道你心里着急，可也不要给小孩儿制造太大的压力嘛。也幸亏陆笙和徐知遥俩人都是大心脏。"

邓林屹说："我有吗？"

"有啊，你看他们俩的时候，眼珠子都快掉出来了。"

邓林屹抹了一把脸："那我冷静一下。"

李卫国扭头对南风说："陆笙这次如果能赢，她就是省队一姐了。"

南风但笑不语，他自然不会煞风景地问"一姐不是乔晚晚吗"这种问题，他懂里面的门道。乔晚晚再强，现在也已经在省队的黑名单里了，且短时间内不会放出来。坦白来讲，如果陆笙能赢，她拿这个"一姐"，拿得也是底气十足。毕竟，关键时刻力挽狂澜，为省队带来荣誉的，是陆笙，而不是乔晚晚。

场上陆笙和徐知遥的比赛进行得很顺利，只打了两盘就拿下比赛了。陆笙和徐知遥举着手臂欢呼，还互相拥抱。

过了一会儿两人离开球场，站在观众席下仰着头和南风说话。南风本来坐着，这会儿突然弯下腰，长臂一伸，轻轻揽着她的小脑袋瓜，隔着一道围栏凑近，几乎不等她反应，便低头亲吻了她的额头。

徐知遥就站在旁边，刚刚胜利的喜悦立刻被另外一种滋味代替。

反正不是什么好滋味。

记者们哪能错过这样的机会，噼里啪啦地狂按快门。

陆笙很不好意思，小声说："那么多人看着呢！"

"让他们看。"

她抹了一把额头，又说："我一身汗味儿，你不嫌啊？"

南风笑得眉眼都弯起来，好看得要命。

他说："不嫌。你所有的样子我都喜欢。"

"咳！"旁边的李卫国真的真的听不下去了，"我说你们适可而止啊！"

陆笙摸着脸，看到身旁的徐知遥一脸的不自在，她觉得他可能被囧到了，一时间也不敢说什么，灰溜溜地下场换衣服了，在公共浴室冲了个澡，神清气爽地走出来参加颁奖仪式。

当天晚上陆笙和徐知遥获混双冠军的新闻上了报纸相应版块的头条。而且，南风亲吻陆笙额头的画面占据了报纸的显眼位置。全运会时期报纸的版面都很紧张，这俩人亲一下也能上个新闻，可见报社编辑们是有多八卦。

网上有陆笙和南风在观众席前交谈的几张连拍，许多人为南风的美貌倾倒了。

有一个 ID 名"七哥是超神码字机"的网友看过这套图之后发表评论说：仔细看会发现，南风的眼睛里真的只有陆笙，陆笙的眼睛里也只有南风。千万人之中，眼睛里只有彼此，这大概就是爱情吧！

这段话被点赞了很多次。

4.

打完最后一个项目，陆笙他们在成都的行程也就结束了。队里集中订机票时留了一天假期给他们，陆笙还当是领队大发慈悲，后来听许萌萌说，为的是错过高峰时段，买更便宜的机票……o(╯□╰)o

然后陆笙和南风单独行动。俩人上午去了杜甫草堂，下午去看大熊猫，还吃了好多小吃，火锅、冒菜、串串香这些都只是垫胃。陆笙也早已经放弃抢救，不在南风面前扮温婉扮柔弱，此刻她显示了无与伦比的食量。南风跟着她，莫名就因为女朋友的胃口而感到自豪，天知道这有毛线可自豪的。

晚上回去时陆笙贴心地给队友们带了好吃的。对于吃货国度的子民而言，送好吃的就是对一个人最大的友好。

然后李卫国告诉她，队里给他们安排了媒体采访，明天回 T 市时，下飞机直接去杂志社。

陆笙有点儿奇怪："我们？除了我还有谁？"

李卫国反问："除了你，还有谁拿冠军？"

"呃，徐知遥。"

"那不就对了。"

陆笙平时接受的采访都是在赛场上或者赛后发布会上被媒体问几句，偶尔和南风约会的时候被偷拍，而接受专访，她还真是头一次。

自然，徐知遥也一样。

李卫国就显得经验丰富多了，下飞机时带着俩人乘出租车，熟门熟路地找到了杂志社。

杂志社的副主编亲自接待了他们，还有一个是今天采访他们的记者。

这个杂志社是一家专业的网球杂志，很权威，陆笙知道它的分量，心里有一点点的紧张，怕自己说错话。但是副主编和记者的态度都很好，刷新了她对记者的认知，她的神经渐渐地也就放松了。

网球运动因其特殊性，教练的存在感往往不如其他诸如足球、篮球、游泳这类运动高，所以这会儿李卫国并没有接受采访，把陆笙和徐知遥送到副主编这里，他自己就跑去找主编寒暄去了。

陆笙和徐知遥接受采访被问及的问题基本是比较常规的，无非就是训练啊比赛啊、为什么打网球啊、赛前有没有想过自己拿冠军之类的。不过记者显然也比较希望挖掘一些深层次的东西，问他们："混双的融合是一个很大的问题。因为设有混双项目的比赛少之又少，所以一般很难通过比赛的磨合去做到配合默契。但是我看你们两个并不存在这个问题，你们觉得这其中的关键是什么？"

陆笙看了一眼徐知遥："应该是了解吧，我们互相之间很了解。"

"为什么很了解？"

徐知遥："因为我们是青梅竹马啊。"

陆笙有点儿囧："喂！"

徐知遥看她一眼，反问："怎么，我有说错吗？"

"呃……"好吧，也不算错。

记者也不知道想到什么，飞快在本子上记了几笔，然后又问徐知遥："我听说你是北大的？而且是数学系的？"

"嗯。"

对这个问题，记者显然十分感兴趣："我听李教练说过，你代表中国参加了国际奥数比赛，还获得了金牌。很传奇的经历。那么后来是怎么又去选择做一个职业网球运动员呢？"

"只是想过一种自己想要的生活。"

"就这么简单？"

"就这么简单。"

然后记者又问了别的，自然不会错过八卦陆笙和南风的感情生活。

采访完毕，陆笙以为可以回去了，结果记者又让他们拍照。

拍照就拍照嘛，她以为站在一起合个影就行，哪知记者把他们引到了摄影棚，给她化了妆。

陆笙第一次化妆，觉得很新鲜，化完妆对着镜子一看，顿时惊艳道："哎，好看！"

化妆师小哥"扑哧"一笑，没见过这么自夸的。

小哥还想给徐知遥也化一下，奈何遭到了强烈拒绝。最后小哥自我安慰道："算了，你天生丽质，不化就不化吧。"

徐知遥郁闷道："你这什么形容词啊！"

化完妆还要换衣服，他们俩换了一套相仿的网球服，然后按照摄影师的指示，举着网球拍对着镜头做各种动作，最后是两个人背靠背坐在一起的合影。

终于拍完照片了，陆笙掏出手机自拍了一张，拍完立刻发给南风，问他：好看吗？

南风：好看。

陆笙：(★^__^★)

南风：（づ￣3￣）づ

南风几乎从不用颜文字发信息，陆笙差点儿怀疑他被盗号。嘻嘻嘻，果然是被她的美貌倾倒了吗？她捧着手机，笑得一脸甜蜜，对化妆师小哥说："我都舍不得洗脸了！"

化妆师小哥吓了一跳："妹子你别吓唬我！这么水灵的小脸蛋，你不要你可以给我呀！"

陆笙临走时，小哥还塞给她一瓶卸妆油，千叮咛万嘱咐："回去记得洗脸啊……"

总之，对陆笙来说，这次的杂志社之行是很愉快的经历。

过了一个星期，杂志发刊了。

陆笙和徐知遥的这次专访引起了圈内人和球迷们的广泛关注。比较令陆笙惊喜的是，以前无论她出现什么消息，总免不了有人指责她靠着南风炒作，靠着恋情上位。她拿个 ITF 低级别赛事的冠军，又有人说她运气好，或是说她怎么不打高级别的，只能在低级别打酱油云云。

但是这次杂志专访被各大网络媒体转载之后，那些负面评价突然都石沉大海、销声匿迹了。

她这才明白一个全运会冠军的分量。她的努力被广泛认可了，尽管这一天来得有点儿迟，但好在是来了。

陆笙的粉丝群体便开始扩大了，她的粉丝自称是"生粉"。

与此同时，徐知遥也积累了他的第一批粉丝，这些粉丝有些是从比赛开始圈粉的，有些是看了杂志或者被人用杂志科普过开始圈粉的。

在粉丝的眼中，徐知遥实在是一个清新脱俗的奇男子：明明可以靠脸吃饭，却偏偏靠才华；明明有着无与伦比的数学天赋，却偏偏打网球，真是让人不可思议的跨界。

不管怎么说，一个男人有脸蛋有身材有脑子，还有实力，这样的人不管放在哪个领域都会有一大批追随者的，所以，对于徐知遥的声名鹊起，李卫国一点儿都不奇怪。

然而，比较令李卫国意想不到的是，有球迷就因为杂志上的几张图片，就觉得陆笙和徐知遥之间怎么看都应该有点儿什么——俩人可是"青梅竹马"呢！

这么想的人竟然有很多，一度导致了南风的粉丝和徐知遥的粉丝之间的争吵。

啧啧啧，网友们到底有多无聊啊！李卫国行走江湖几十年，至今不知道他们无聊的底线到底在哪里。

徐知遥的粉丝自封为"遥控"，他们也给自己的偶像取了个亲切的外号。

徐知遥第一眼看到这个外号时整个人都蒙成了羊驼。

遥姐……

遥……姐……

这真的是真爱粉取出来的外号吗？！根本是高级黑吧！

有路人问：为什么要叫他遥姐呀？

粉丝答：因为他长得太可爱了，像姐姐一样温柔。他打球也很温柔，而且，体力好像不太好呢……

徐知遥：¥%！@#*&#@！

每一个字都是槽点，无从吐起……

徐知遥自问还算一个心胸宽广的人，但这个事情他无法接受。于是，他发了条微博。

　　徐知遥：请大家不要叫我遥姐了。

　　底下的评论很整齐。

　　网友 A：好的遥姐。

　　网友 B：好的遥姐。

　　网友 C：好的遥姐。

　　网友 D：好的遥姐。

　　……

　　从此以后，"遥控"们在江湖上留下了"绝对不能招惹"的名声，道理很简单：这群人疯起来连自己"爱豆"都黑，还有什么是他们干不出来的！

5.

　　全运会结束后的下半年，陆笙参加的赛事很密集。她需要在低级比赛中多多地揽积分，升排名，排名高了才能打更高级别的比赛，才能和实力更强劲的对手较量。

　　除了国内的比赛，她还去国外打了两次，比赛规格一个是 50K 的，一个是 75K 的。她从没出过国，所以南风这两次都陪着她，给她办各种手续，给她当翻译。

　　可是她打得不太好，甚至没能拿到一点儿积分。

　　陆笙很沮丧。

　　不得不承认，拿到全运会冠军之后，在媒体和粉丝的恭维下，她多少有点儿膨胀，觉得自己离大满贯不远了，再加把劲儿就可以了！可是近期的赛事，一下子把她打回了原形。

　　南风说："国外选手和国内选手风格迥异，你只是不适应。"

　　陆笙觉得他只是在安慰她罢了。实力是一个客观的东西，不是说用"不适应"就可以给自己开脱的。

　　陆笙问南风："你有没有觉得，我最近几个月的表现都不太好，差强人意的样子。"

　　南风心内叹气，连她自己都感觉到了啊……

　　陆笙近期的表现也不能说差，只是不够好，不如她的预期，也不如李卫国的预期。

　　甚至不如南风的预期。

　　在南风的预想里，虽然因为全运会而错过了一些赛事，不过陆笙的排名应该有机会冲进前三百名的，这对她来说要求不算高。

　　可是她并没有做到。

她的比赛神经不像去年那么兴奋，去年几乎每场比赛都有亮点，都很精彩，今年的状态就没那么高亢了，有所回落。

为什么？

南风觉得必须找到原因。他去问李卫国，李卫国说："我早就说过了！"

是啊，他早就说过了。他觉得是因为陆笙和南风谈恋爱影响了她，南风当时不接受这个解释。现在想想，他竟然有点儿心虚。

陆笙和他在一起之后有了什么变化，他最清楚不过了。

她晚上下了训练就跑回宿舍和他打电话，不再是闷头苦练；她每个月半天的假期也用来和他约会，不再给自己加练。如果说这些只是表面现象，那么更深层次的含义是，她确实把精力和心思分了一部分在他身上。

这只是一点儿微小的变化，但是日复一日地累积，就产生了质的影响。

南风想来想去，也只想到了这一个解释。

虽然，他是那么不愿意承认。

现在问题有了，该怎么解决呢？南风又有一点儿伤脑筋。他对陆笙说："我们聊一聊吧。"

陆笙表现得完全就是个傻白甜少女："好啊，聊什么？"

电话里三言两语解释不清楚，南风于是说："我明天去一趟 X 市，回来再说。"

"好哦，你去几天呀？"

"两天就回来。"

陆笙挺好奇南风想跟她聊什么，聊一聊两人的终身大事咩？嘻嘻嘻嘻嘻嘻……

但是两天之后，南风并没有回来。陆笙打他电话，关机。

难道还在飞机上吗？她有点儿奇怪，打开新闻客户端扫了一眼新闻，头版头条是 X 市发生地震了，目前伤亡情况不清楚。唉，又有地震了……等一下，X 市？

陆笙脑子"轰"的一下，像是被人敲了一闷棍。她拍了拍脑袋，叮嘱自己："不会的，不会的，震级并不高，哪有那么巧啊……不会有事的！"

可她还是怕。

一种来自心底深处的惧怕蔓延至全身，导致她一个劲儿地哆嗦，全身发冷。她把自己裹进被子里，小声地自言自语："南风不会有事的，手机关机只是没电了，也许飞机延误了，他正在飞机上呢……呜……"

突然哭了。

她无法忘记八年前他身上发生的灾难。她那么悲痛、绝望、生无可恋，她不想这一切重演。她无法想象如果南风真的出了事情,她余生要怎么度过。

哪怕是想一下,都锥心刺骨般难受。

许萌萌从外面走进来,发现陆笙躲在被窝里哭,她奇怪地走过来问:"你怎么了?"

陆笙把手机拿给她看,哭着说:"南教练在那边。"

许萌萌扫了一眼新闻,安慰她:"放心吧没事,南教练吉人自有天相,空难都奈何不了他呢,何况小小的地震。你把心放在肚子里啊,听我的。"

"可是他手机打不通,关机了。"

"那可能是信号不好呢!一有地震就容易震坏线路,信号不好就打不通。今晚肯定修不好了,你明天再试试。"

陆笙很想把许萌萌的劝慰都听进去,可是她做不到。她躺在床上,一闭上眼睛就看到南风浑身是血的样子。她知道自己可能有些神经质,想太多。

可她怎样才能不去想呢!

她趴在床上不停哭,许萌萌从没见过如此脆弱的陆笙。

哭了一会儿,陆笙从床上爬起来,下地拉出行李箱。

许萌萌惊讶地看着她:"你要做什么呀?"

"我要去 X 市。"

"喂,你不要想起一出是一出啊,现在都几点了?"

"对,现在几点了,"陆笙看了看手机,"我先看看有票没。"

许萌萌:"……"

陆笙运气不错,订到一张两个小时后的机票。

许萌萌看着她一阵风似的拎着行李箱跑了,忍不住提醒她:"你还没请假呢!"

陆笙被大门口的门卫拦下来之后,才发觉自己没请假这个问题。

陆笙给李卫国打了个电话临时请假,李卫国问清楚怎么回事之后,必然不同意,让陆笙赶紧回来。

后来陆笙翻墙出去了。

李卫国完全不能理解她是怎么带着那么大一个行李箱翻出去的。

陆笙下飞机时已经快凌晨两点了,冬天的夜风凛冽刺骨,她紧了紧大衣,跟着人流走,走出去之后打了辆出租车。

然后,司机问她去哪里。

陆笙迷茫地看着外头亮如白昼的灯光,说道:"我也不知道去哪里。"

司机愣了，问："那你来这边是做什么的呢？"

"我找人。"

"你要找的人在哪里？"

陆笙想起一事，问司机："你们这里，地震死人了吗？"

"死了，死了好几个呢！"司机说完，看到她突然掉眼泪了。他拍了一下方向盘，"我懂了，我带你去××医院吧，这次地震受伤的人基本都在那里医治。"

"嗯，谢谢你。"

"不客气。小姑娘你不要担心，这次震级不大，只死了几个，伤的人也不多呢，到医院你问问吧。"

"嗯。"她嘴上这样答着，眼泪却是止不住。

司机便叹了一口气。设身处地想想，假如他的女儿在地震中生死未卜，他也非疯了不可。

NANFENG
RUWOHUAI

第九章

现在，他成了她羽翼上的负重，她的枷锁。

尽管，是以爱的名义。

是不是所有的爱，都会成为枷锁呢？

1.

南风醒来时，入眼全是白色。他有点儿茫然，动了一下，感觉脑袋有些疼，是破皮的那种疼。

他坐起身，摸了摸脑袋，哦，缠纱布了。摸着粗糙的纱布，他依旧茫然，便伸手按了护士铃。

不大一会儿，一个四十岁上下的护士走进来说："你醒了？感觉怎么样？有没有哪里不舒服？"

南风摇了摇头，顿了顿，又指了指后脑。

"头疼？"

"嗯。"

"头晕吗？恶心吗？"

"不晕，不恶心。"

"身体能正常活动吗？"

"能。"

"你还躺着呢，怎么就确定自己能啊，下来走走。"

南风依言下床走了两步，他感觉有点儿别扭。

护士点点头："好，我给你量量血压，没事的话就可以出院了。"

南风看着她把仪器推到床前，给他量血压。他忍不住问道："我怎么会在这里？"

护士抬眼扫他一眼，答道："你跟人打架你忘了？脑袋被人开了道口子，砸出一个坑。幸好你脑壳够硬，竟然没事。"

南风："……"他怎么不记得他有跟人打过架？

他更加茫然地看着护士："我没有打架。"

"好好好，你没打架。"护士这样说着，却是一脸不信。

南风无奈，只好问道："和我一起的人呢？"

这话刚说完，外边推门走进来一个人。南风一看是冯助理，顿时放了心。他还认识冯助理，所以他没失忆也没疯。

"老板，您终于醒了！"冯助理眼圈发红，眼看着要掉眼泪了，"呜呜呜，老板您差一点儿吓死我，幸好您醒了，好感动啊……"

"你……等一下再感动……"

这时，护士量完血压了，收好仪器说道："没问题，一切正常，你可以出院。如果不舒服随时来医院就诊。回家不要洗头也不要挠伤口，一个星期以后来医院拆纱布。"

她说着又嘱咐了一些别的事情，等她走了之后，南风揪过冯助理问道："到底怎么回事？"

"老板，您不记得了？"

南风扶着额头回想起来。他这次来 X 市主要是为了视察扩建后的服装加工厂，还要亲自调研一下市场。从服装厂出来的时候，似乎有一阵子地动山摇的。然后，他就记不清了……

"老板，您还记得地震吗？"

啊，对，那是地震。南风点头道："记得。可是地震发生时，我明明在工厂外边，这不会错。"

"是啊，您要是在工厂里边，就不会有这事儿了！震级不大，咱们的工厂很结实。"

"什么意思？"

"您还记得工厂门口有棵大柿子树吗？"冯助理连说带比画着，"好大一棵的，最上面的枝头上有个柿子，一直没掉。"

南风听到这里，脸一黑："你别告诉我是柿子把我砸伤的。鬼才信。"

"是真的！现在是冬天，外面气温一直是零下，那个大柿子冻住了，冻柿子像砖头一样硬，而且那么高！那个柿子啊，风没刮下来雪没压下来，偏偏这次一地震，就给摇下来了……后面的事情您都知道了吧……"

好，很好，他竟然被一个冻柿子给开瓢了……南风已经不知道该用什么表情面对这事儿了。如果可以选择，他宁可是被砖头混凝土玻璃瓶甚至被一块陨石砸，那样说出去至少不会被人耻笑。

以及，终于知道为什么冯助理会对护士说他受伤是因为打架了……

冯助理看到老板脸色不好，便安慰道："老板您放心，我已经为您报仇了。"

"嗯？你怎么报的仇？"

"我把柿子给吃了。~\(≧▽≦)/~"

南风气得差一点儿伤口崩裂："你是猴子派来的吗！"

冯助理一缩脖子，小声说道："老板您饿了吗？我去给您买午饭吧？"

"不用，先办出院。"南风朝窗外看了看，见到外面的蓝天和阳光，"现在几点了？"

冯助理："十一点二十。"

"我睡了多久？"

"将近二十个小时呢。"

南风能睡这么久，倒也不全是那个冻柿子的功劳。他最近忙，地震前两天几乎没睡多少觉，被冻柿子砸晕，正好补眠了。

二十个小时吗？该给陆笙打个电话了，本来按约定他昨晚就能回去，这次不小心爽约了，不知道小家伙会不会不高兴。南风让冯助理给他找手机，冯助理找到之后，他就把冯助理踢出去办出院。

结果却发现手机已经自动关机了……

于是，南风把刚走出去的冯助理召回来没收了手机，再次踢出去办出院。

换好手机卡，南风刚要拨陆笙的号码，一抬头发现他女朋友的脸出现在了电视上，本地频道正在播放关于地震的新闻。

嗯？

仿佛时空错乱一般，她出现在了不该出现的时间和地点。

南风走近一些，仰头看新闻。

陆笙正对着镜头说："他叫南风，地震那天失踪了，我找遍了两个定点医院的伤员也没有找到他，死亡名单上也没有他。我不知道他在哪里，手机一直打不通。如果你们看到了他，可不可以给我打个电话？唔，他长这样。"她说着，翻出手机照片，那是她和南风的合影。

然后，她继续说："我的电话是……"

南风又凑近了一些，盯着屏幕上她的脸。他看到她脸上未干涸的泪痕。

陆笙说完自己的电话，镜头便转向了记者。记者说道："我们已经向全市发送了寻人启事，帮助这位姑娘寻找她失联的男朋友。如果您有线索，可以拨打我们栏目电话或者与她本人联系……"

这事如果发生在别人身上，南风一定会觉得那人脑子不清醒。但是陆笙这样做，他只有满心的柔软和感动。被牵挂的感觉是如此美好，此刻他觉得自己真是这世界上最幸福的人了。

南风拨了陆笙的号码。

电话接通后，南风听到了陆笙的抽泣声，她一边哭一边说："南风，是你吗？"

"是我，陆笙。"

"你没事，真好！"

南风摸了摸自己头上别扭的纱布，嗯，这应该算没事吧？他柔声答道："是，我没事。只是忙忘了，手机没电关机了。"

"那你回去了吗？"

"没有，我还在 X 市。"

"你怎么不和我说，也不打电话，你这个坏蛋！"

"对不起，我是坏蛋，我错了，忘记和你说。你在哪里，我去找你，给你打好不好？"

陆笙还在某个医院的门口，她似乎认定了南风可能会受伤。好吧，这样认定其实也没错……

南风下楼时，正好冯助理办好了出院手续，于是他只能很遗憾地带上冯助理一起去寻找陆笙。路上南风还去服装店买了顶帽子，遮住头上绑的纱布。

南风在出租车上就看到了陆笙。她坐在医院的门口，纤细的身体蜷成一团，看着楚楚可怜的。他一阵心疼，下车后离得挺远就叫她："陆笙！"

陆笙看到他，眼睛一亮，起身如小鸟一样飞奔向他。

南风张开双臂接她，哪知她走到近前时，突然想起来自己此刻应该是生气的，于是立刻刹住车，别开脸不看他。

陆笙："哼！"

南风看着她皱成一团的小脸，恨不得立刻亲一亲。不过现在场合不合适，时机也不好，他于是一把将她拉进怀里，紧紧搂着。

他凑在她耳边小声说："我错了，不要生气了好不好？"

陆笙只是埋在他胸前不说话。

俩人偎依着立在医院门外，来来往往的人都好奇地侧目。

冯助理在一旁看着，觉得自己如果不出声提醒，他们很可能就这么抱到地老天荒。冯助理只好咳嗽一声，说道："老板，你们饿不饿？"

一句话提醒了南风。他松开陆笙，仔细看她，只见她发丝凌乱、面容憔悴、眼睛红红的，不知道是不是他的错觉，总感觉她瘦了，不像几天前那样水灵、丰润。

南风便升起一丝心疼，混杂着愧疚。

他问陆笙："饿了吗？"

"嗯，"陆笙点头，叹道，"好久没有吃饭了。"

南风带她去附近的饭馆里吃了些东西，得知她从昨晚到现在水米未进，他又不敢让她多吃,怕把胃撑坏了,所以只让她吃了个七分饱。

陆笙没吃过瘾,南风就已结了账。她幽怨地看着他,问:"你是不是不喜欢我了?不给我打电话,还不给我饭吃,果然是没有新鲜感了吗……"

南风哭笑不得:"先吃这些,到机场再吃一顿。"

冯助理已经订好了票,吃过午饭他们直奔机场。

在机场,陆笙如愿又吃了一顿饭,一边吃一边感叹机场的饭真贵,要把汤一起喝掉!

南风在饭店都没舍得摘下的帽子,到了安检口终于摘下来了,陆笙也终于看到了他头上绑的纱布。

"怎么回事?"她急了。

南风给冯助理使了个眼色。

冯助理会意,上前解释道:"是老板见义勇为啦!老板只是头上伤了一下,歹徒可就惨了,都被老板打进 ICU 了!"

南风瞪了他一眼:你还可以更扯一些。

离开安检口之后,陆笙踮脚看南风的伤情,自然是看不出个所以然。

她问道:"疼吗?"

"不疼,只有指甲盖那么大个伤口,已经开始结痂了,是大夫怕我不小心沾水,才严密包扎。"

"还好,还好。"陆笙拍了拍心口,一阵后怕,"下次不要这样硬拼了!"

"嗯,我保证。"

想到被打进 ICU 的歹徒,陆笙有点儿担忧,万一出了人命,南风岂不是要有麻烦?她问冯助理:"后来那个伤到南风的家伙怎么样了?"

"已经变成一坨大便啦!"

"啊?"

"不是不是,"冯助理掩了一下嘴巴,"我的意思是,人渣连大便都不如!"

"嗯!"陆笙深以为然。

在飞机上,三人并排坐着,陆笙像是后怕一般,始终抓着南风的手。

她对他说:"你以后不要有事了。如果没有你,我真不知道自己该怎么办。"

南风看着窗外大团大团雪白的云,听到这话时,他心口微微一动。

2.

李卫国在电话里对陆笙大发脾气，陆笙握着手机，肩膀微微一颤，不敢顶嘴。她眼珠子滴溜溜转，目光瞥过南风时，眼神有点儿委屈。

对着南风卖萌装可怜，似乎是她的天赋技能点。

南风抬手摸了摸她的头，他笑得温柔，心情却不上不下的。

后来南风亲自把陆笙送到省队，代表陆笙跟李卫国道歉。

陆笙躲在南风身后，她怕李卫国打她。李卫国真的动手打过人，虽然没打过她……

南风说："李教练，对不起，我没管好她。"

李卫国毫不客气地说："你这是在道歉吗？护犊子不要太明显！"

南风微微一笑，推了一把陆笙的头："傻站着做什么？快去训练！"

李卫国气得指了指南风，又指了指陆笙，一时竟然无奈得不知道说什么好，最后他一摆手："行了，滚吧！"

这算是放过陆笙了。

陆笙走后，李卫国对南风说："我最看不上无组织无纪律的人了！"

"这事真的怨我。"南风说着，脱下帽子给他看自己头上的纱布，"开瓢了，正赶上那边地震，我睡在医院里，手机关机，她以为我在地震里埋了。"

"她想象力够丰富的……你这脑袋是怎么回事啊？"

怎么回事？这事儿目前已经超过空难事件，荣升为南风今生最不想回忆的事件之榜首。他点了一根烟，吞云吐雾的，一脸沧桑又神秘，嗓音低沉缓慢："不提了。"

李卫国脑补了一出"外地良民勇斗地头蛇"的戏码，脑补完毕之后说："行，人没事儿就行。"

"嗯。"

"我说啊，"李卫国凑近一些，"你们家陆笙，真的很在乎你啊！"

南风听到此话，神色有些复杂。

陆笙有多在乎他，他也是今天才知道。甚至于，他觉得，她的在乎很可能比今天表现得还要多。她在飞机上说的那句话，没有了他她要怎么办，这不是她给他灌的甜言蜜语，而是她的肺腑之言。

她对他是依赖的，像花对水、树对空气的那种依赖。

想到这一点，南风的心脏是温暖又柔软的。

可是，他很难不想得更多一些。

倘若陆笙只是一个平凡的小姑娘，像同龄人那样规规矩矩地上大学毕业找工作，从事一份也许枯燥但稳定的工作，那么南风是可以放心享受她的依赖的。

然而，她不是。她是一个运动员，她的目标是世界顶级的赛场。比赛对一个人精神的要求，不亚于对其身体素质和竞技技术的要求。她必须有着强大的人格，必须有着绝对独立的意识，她必须在任何时候都能足够坚强、脚步足够沉稳。

她对他的牵挂与依赖，令他感动，也令他心疼。

他的女孩儿，应该轻装上阵，应该无坚不摧，应该飞得更高更远，飞往这世界之巅。

可是现在，他成了她羽翼上的负重、她的枷锁。

尽管，这是以爱的名义。

是不是所有的爱，都会成为枷锁呢？

陆笙回队照常训练，徐知遥看到她，凑过来问："你干吗去了？"

她对徐知遥一般是不会有什么秘密的，于是偷偷告诉了徐知遥。

徐知遥听罢，有些责备地看着她："你太冲动了。"

"哎，我没办法嘛，控制不住。"

徐知遥了解陆笙，陆笙这个人性格沉稳内敛，她控制不住的时候很少。都是因为对象是南风啊！徐知遥想着想着，心里头就酸爽起来了。他小声说道："难道你没发现吗，南教练已经成为你的软肋了。"

陆笙并不否认这话，她只是笑嘻嘻地说："我能怎么办呢！"

徐知遥突然无话可说了。人是管不住自己内心的，这一点他深有体会。他现在有什么资格劝陆笙呢？明明他也有他的软肋。

李卫国回来之后，果然没再难为陆笙，连本打算给她开的警告处分都不了了之。他看着陆笙，总感觉自己似乎忽略了什么事。等到晚上下了训练，李卫国陡然想起来，问陆笙："你昨晚是不是一夜没睡？"

陆笙点了点头。

一夜没睡还这么生龙活虎地训练，看不出一丝疲惫……李卫国忍不住啧啧感叹，到底是年轻人啊！

陆笙回宿舍之后给南风打电话，她问南风："你不是说要和我聊聊吗？"

"嗯。"可是南风现在已经不知道该怎么和陆笙聊这个事儿了。

陆笙："唔，那你到底想和我说什么呢？"

"陆笙，等你后天休假时，我们见面再说。"

"好吧。"

陆笙还是没明白到底有什么事。不明白归不明白，反正与南风有关的，想必不是坏事。

3.

第二天，陆笙要和队里其他几个比较知名的球员一起参加某个汽车品牌的商业活动。这个汽车品牌是 T 市网球队的最大赞助商，他们赞助的不是某个队员，而是整个网球队，因此网球队有义务带着运动员每年至少参加一次活动。一般情况下这个活动会定在新年期间。

理论上，在球队里，大赞助商无论指定谁来参加活动，被点名的球员都必须到场。陆笙、徐知遥、宁夏等人都被指定了，当然，整个名单的最顶部依旧是乔晚晚。

至少到目前为止，乔晚晚女单第一人的位置是无法取代的。许多赞助商奔的就是乔晚晚这个名字。

不过嘛，单就商业价值一项来看，乔晚晚今年的商业价值有所回落。究其原因，第一是她今年的比赛成绩不如往年好。一个运动员立身的根本就是成绩，乔晚晚去年有奥运会铜牌和中网冠军加持，身价飞涨，今年没有亮眼成绩，身价自然就回落了。

第二，乔晚晚和省队的矛盾闹得沸沸扬扬尽人皆知。乔晚晚从美网回来之后就被省队处罚了，记了一次过、扣津贴、罚奖金、砍补贴……邓林屹把能使的招儿都使了，可见乔晚晚这次确实触了他的逆鳞。这样的处罚对一个知名运动员来说是打脸行为。而且球员和自己身后的省队闹矛盾，这绝不算什么光彩的事情。

当然了，乔晚晚如今羽翼已丰，省队开出的处罚无法撼动她，充其量使她觉得可笑。她觉得自己是不被理解和尊重的，她在邓林屹之流眼中无非就是捞钱捞权的工具，仅此而已。

这种不停的自我暗示难免会使乔晚晚怨念日深，直到有一天，一个记者追着这个话题问时，乔晚晚不耐烦地说："他要是真有本事，就开除我啊。"

其实说完这话，乔晚晚就后悔了。人在江湖飘，第一准则就是，在记者面前讲话一定要留两分，绝对绝对不能冲动，不能想说什么说什么。乔晚晚这次犯了大忌，果然，第二天她凭着一句话抢了版面头条。

邓林屹看完报纸之后，当天也接受了采访，他在采访中说："奉劝某些队员，不要忘记你今天的成就是谁把你举上去的，不要以为我们真的不敢开除你。"

乔晚晚气不过，之后又和邓林屹公开交锋数次，邓林屹同样不甘示弱。

俩人闹到什么地步呢？有唯恐天下不乱的媒体甚至用"动荡"一词来形容 T 市网球队。

自家王牌球员和领队老大闹成这样，省队从上到下都觉得没面子。

陆笙接受采访时也被问及过对此的看法。

陆笙挺无语的，她能有什么看法呢！就算有看法也不可能说出来嘛，她又不是傻子！

所以遇到这类问题时她就一律装傻。

装傻、装无知、装天真……明明从未有效回答过任何相关问题，最后却被几家知名媒体联合评为年度新秀运动员。评语说她技术扎实、头脑聪明、性格稳健、情商高，还有评论员大胆预测她有朝一日会超越乔晚晚目前所取得的成就。

哎，瞎说什么大实话呀，哈哈哈哈哈……陆笙看着报纸乐不可支。

不管怎么说，大家都觉得乔晚晚离开省队是迟早的事儿。好吧，乔晚晚现在还在，所以集体性的品牌活动还是要去的。

虽然她自己不想去，但是邓林屹放下话了：不去就是违约，违约费你自己赔！

于是乔晚晚到底还是来了。

来的时候，她自己的气场和省队其他球员的气场完全是两个画风。

陆笙、宁夏、徐知遥不想和乔晚晚说话，走路都远着她，其他队员就算和她没仇的，也不敢和她走太近——他们以后还要在队里混哪！

省队一姐乔晚晚平生头一次体会到了被孤立的憋屈感。

好在活动现场照顾足了她的面子。不仅主持人把她夸得天花乱坠，而且那个喜欢给她献花求婚的男粉丝又来了。

莫名地，乔晚晚竟有点儿感激他了。

此男粉丝正是凌峻宇。

凌峻宇今天没有求婚，只是献了一次花，大概是因为知道这是别人的地盘，不好意思开太过的玩笑。乔晚晚已经知道凌峻宇和南风的关系很好，所以她对待凌峻宇的态度也好了很多。这让凌峻宇多少有点儿受宠若惊，心里头对南风的感受十分复杂，有感激，也有嫉妒。

反正活动现场其乐融融的，看起来天下太平。

应赞助商的要求，陆笙与徐知遥一起和他们最新推出的跑车拍了几张照片。徐知遥已经长到了一米八三，今天穿西服打领带，看起来那是相当的人模狗样。陆笙也是穿着正式的礼服，考虑到她年龄比较小，所以礼服是青春洋溢的类型，粉红色带蝴蝶结，高跟鞋是裸色的，也带蝴蝶结。这些都是南风曾经买给她的，她就随便搭配了一下，穿好之后她问许萌萌好看不好看，许萌萌的回答是："好看的人穿什么都好看。"小嘴真甜。(￣▽￣)~★

许萌萌没能入选本次活动的名单，也即意味着她不是省队最耀眼的运动员。对此，许萌萌多少是有点儿难过的。陆笙刚进省队是那样，现在在这样，有对比才有差距，许萌萌挺沮丧的。

陆笙想安慰许萌萌，可是站在她现在的位置上，无论说什么安慰的话，都更接近站着说话不腰疼。她只好装作若无其事，然后用比赛奖金买了块名牌手表送给许萌萌当新年礼物。好吧，她也不知道这算什么鬼的安慰，反正许萌萌挺高兴的……

眼前徐知遥和陆笙站在一起，男的帅女的靓，怎么看怎么养眼。他们站在奢华的跑车旁边拍了几张照片，摄影师很满意地"咔咔咔"，之后又让他们坐进去。

徐知遥跑到副驾驶给陆笙开车门，陆笙笑嘻嘻地刚要上车，摄影师却突然喊了一声："等一下！"

陆笙一只脚已经踏进车里，此刻茫然地看向摄影师。

摄影师说："刚才开车门的动作再重复一下，遥姐。"

徐知遥："……"

他感觉自己的内心像是在被羊驼践踏，他质问摄影师："你叫我什么？！"

"咳咳咳，徐知遥，我觉得你刚才给笙妹开车门的动作特别地绅士、特别地温柔，要不你再重复一下？我错了，求你别瞪我了……"

陆笙忍着笑，拉了一下徐知遥的手臂，轻声说："好了。"

徐知遥便关上车门，再次给陆笙开。

摄影师一边按快门一边说："好，慢一点儿不要着急。陆笙低头，微笑，对，很好，遥……遥哥朝着我稍微侧一下身体……好好好，遥、遥哥不要动……"

被一个满脸褶子的人叫"哥"，那感觉真是不同寻常呢……

这组照片拍完之后，摄影师嘿嘿嘿笑得有点儿猥琐："完美！"

照片中，徐知遥非常绅士地帮陆笙开车门，嘴角挂着淡笑。陆笙低头一脸娇羞的笑，抬腿踏进车里，裙裾下她小腿的线条流畅美好。因两人保持着一点儿距离，所以此刻车内的一切也是一览无余。

摄影师把这张照片拿给另外一个人看，陆笙听到他对那人说："路总，你看这张照片好不好，我觉得不用修都可以直接放进杂志广告图了。"

"嗯，挺好的。"路总看起来似乎也挺满意，"不过还是要修一下的。"

"怎么修？"

路总想了一下，说："把姑娘 P 得白一点儿吧。"

陆笙：QAQ！

4.

活动搞完就到饭点了，赞助商请运动员们去五星级饭店吃大餐，这也是许萌萌最喜欢的环节。虽然很遗憾她不能亲自到场，不过她托陆笙给她带点儿残羹冷炙回去。

陆笙觉得，他们在外边胡吃海喝，结果回去给许萌萌吃剩菜，多委屈许萌萌呀。所以，陆笙就偷摸离席，想自掏腰包单独给许萌萌点一个她爱吃的菜。

我真是中国好闺蜜呀！陆笙一边走一边这样自我赞美。

点完菜，陆笙先把账结了，然后上楼时拐弯去了趟洗手间。从洗手间出来时，她看到了两个人，正在过道里说话。

一个是凌峻宇，一个是乔晚晚。

凌峻宇真是阴魂不散啊，而且他似乎和赞助商关系不错，在活动现场添乱时也没被轰出来，这会儿又非常稳准狠地追到了饭店，可见是有内部人员通风报信。

陆笙想假装不认识他们俩，目不斜视地走出去，偏偏她听到了乔晚晚说的话。

乔晚晚："我有喜欢的人了。"

陆笙：(⊙_⊙)！

你有喜欢的人了，你喜欢的人是谁？

呵呵，不好意思啊，虽然我是一个光明磊落的人，但事情很可能涉及本人的男朋友，所以这里我必须偷听一下下……她把刚刚探出去的身体又缩回去，躲在里面听他们说话。

只听凌峻宇说："我知道，你喜欢南风。"就这么大大咧咧地说出来了。

乔晚晚倒也不否认："所以你不要纠缠我了，你肯定能遇到更好的女孩儿。"

陆笙心想，果然这个女人对南风依旧贼心不死！

虽然知道南风不会被乔晚晚勾引走，可是知道他还在被乔晚晚惦记，陆笙心里依旧酸溜溜的，不太爽。

凌峻宇又说："晚晚，你们不能在一起。"

乔晚晚冷冷地说道："你是来教训我的吗？"

"不是不是，你别误会，我也没觉得撬人墙脚有什么不好，那个话怎么说来着，物竞天择，强者为尊。"

陆笙听得有些气。凌峻宇的爱情观都扭成大麻花了吧？他这么说难道是鼓励乔晚晚撬墙脚？不能忍！

果然，乔晚晚也是这么想的，她问凌峻宇："所以你觉得我应该主动出击？"

"不不不，你误会我了，我说过你们不能在一起。晚晚啊，你听我一句劝。"

乔晚晚很莫名其妙："你神经病吧？颠三倒四的，莫名其妙。"

"唉……"凌峻宇叹了口气，语气像是有些为难，"我告诉你一件事，你不要告诉别人。听完这件事，你就知道我的良苦用心了。"

"什么？"

"南风他啊……"凌峻宇突然把声音压得极低，凑到乔晚晚耳边不知道在说什么。

陆笙快急死了，南风他到底怎么了？你能不能大声点儿！不费电！

只听乔晚晚突然失声惊叫道："你说师兄他性无能？！"

陆笙："啊？！"

"喂喂喂，你小点儿声！"凌峻宇有点儿慌，左右看看，没见到什么人，他松了口气，"你想喊得尽人皆知吗？"

乔晚晚像是在生气，沉声说道："不可能！"

陆笙想不到自己也有强烈同意乔晚晚的一天。她也在心里冷哼：不可能。

"是真的，"凌峻宇说，"他亲口承认的，他还为此找过心理医生呢。我骗你干吗，有我什么好处？"

乔晚晚说："你骗我让我对师兄死心，那样你就能……"乘虚而入。

凌峻宇却说："那你就错看了我。我跟你坦白说吧，我这哥们儿在我心目中的分量，比你只高不低。我平白无故怎么可能造他的谣？本来这种事儿我根本不会和任何人说的，可是你对他用情那么深，我怕你陷进去出不来，你倒好，狗咬吕洞宾，你把我凌峻宇当什么人了？仗着我喜欢你，你就可以随便侮辱我吗？！"

"我……"乔晚晚竟一时语塞。

过了一会儿，乔晚晚问凌峻宇："可是他怎么会这样呢？他看起来不像……"

"我也纳闷儿呢，但是后来我想明白了。"

"是为什么？"

"我这哥们儿啊，从小特别健康，要说是先天的，肯定不可能。我估摸着是后天的，是那次空难。那次灾难在他身上留下好多疤呢，伤到那里，很有可能。"

"难怪，他出了事之后就再也不联系我了，他曾经对我特别好。"

"对，这下你信了吧？这个事儿啊，也不一定全是身体创伤，也可能有心理因素，所以他后来总是看心理医生。"

乔晚晚又问："那他为什么要和陆笙在一起呢？"

凌峻宇："可能因为情不自禁吧，他特别喜欢陆笙。我估计他也是想通过谈恋爱找回点儿自信，平时不行，万一有了女朋友就行了呢。"

"陆笙知道这事吗？"

"我觉得应该不知道吧。我这兄弟也够惨的，昨晚还找我喝酒呢，他说想跟陆笙分手，但是不知道怎么开口。"

"啊，为什么？"

"为她好呗。"凌峻宇说着，又是叹气。

乔晚晚也是怅然若失，之后她就被凌峻宇拉着走了。

陆笙背靠在洗手间冰凉的墙上，捂着"扑通扑通"狂跳的心口。她觉得脸颊有些痒，摸了一把，发现自己早已泪流满面。

原来是这样……怎么会这样！

她不想相信，可是凌峻宇没道理这样造谣南风，他和南风之间的交情之深厚，她看在眼里。说南风在空难中不管是留下身体创伤还是心理阴影，都有极大可能。

更何况，他们俩在一起时，南风确实从来没有主动要求……那个过……一点儿也不像传说中恋爱中的男人那样饥渴……

而且南风一直说想和她聊一聊……

而且而且，陆笙突然想到南风曾经对她说过的话——

"陆笙，假如以后有一天，你发现我欺骗了你……"

所以，他所谓的"欺骗"，就是这件事吧？

反正她想不出别的他可能欺骗她的地方。

以她有限的认知来看，没有了那个能力，就相当于不算男人。不算男人又算什么呢？太监吗？

所以她现在是在和一个太监谈恋爱吗？

陆笙的心情很纠结。一方面她心疼南风曾经遭受的罪，心疼到五内俱焚、恨不得代他受过；另一方面，颠覆正常伦理的恋爱关系又使她一时无法接受。

她待在洗手间里默默地流着眼泪，过了一会儿，一个人走进来，看到哭成泪人的她，吓了一跳。他问道："陆笙，你怎么了？"

陆笙抬眼一看，是给他们拍照片的摄影师大哥。

她抽抽搭搭地说："我想家了。"

"哎，那就给家里打个电话吧。"摄影师说着，有点儿同情。毕竟才二十岁的小孩儿呢，一年到头都见不到几次父母，太可怜了……

哭累了，陆笙用凉水洗了脸，又站在窗前吹了会儿风，然后才回包厢，坐了一会儿就借口不舒服离开了。

徐知遥追了出来，问她："师妹，你怎么了？"

"我……没事啊。"

"骗鬼呢！"他走上前，和她并肩而行，低头看了看她的眼睛，特别笃定地说，"你哭了。"

"徐知遥，你不用管我，回去吃饭吧。"

徐知遥却不依不饶地追问："是不是南教练欺负你了？"

"都说了让你不要管嘛！"陆笙说着，眼泪又掉下来了。

徐知遥便有些无措："好了好了，我不问就是了，你不许再哭了。"

"嗯。"

徐知遥执意和她一起回来，两人一路上什么话也没说。

5.

第二天下午，是陆笙每月半天的宝贵假期。这要是放在平时，她一定像小鸟一样飞奔出去找南风，可是今天，她的心情有点儿沉重。

南风开车过来接她，她坐在车上，蔫得像霜打的茄子。

南风都有点儿奇怪了："怎么，身体不舒服？"

"嗯？没有。"

"我看你脸色不太好，昨晚没睡好吗？"

哪里是没睡好，昨晚根本就没睡啊……

陆笙摇头说："你先开车。"

他便专注地开车。她侧头看他的脸庞，看着看着便入了迷，与此同时心里头像是开了一道口子似的，疼。

她为他心疼，疼得难受。

南风目视前方，看起来很专注，其实却在走神。他挺纠结的，不知道该不该和陆笙提。他希望她能更加独立和强大，却也担心她为此而承担更多的心理异常。

不管怎么说，先试探一下吧……

两人找了一家安静的餐厅吃饭，为了避免被骚扰，南风特地订了包厢。

嗯，情侣包厢。

陆笙吃得味同嚼蜡，南风吃得心不在焉。南风见她始终埋着头不说话，他的直觉告诉他，陆笙已经察觉到了什么。

南风心内微微叹气，说道："你是不是知道我今天想和你说什么？"

"嗯？"陆笙抬头，呆呆地看着他。他却分明看到了她发红的眼眶。

"陆笙，"南风放下手中的餐具，定定地看着她，"你自己也察觉到了，对吧？"

她垂下眼睛，红着脸，嘴唇动了动，终未说话。

南风便有些不忍心。他真的舍不得她难过，可是，他又必须这样做。

他要的不是现在，是未来，她的未来。

南风伸手扣住陆笙的手，温声说道："陆笙，不如我们先分开一段时间？"

陆笙瘪了瘪嘴，泫然欲泣。她抬头，泪眼汪汪地看着他。为什么，为什么这样好的一个人，却被世界那样加害？上天太不公平了！

他揉了揉她的头："我也是为你好，你懂吗？"

她点了下头，动作有些迟滞："我……懂。"

陆笙说完这话时，低下头，不让南风看到她落泪。

南风见不得陆笙难过，看着她这个样子，他太揪心了。

陆笙擦了擦眼角的泪水，抬头，目光坚定地看着他："可是，其实我不在乎的……"

"我在乎。"南风立刻打断她，他怕自己心软，定了定心神，"陆笙，先这样吧，你看自己能不能适应，以及……改变。"

陆笙的嘴唇动了动，她知道南风心里肯定也特别难过，所以她也就不再步步紧逼了。

饭是再也吃不下去了，陆笙提出想要回去，南风也不挽留。

两人走出饭店，外边凉风一吹，陆笙感觉眼睛又酸又冷，难受。

就这样分手了啊……

她不太适应自己"已分手"的状态，伸手去牵南风的手。南风也不知是有意还是无意，先一步跨出去，拿着钥匙去取车。

她瘪瘪嘴，委屈地看着他的背影。

可是他并没有转身看她，安慰她。

陆笙回到省队时，看到宁夏还在训练。

宁夏见到陆笙时，也感觉有点儿意外，她停下来，一边擦汗一边走到陆笙面前，问道："你没约会吗？"

陆笙摇了摇头。

宁夏见她样子失魂落魄的，便问："怎么，你遇到什么难事了吗？"

陆笙摇摇头，之后立刻又点头。

这会儿如果站在陆笙面前的是许萌萌，一定会刨根问底地八卦一番，不过宁夏不喜欢主动打听这些。她只是拍了拍陆笙的肩膀，说道："你还好吧？"

"我不太好……"何止是不好，简直糟透了。

"陆笙，我不知道你经历了什么事，不过假如你需要帮助，请随时和我说。"

"嗯。"

"还有，我说说我自己的经验啊。不管遇到什么事，先想想最坏的后果是什么。如果最坏的结果你都能接受，那么无论这事最后是什么走向，你都不用担心了。"

陆笙郑重地点点头："谢谢你，宁夏。"

宁夏笑得很爽朗："谢什么谢呀……有没有兴趣跟我切磋一下？"

陆笙反正也无事可做，如果就这么发呆，心情会更不好，于是她便和宁夏对打。

没人给她们当裁判，两人就凭经验自己来。

陆笙一开始还沉浸在失恋的沮丧中，打得有点儿心不在焉，后来活动开了，在宁夏的强烈攻势下，她无法想东想西，渐渐地打得专注起来。

她们约好三盘两胜，前两盘互有胜负，第三盘打到了抢七，最后陆笙一个失误送分，输给了宁夏。

打完了，陆笙问宁夏："你在让我吧？"

宁夏笑道："没有。其实如果今天你状态好点儿，能赢我的。"

陆笙还是不太相信自己能赢宁夏。

宁夏捧着球拍，看球拍上她自己名字的字母缩写，有些感慨："我最近都不怎么打单打了呢！"

对哦。

陆笙想起来了。宁夏和艾小梅的女双配合得很好，也取得了不错的成绩，所以她现在把重心都放在双打上。

陆笙说："我觉得你选择双打是明智的决定，你的球路适合双打。"

"嗯，不过我还是好遗憾没能和你搭档，我感觉我们一定能配合好的。"

陆笙挠了挠头，有些不好意思。

宁夏继续说道："但是你却被徐知遥霸占了。你们俩好好配合吧，前途无量。现在大满贯都有混双啦，回头捧个奖杯回来。"

"嗯。"陆笙心想，反正南风都不要她了，她的世界只有网球了，呜呜……

6.

徐知遥吃过晚饭才归队，回来时发现陆笙在，他也挺奇怪。因为陆笙自从谈恋爱之后，每次月休都是踩着门禁点回来的，今天怎么这么早呢？

难道她和南教练之间真的发生什么不愉快了？

徐知遥带了一堆吃的去找陆笙。男队员不能随便进女队宿舍楼，所以他在楼下见陆笙。他把那堆吃的塞到她怀里，说："这些都是我妈自己做的，很好吃。我爸还让给南教练拿点儿，你帮我转交一下吧。"

陆笙本来没有拒绝的意思，可是听到最后一句话，她立刻把包裹塞回来。

徐知遥奇怪道："怎么了？"

"徐知遥，"陆笙低着头，小声说，"我和他已经分手了。"

徐知遥的心情很复杂。他不是没畅想过假如有一天陆笙和南教练分手会怎样怎样，在他的畅想中他是有着上位机会的潜力股。当然等脑子清醒之后他又会为自己的异想天开而苦笑。

没错，他相信他只是在异想天开。

可是突然有一天，异想天开变成了现实。

激动吗？高兴吗？也许有吧，可是看到陆笙那么难过，他心中更多的，也是难过。

单纯地、没有任何功利目的地因心上人的难过而难过。

"你们，为什么呢？"徐知遥问道。

这个问题实在难以回答，陆笙只是沮丧着脸摇了摇头。

徐知遥便不再追问。他说："没关系的师妹，你以后会遇到更好的。"

陆笙心想，没有比他更好的了。

徐知遥把那些吃的又塞回到陆笙手中："你自己吃吧，听说吃东西可以让人心情变好。"

"我吃不了这么多。"

"剩下的给许萌萌，浪费不了。"

陆笙接过来时，徐知遥又问："你今晚训练吗？"

“啊？”

徐知遥笑了笑，明亮的路灯下他的笑容有点儿灿烂：“一起呗。”

陆笙心中一暖。徐知遥平常不喜欢加练，他加练通常是陪着她。

两人这天练到很晚。空旷的训练室里他们汗流浃背，心无旁骛，仿佛回到了最没心没肺的时光。

陆笙便有些着迷了，也只有在这个时候，她才能什么都不去想，忘记一切烦恼，无忧无虑地尽情挥洒汗水，仿佛落入了另一个世界。

那个世界里有另一个她，那是她更纯粹的自我。

徐知遥很绅士地把陆笙送到宿舍楼下，这才回去。他也没安慰陆笙，虽然平时在她面前话很多，可到了这个时候，不知道怎么就变得拙于表达了。

陆笙回到宿舍，发现许萌萌竟然还没睡。许萌萌在一边吃东西，一边上网刷八卦，看到陆笙回来，她神秘兮兮地问陆笙：“哎，陆笙你说，徐知遥他是不是对我有意思呀？怎么突然之间给我这么多吃的？”

“可能吧。”陆笙含糊其辞，不好意思告诉许萌萌关于零食的真相。

“你跟他关系那么好，你帮我问问呗！”

“唔……”这种问题要怎么问啊！

在许萌萌的软磨硬泡下，陆笙莫名其妙地就答应下来，一不小心卷入别人的恋情之中。

晚上陆笙躺在被窝里，又是睡不着，想着白天的种种。虽然还是很难过，不过这会儿她也冷静下来了。

她用宁夏说的方法，试想了一下她和南风在一起最坏的结果。

最坏的结果是什么呢？当然是不能生小孩儿了……

唔，这个结果她是可以承受的。

虽然她也曾经特别特别期待和南风孕育一个爱情的结晶，但是现实问题摆在面前，没有孩子也可以啊，听说现在好多夫妻选择丁克呢。如果实在喜欢小孩儿，他们可以领养嘛！

想到这里，陆笙神经一松，觉得一切都不算事儿了。

她迫不及待地拨通了南风的电话。

南风接电话很快，声音清醒，不像是被吵醒的。

陆笙看看时间，问道：“你怎么还没睡？你也睡不着吗？”

南风没有回答这个问题，只是说道："陆笙，什么事？"

"南教练，我想过了。"

"嗯？"

"我什么都不在乎，我只在乎能不能和你在一起。"

"陆笙，你冷静一下。"

"我很冷静。南教练，你觉得我们领养一个孩子怎么样呢？"陆笙含蓄地抛出了她的解决办法，与此同时表示她对他的一切都能接受。

"……"南风挺无语的，他不知道陆笙经过了什么乱七八糟的心理活动，怎么会想到领养孩子。尽管明知道她刚分手时一定会不适应，但是他真的没料到她竟然大半夜的去想这样不着边际的事情。

南风反问道："你觉得，领养孩子能解决什么问题呢？"

"我……"陆笙从南风的语气中判断他似乎不高兴了。她太了解他了。所以现在她不知道该不该继续说下去。

南风又说："你自己都还是个孩子。"

陆笙挺委屈的。她那么爱他，为了他可以做出任何让步，他却丝毫不领情。他变成太监了会难过，难道她就不难过吗？她都把话说到这个份上了，她已经迈了九十九步，他就不能往前迈一步吗？！

陆笙有点儿气，说道："那你当初为什么要和我在一起呢？"

"对不起。"

"我不要听对不起！"

又生气又委屈，她赌气挂了他的电话。

那之后陆笙忍了好几天没给南风打电话。她在生他的气。

而且，也不知道是谁走漏了风声，现在网上到处传言她和南风已经分手了。

有记者想采访陆笙，被她给拒绝了。

眼看着春节要到了，陆笙不知道怎么面对南风，她就不想去他那里过节了，这几天一直在查合适的旅游去处。她想出门散散心。

徐知遥知道此事后，很想陪陆笙出门，可是春节是阖家团聚的日子，他不知道怎么跟家里交代，因此有些犹豫，打电话试探他爸时，哪知道爸爸双手赞同。

"去，一定要去！"徐爸爸语气坚决。

徐知遥不能理解，问道："为什么？"

"你不知道吗？现在网上都说，陆笙和南风已经分手了。"

"我……"当然知道!

"所以啊,你的机会来了!"

徐知遥有点儿心虚:"爸,你说什么呢……"

"啊,难道我理解错了?你不喜欢陆笙?那算了,你不要去了,早点儿滚回来吧。"

"别别别,我不是那个意思……"

"呵呵,小子,跟我斗?我追你妈的时候,你还没投胎呢!"

徐知遥:"……"无法反驳。

7.

这些天陆笙一直在和他怄气,南风心里头当然清楚。他不想这么快妥协,也不想陆笙和他僵着。所以他买好了新年礼物,想着等陆笙过年回来时,哄一哄她。

他太了解她了,知道怎样能哄好她。

大年三十一早,南风开车到了省队,在外边停好车,他拨通了陆笙的电话。

他们好几天没通话了,南风很不想承认,他此刻已经在思念她的声音了。

"喂,南教练。"

陆笙的声音有些低,很不像平时声色饱满的她。南风只当是信号不好。

他说道:"我到了,你出来吧。"

"我……"

听出了她的犹豫,这边南风轻轻挑了一下眉,问道:"你怎么了?"

"我不在队里。"

"你在哪儿?"

"在机场。"

南风心里一沉,问:"你去机场做什么?现在没比赛吧?"

"我……我要出门旅游了,南教练。"

南风有些失落,心头空荡荡的难过。他说道:"你想出门玩,怎么不跟我说一声?"

因为我们已分手、在冷战啊大哥!陆笙酸溜溜地说:"为什么要和你说?我是你什么人呢!"

南风一时语塞。说来说去她还是在和他赌气。说来奇怪,得知她只是在和他赌气,他心里反而舒服了一些,于是语气缓和地说道:"陆笙,就算我们不是恋人,也还是家人。"

"好的，大哥，我知道错了。"

"你……"南风有点儿哭笑不得，"行了，别闹了。"

"没闹。"

南风无奈摇头，岔开话题问道："那么，你要去哪里？"

"海里。"

"……"南风捏了捏额角，他可以确定陆笙这会儿一定还在生气。她生气的时候说话就特别地惜字如金，能说两个字，绝对不说三个字。

其实，陆笙虽要强，脾性却温柔可亲，生气的时候并不多见。一连生这么多天的气……更是绝无仅有了。

南风心底多少还是有些歉意的。他很快原谅了陆笙闷不吭声的独自离开，他说："不管你去哪里，我都陪你去好不好？"

"不好。"

"你一个人我不放心。"

"我不是一个人，徐知遥和我一起呢。"

"那我……"更不放心了好吗！

陆笙却突然打断他："飞机要起飞了，我先关机了。"然后就挂了电话。

南风看着手机明亮的屏幕发怔。

正在这时，外边有人敲他的车窗玻璃。

他见是乔晚晚，便摇下车窗。

乔晚晚："师兄，你是来接陆笙的吗？"

这要是放在以前，南风可能会用略带骄傲的口吻回答"是"，可是现在，他不想面对这个心塞的问题。他问她："晚晚，有事吗？"

"没什么，想搭个顺风车而已。陆笙她好像不在队里。师兄，可以载我一程吗？"

南风低头看了一下表，说道："你要去哪里？"

"市立图书馆附近的松林小区，我家住那里。"

"抱歉，"南风一脸遗憾地说，"我和你不顺路，你等一下我叫个朋友过来。"

乔晚晚知道他想叫的"朋友"是谁，她连忙摆了摆手："不用了，我自己打个车吧。"

"嗯。"南风也就不再和她客气，开起车子很快绝尘而去。

第十章

失去了光荣与梦想，得到了挚爱一生的人。
是剥夺，也是恩赐。

1.

陆笙和徐知遥坐了三个多小时的飞机，跨越两千多公里，从冬天走进了夏天。一下飞机，走到室外，徐知遥夸张地用手扇着风："好热！"

"当然热了，这里是三亚。"陆笙说着，抬头看一眼蓝天白云和热烈的阳光，"这么热的天儿，我们去吃冰激凌吧？"

"空腹不要吃冰激凌，先吃饭。"

吃完饭又吃冰激凌，然后才打车去酒店。外面街头的植物都是高大粗壮又茂盛的热带植物，满眼的青翠浓荫，看得人心情舒畅，尤其是他们这种刚刚从光秃秃灰扑扑的北方中国大地飞过来的游客。

酒店的位置很好，靠着海，推窗就能看到雪白的沙滩和蔚蓝清澈的海面。

三亚的景点很多，陆笙看得眼花缭乱，她和徐知遥就近选了一个海滩。

T市也有海，但是没有漂亮的海滩。

到了海滩才发现，人可真多呀……简直像是在逛庙会……

怎么大过年的人们不好好在家里待着，都跑来三亚做什么。

好多人在游泳，下饺子一样往海里扑腾，陆笙看得眼睛都直了。

徐知遥问陆笙："师妹你要不要游泳？"

陆笙连忙摇头："我不会。"

"不会可以学，我教你。"

"不用了。"

"求求你了，让我教你吧。"

陆笙：-_-# 这么低声下气的，真不知道他图什么。

为了让徐知遥闭嘴，陆笙选择了屈服。她在海边买了一套泳衣换上。泳衣是最保守的款式，但是她身材的完美线条岂是保守泳衣能挡住的，从更衣室走到海滩这短短的一段距离，她就遇到好几个男人对着她吹口哨，还有奔放的"歪果仁"跑来问她要联系方式。

陆笙有点儿不好意思。

徐知遥觉得自己是时候站出来了，他挺身立在她身边说："师妹，别怕。"

"我怕什么，"陆笙奇怪地看他一眼，"他们都打不过我的。"

徐知遥：-_-# 感觉自己身为男子汉的尊严受到了挑战。

徐知遥的泳技远不如他的球技犀利，陆笙总担心他淹死，趁着他示范泳姿的时候，她上岸买了个救生圈。

徐知遥再次感觉尊严受到了挑战。

陆笙学了一会儿没学会，中间有个男人凑上来想主动教她，结果被徐知遥赶跑了，然后俩人就上岸了，坐在细腻的沙滩上看海。

热带的海真是漂亮啊！清澈的海水从浅浅的透明色渐变到深蓝，最后连着天空，像是一幅干净的油画。偶尔有海鸟振翅飞过，在油画上添一两笔动态的剪影。

陆笙和徐知遥坐在沙滩上，长腿铺开，徐知遥手机一低，对着他们的腿和脚拍了一张照片。照片里四只脚丫并排，脚心对着一望无垠的大海，很有意思。

他把这张照片发到微博上。

徐知遥开通微博之后，这里就聚集着一批他的死忠粉，人不多，但存在感很强。徐知遥但凡发一条微博，他们都会冒头留言，留言一个比一个……一言难尽。有时候徐知遥都怀疑，全微博的段子手都集中在他这里了。

现在这条微博的留言噌噌噌往上涨。

网友A：满屏都是大长腿【心】【心】【心】。

网友B：左边那是谁？

网友C：我遥姐终于嫁了吗，啊啊啊，我有点儿不能接受！快说TA是谁，有没有一米八和肱二头肌！

网友D：to屏幕左边那位，遥姐体力不好众所周知，希望你多体谅他，不要让他太劳累，谢谢。遥姐晚上是你的，白天是大家的。

网友E：你的腿真好看，可以砍下来送给我吗？

网友F：遥姐你去的哪家照相馆？背景图十分逼真，我也想去。

网友G：【汗】我还以为遥姐去三亚了呢，原来是照相馆呀……

网友H：瞎说！怎么可以说遥姐去照相馆呢？那叫影楼，影楼懂不懂！

然后，话题就慢慢地歪向天际了。

徐知遥收好手机。通常时候他只要假装这帮粉丝不存在那样就一切都岁月静好了。

俩人晚上在海边的馆子里，就着涛声吃了海鲜。胃口大就是好啊，点了满满一桌子，一点儿也浪费不了。期间徐知遥把一桌子菜拍下来，再次发了一条微博。

终于没人说他的照片是在照相馆拍的了。徐知遥有点儿欣慰。

有个叫"大猩猩爱好世界和平"的网友留言问道：所以，遥姐你和陆笙在一起？

徐知遥一惊,这都能看出来?

有好几个网友斥责大猩猩不要乱说话,结果大猩猩留言说:我不会看错的,我记得陆笙的手,她手腕上有一颗很小的浅浅的痣,不信你看这里。

后边附了一个链接。

链接里是陆笙的高清新闻图,她手腕上的痣也被拍下来了。

众人一对比,果然!

"大猩猩爱好世界和平"又说:陆笙以前不打比赛的时候经常戴一个仿故宫十八子的碧玺手串,她曾经亲口说过那是南风送给她的。但是,现在不戴了!

网友们感觉自己发现了了不得的事情。

难道陆笙和南风分手是真?

春节、三亚、孤男寡女……这特么是私会的节奏啊!

所以陆笙现在是另觅新欢了?新欢就是我遥姐?

天哪,我遥姐上位了!有生之年我竟然等到了这一天?!呜呜呜,好感动!年夜饭要多吃一碗!

大年三十,徐知遥的微博底下一片普天同庆之声,粉丝们脑回路终于正常了,一个个高喊"遥姐加油"。

徐知遥有点儿感动,又有点儿心虚,很担心陆笙看到这些留言尴尬。

与此同时,坐在电脑前在徐知遥的微博主页窥屏的,并非只有他的粉丝,还有他的启蒙教练兼绯闻女友的前男友。

2.

晚饭后陆笙和徐知遥在海滩看了一会儿夕阳。傍晚的海景又是另一番风情了。漫天都是金红色,波光粼粼的海面上一道夕阳的投影,像一条金光大道。人站在金光大道的这一端,仿佛随时可以踩着它走向光明的彼岸。

她看夕阳,徐知遥看她。

她穿着碎花连衣裙,头发披在肩上,身材娉婷,温婉俏丽,这是她不可多得的倍儿有女人味儿的时刻。

他看得有些入迷。

过了一会儿,陆笙扭头对徐知遥说:"我们回去吧?"

徐知遥立刻偏头移开目光,掩饰自己的心虚:"嗯。"

他们回去时顺路买了点儿零食和下酒菜,都是网友推荐率比较高的。

陆笙看着这么多下酒菜，对徐知遥说："不如我们今天喝点儿酒吧？"

"啊？你行吗？"

"我想喝。"

于是，徐知遥带着陆笙走进路边的烟酒专卖店。

徐知遥觉得，既然来旅游了，当然要品尝一下当地特色了，于是问老板道："你们这有什么本地特产的酒吗？"

老板指了指柜台上摆着的一个盒子："卖得最好的特产是这个。"

徐知遥拿起那酒盒仔细看，陆笙也好奇地凑过脑袋来看。酒的名字是"海马酒"，配料不说了，功效很奇特：补肾壮阳……

"噫！"陆笙发出一声略古怪的惊叹。

徐知遥看到"壮阳"两个字时就有些赧然，连忙放下酒盒说："谁要这个呀！"他说着，偷着看一眼陆笙，发现她两眼有神地盯着海马酒，那个表情，似乎很想喝一口。

徐知遥红着脸抬手挡她的视线，说道："师妹，你就更不能喝了。"

陆笙吞了一下口水："我不喝。"但是想买……

好吧，她也不会当着徐知遥的面买这种酒，万一被徐知遥察觉到什么呢……

他们最后只买了点儿啤酒和椰子酒，便回到酒店。

酒店是家庭式的，两室一厅，客厅外有个阳台，有宽敞明亮的落地窗，摆着茶桌和藤椅。坐在阳台上，可以看风景吹海风。

他们把吃食摆开，喝酒吃肉，谈天说地。

这个时候陆笙的电话响了，她心口一跳，以为是南风打来的，结果手机拿过来一看，哎，有点儿失望。

是许萌萌。

陆笙只当是许萌萌的拜年电话，她接起来的时候语气刻意放得很轻快。哪知许萌萌劈头盖脸地说："陆笙，你怎么可以这么对我呢，亏我把你当好姐妹！"

"啊？"陆笙有点儿摸不着头脑，"我怎么了？"

"你和徐知遥一起去度假了对不对？"

"你怎么知道？"

"不要管我怎么知道的，我就问你一句话，你是什么意思？！"

"我……"陆笙拍了一下脑袋，这才发觉许萌萌可能误会了她的意图。徐知遥愿意陪她出门散心她是很感动的，俩人都八年交情了，她觉得多说什么都显得矫情。

可是许萌萌未必这么想啊，许萌萌没准儿以为她也对徐知遥有意思呢……

陆笙看一眼坐在对面的徐知遥，他正低头给她倒酒，似乎察觉到她的视线，他抬眼看她，小声问道："谁呀？"

陆笙朝他摆了摆手，然后走进客厅接着讲电话。

"萌萌，你听我说，不要多想。我失恋了你也知道，徐知遥只是单纯地想陪我散散心。我们只是朋友，好朋友。"

"那你帮我问他了吗？"

"我……一会儿就问。"

许萌萌这才有些满意，接着又说："还有哦，闺蜜看上的男人，你懂吧？不要和他走太近，不然我会吃醋的！"

陆笙有点儿为难："我跟他从小就认识，你让我怎么疏远他呢？再说，来年是亚运年，我们俩都要进国家队集训了，身为朋友也好搭档也好，我不仅不能回避他，还要同他保持熟悉和默契。"

"那好吧。"许萌萌又有点儿心塞。

陆笙安慰了她两句，挂断电话。

再回到阳台时，不等徐知遥问，陆笙主动说："刚才是许萌萌。"

"嗯，"徐知遥指了指餐盒，"师妹你尝尝这个，好吃。"

陆笙感觉，徐知遥似乎对许萌萌三个字不太感冒呢。她直截了当地问徐知遥："你对许萌萌……有意思吗？"

徐知遥奇怪地看她一眼："有什么意思？"

"就是喜欢啊。你喜不喜欢她？"

"不喜欢！"徐知遥似乎有些气。他其实不在乎什么许萌萌，可是这话从陆笙嘴里问出来，就是让他不爽。

"不喜欢就不喜欢，你不要生气嘛。"

徐知遥一冲动，说："我有喜欢的人了。"

"哎？"陆笙很惊奇，"你喜欢谁呀？"

我喜欢你。

这四个字，徐知遥在心里默念了无数次，这次差一点儿就脱口而出了。

然而，他终究是及时掐灭了。

不，不能在这个时候表白。他太了解她了，就算他现在表白了，也只是给她多增加一些为难和烦恼。除此之外，于事无补。

他唯一希望的就是她好，不管以何种形式。

徐知遥顿了一下，笑道："我喜欢的是数学。数学是这世界上最性感的姑娘。"

"喊！"陆笙故作不屑地哼了一声。这是在炫耀智商吧？是吧是吧？

徐知遥说："师妹，其实我想说的是——"

"是什么？"

"我们的生命里，爱情并非全部。"

他那样一本正经地看着她，令她好不习惯。她挠了挠头，重重地"嗯"了一声，接着说道："对，我要好好打球，打出一片天地给他们看！"

这里的"他们"具体指谁，大概她自己都难以说清楚。

陆笙突然发现，如果只是按占据时间的比重来衡量，网球才更似她生活的全部。

所以，其实网球才是她的真爱吗？/(ToT)/～

这样喝着小酒聊着天，吹吹海风听听涛声，不知不觉间陆笙感觉自己的心胸也开阔了不少。

喝到后来，她就喝多了。脸红扑扑的，眼睛迷醉，傻笑着看对面的徐知遥。她已经看不清他了，眼前的人模糊成一片虚影。

徐知遥还很清醒。实际他们俩都没喝多少，只不过陆笙的酒量太差劲。

他起身，把她扶进了她的房间。

陆笙连路都走不稳了，左摇右晃的，徐知遥握着她的肩膀，裸露的肩头皮肤光滑细腻，她柔软温热的躯体几乎被他拢进怀里，这使他有些心猿意马。

从来没有离她这么近，近得心房几乎贴在一起。

也从来没有离她这么远，她意识模糊还不断地呼唤另一个名字，仿佛在她和他之间划开了一道银河那么宽的距离。

陆笙一边走还一边手舞足蹈的，一不小心把桌上她的书包都划拉到地上。

徐知遥叹了口气，将陆笙放在床上，脱掉鞋子，盖好夏被，一边轻声安慰她："睡觉吧，睡着就能见到他了。"

她渐渐安静下来。

他弯着腰，一手捧着她的脸庞，看她闭着眼睛眉头微蹙。突然，他倾身，低头，在她额上轻轻吻了一下。

师妹，请原谅我这一点点任性。

徐知遥直起身，朝门外走去。走到桌边时，他把被陆笙扫落到地上的书包捡起来。

书包拉链没拉好，东西都撒出来了，除了一些旅行用的小物品，还有一本书。

他有点儿好奇，捡起书看一眼封面。

封面上的书名让他差一点儿怀疑自己不认识中国字了——

《男性性功能障碍的治疗》？

他大致翻了一下，确定书名并没有骗人，这本书通篇都在讲怎样治疗男人那方面的障碍，什么药物治疗手术治疗、食物疗法、心理疗法、中西医结合疗法……内容特别特别丰富，结尾还专门列了一章鼓励患者们要有信心千万不要放弃希望……

徐知遥有一种被雷劈到的感觉。

陆笙怎么会看这种书呢？她最爱的不是励志鸡汤吗，什么时候变得这么重口味了？单纯猎奇也不太可能，唯一的解释就是——

回想一下刚才买酒时陆笙对海马酒的极大兴趣，徐知遥感觉自己似乎触摸到了真相。

好可怕的真相……

就在这时，手机铃声在寂静的夜里突兀地响起来，把徐知遥吓了一跳，书都抖出去了。

他把书捡回来装进书包里，扭头发现陆笙放在床头柜上的手机在振动唱歌。他起身走过去，看到来电显示是"南风"。

徐知遥现在有点儿不能直视这两个字。

手机响啊响，因无人接听停了一次之后，立刻再度响起来。

陆笙被吵得翻了个身，不舒服地哼了一声。

南风这个时间执着地打电话，会不会有什么急事呢？

徐知遥有点儿担心，于是按了接听键。不等他说话，南风先开口了："陆笙，我们谈一谈。"

"南、南教练，是我。"

隔着手机，南风和徐知遥保持了长达一分钟的沉默。

后来南风问徐知遥："陆笙呢？"

徐知遥答道："她睡着了。"

"所以，"南风的声音清冷幽沉，"你为什么能接她电话？"

徐知遥本不想解释太多，陆笙那么伤心，不都是因为这个人嘛，气一气他也好。可是，徐知遥想到他们的分手理由，莫名地又有些同情南风，作孽啊！

好吧，他承认，除此之外他还有那么一点点幸灾乐祸，就一点儿，微不足道，嗯。

于是，徐知遥答道："陆笙喝醉了，我把她扶回房间。"

"喝、醉、了？"这话几乎是咬牙切齿说出来的。

徐知遥又解释："她心情不好，你知道的。"

南风没再追问她为什么心情不好。所有人都知道为什么。

他问徐知遥："你们在哪里？"

"三亚。"

"三亚哪里？"

"南教练，你是要过来吗？"

"回答我，三亚哪里。"

徐知遥小声说道："就算来了，你也什么都做不了啊……"

刚说完，发觉自己这话可能会戳到南风的痛处，徐知遥立刻又说："我不是那个意思，你别多想。"

南风觉得徐知遥一如既往地颠三倒四、啰啰唆唆，这么多年粮食白吃了。

3.

第二天，陆笙他们去了热带雨林景区，玩了好久，还体验了少数民族的风情，和黎族少女们一起跳舞，吃特色美食……反正玩得很嗨。

当然，也很累。

到傍晚才回到酒店。陆笙手里拎着半斤萝卜糕，边走边和徐知遥商量一会儿去哪里吃饭，走进酒店大厅时，她看到休息区的沙发上坐着一个人。

她以为自己看错了。南风怎么会出现在这里呢？

徐知遥也以为自己看错了——他昨晚明明并没有告诉南风他们在哪里！

南风安静地坐在沙发上，隔着一段距离，他的目光那样平静，气色却是不太好，像是没休息够。

可能是因为坐着的缘故，他的气场有点儿强。他的眉头微微拧着，配上颧骨下那道浅浅疤痕，使他整个人的气质显得清冷凌厉，令人不敢亲近。

陆笙不知道自己的心情算怎么样，高兴多一点儿，还是难过多一点儿？欣慰多一点儿，还是生气多一点儿？总之，是五味杂陈。

南风的目光在陆笙脸上停留了很久，最后他对徐知遥说："我和陆笙有话说，你自己先回去。"

徐知遥看一眼陆笙，后者点了点头。

徐知遥走后，南风起身，陆笙低着头不看他，站在原地。他走过来时，她感觉到熟悉的气息，只是赌气一般始终低着头。

"出去走走吧。"他说。

"嗯。"

两人便到了海边。

此时夕阳沉沉地将要坠入大海，傍晚的海风湿润清凉。随着波浪的敲打，海水的边沿形成一道动态的白线，蜿蜿蜒蜒地延伸到很远很远。

他们在沙滩上留下四道脚印，过不久，脚印便被海水抚平，仿佛从来不曾有人来过。这样走了好一会儿，南风一直没说话。

好像从分手之后，他就不曾有过和她这样安静独处的机会了。本能地，他想把这样静谧的时光多留住一些。

陆笙忍不住了，问南风："你怎么知道我们在这里？"

"你的携程账号都是我帮你申请的。"

好吧，真相竟如此简单。陆笙点了一下头，问道："那么你今天找我来是想做什么呢？"这样说着，她抬头小心翼翼地看了他一眼，目光充满了期待。

但是他的回答却让她有些生气。他说："陆笙，我和你分手，不是为了让你移情别恋的。"

陆笙便冷冷地哼了一声："我们已经分手了，你凭什么管我？我想恋谁就恋谁。"

南风拧着眉看她："不要和徐知遥在一起，这对你们两个都不好。"

"你不和我在一起，还要管我和谁在一起？"

他竟然真的点头了，简直……厚颜无耻！

陆笙心里憋屈得要命，她擦了一下眼角，说道："你凭什么？"

"陆笙……"

"南风，你到底爱不爱我呢？"

他几乎没有思索就答道："爱。"

这是他第一次对她说出这个字，却是在他们分手之后。陆笙觉得挺讽刺，她朝他笑了一下，答道："好可惜哦，我已经不爱你了。"

明明是赌气的话，却依旧使他心口刺痛。鬼使神差地，他想去牵她的手，被她躲开了。

陆笙偏头不去看他，小声问道："是不是只有等那个问题解决了，我们才有可能在一起？"

南风不想给陆笙留一丝侥幸心理，便斩钉截铁地答："对。"

"可如果一辈子都解决不了呢？我们就一辈子都不要在一起？"

南风愣了一下，随即答道："不会的。"

陆笙心想，你怎么知道一定能治好呢……这种话就不要说出来了，她实在不忍心。

可是对于南风这样的执拗，陆笙始终觉得无法接受。这不像她认识的那个南风。她仰头，郑重地看着他，干干净净的目光，直视他的眼底。

她说："南教练，我觉得，你需要一点儿勇气。"

4.

陆笙的假期结束后归队，过了几天，宁夏也回来了。

宁夏和艾小梅搭档的双打成绩不错，积分排名一路高歌猛进，今年有了去征战澳网的机会。作为大满贯新人，也不期望能取得什么成绩，主要是个重在参与吧。

其实单是"参与"这一点，就让很多人羡慕不已了。那毕竟是大满贯。

陆笙也是许多羡慕者中的一员。她看了一下自己的WTA排名，唔，距离大满贯的资格赛还差不到一百名。

几十名而已，为什么不再努力一下呢！

这个时候陆笙突然发现，她之前谈恋爱谈成了傻白甜，每天飘在云端一样，精神一点儿也不紧张，明明再努力一把就有机会打大满贯了，她却成天在想什么呀？

真傻！

此刻看着风尘仆仆的宁夏，陆笙暗暗给自己制订了一个计划。

短期目标就是把自己的排名上升到能打大满贯资格赛的高度。

四大满贯中，澳网已经快结束了，今年还剩下5月份的法网、7月份的温网、8月份的美网。陆笙感觉自己想要冲法网和温网有点儿来不及，美网应该不错。而且美网还有一个好处，那就是它的资格赛的签位比其他大满贯要多一些。

不想对法网和温网抱太大希望的另一个原因是，这两场比赛的场地一个是红土一个是草地，都是陆笙不太熟悉的。她最常打的是硬地，这也是网球比赛中最常见的场地类型。

综上，她暂时把目标锁定为美网。

今年内的其他比赛，从低级的ITF赛事到更高级别的WTA赛事，陆笙挑挑拣拣地做了一个日程表，低级别的多打几场，高级别的未必够资格，就算够了资格也是重在参与，反正多和高手们切磋吧。

　　她把日程表拿给徐知遥看，问他怎么样。

　　徐知遥："不错。"

　　陆笙问道："你呢？"

　　"我什么？"

　　"你不打算冲一冲大满贯吗？"

　　"不打算。"

　　"呃……"陆笙没想到他答得这么干脆。

　　徐知遥现在 ATP 的排名五百开外，比陆笙差了不少。这也不能说徐知遥不如陆笙，因为 ATP 和 WTA 完全是两种情况。根据去年国际网联的统计，全世界男子职业球员的数量是 8874 名，女子职业球员的数量是 3896 名，也就是说，男子球员的数量比女子多一倍还不止。

　　大满贯正赛中男单和女单的签位数量，都是 128 位。资格赛的签位，除美网是男单女单一样多，其他三大满贯，男单都比女单多，但也只是多三十多位。

　　这就意味着，男网比女网的竞争压力大很多。

　　所以徐知遥才不去奢想大满贯。他倒是优哉游哉的，不甚在意，陆笙却有些为他可惜。她说道："我觉得你还是有希望的，你去年打的比赛有点儿少，今年多打一些，排名肯定能上升。"

　　"我不想打大满贯。"徐知遥这样回答。

　　"为什么？"陆笙明显不信，"没有球员不想打大满贯吧？"

　　"大满贯是五盘三胜……"徐知遥面无表情地说。

　　陆笙秒懂。

　　球迷们都说徐知遥"体力不好"，并非调侃，这是实情。

　　徐知遥以前训练不用心，身体素质的基础没打好，比赛时间一长，就容易显露疲态。他的粉丝们还劝他打女网呢……

　　一般的比赛是三盘两胜制，他堪堪能应付，可是大满贯五盘三胜，听着就很吓人好嘛！

　　徐知遥严肃地看着陆笙，说："我这辈子都不会去打大满贯的。"

　　陆笙满脸遗憾："大满贯不是每个球员的目标吗？你真的不想打？"

　　"我说我最想打的是混双你信吗？"

　　"不信。"

　　"信不信无所谓。师妹，我觉得我们以后一定能大杀四方的。"徐知遥对混双的信心完爆他对自己的信心。

陆笙捧着脸，还在念念不忘大满贯："那我们以后去大满贯打混双吧？"

"好啊，那有点儿远，咱们先把亚运会征服了吧。"

对哦，亚运会。

今年是亚运年，陆笙和徐知遥因为去年全运会中混双成绩亮眼，所以被选入国家队集训。名义上是集训，实际多数是依旧各练各的，毕竟网球的职业化程度那么高，各种比赛一个接一个，大家都很忙的。对于集训，单打的选手们几乎不受什么影响，男双和女双也不怎么受影响，因为这些选手无论单打还是双打，在连续不断的赛事中都得到了锻炼，这些实战经验比简单地训练更可贵。

唯有混双比较特殊。混双你说它是非主流吧，但是在最主流的比赛中都有它的身影——奥运会、四大满贯，这些顶尖赛事都设有混双；可要说它是主流吧，四大满贯以下的职业赛事全部把它遗忘了。

混双也没有积分排名，四大满贯的混双报名，都是按照男女双方的积分相加来算的。

所以陆笙和徐知遥的混双，完全没有实战锻炼的机会。俩人只能凭感觉自己练，为了国家荣誉，一定要保证足够的训练量。

为此，他们俩的赛程肯定是有所削减的，不像平时能排那么满。陆笙的日程表是仔细斟酌定下来的，为的是同时满足混双训练和揽积分的需求。

陆笙年后连着打了两场10K赛，都顺利夺冠。这样级别的比赛，她能拿冠军倒并不稀奇，令人奇怪的是，陆笙的球风有了一些变化。她以前的球路是比较温和绵密的，今年也不知道怎的，一开年就打出了很强的攻击性，有球迷用"攻气满满"来形容她这两次比赛的状态。许多人以为她是有意在调整战略，只有陆笙自己知道，她是把失恋的怒气都发泄到球场上了。

好吧，效果不错。

要不怎么说"情场失意球场得意"呢，一点儿没错。

陆笙每天用训练填满生活，用比赛发泄情绪，日子过得那是相当充实。她此后又去台北打了一次50K，不小心拿了冠军，去日本打了一次75K，不小心打进四强，去新加坡打了一次100K，又是一个不小心，打进四强。

林林总总的积分加起来，竟然闯进了前二百名。

这个排名，打美网的资格赛是稳够了。

不过她可不敢掉以轻心，因为 WTA 的排名是只统计过去一年的积分，她如果就此不打，时间一长，积分回落，排名就掉下来了。

此后直到美网开赛前，她又打了几次 ITF 赛事，战绩都不错。

国内有媒体注意到了陆笙的异常，有记者用"疯狂的收割机"来形容她上半年揽积分的情况。

陆笙觉得这个说法有点儿夸张了。很多人都这样做，她只不过知名度高一些，关注度大一些，所以做点儿什么事情都容易被讨论。

唉，名人的烦恼。ヽ(╯▽╰)╯

最后一次 ITF 赛事是在国内打的，陆笙拿冠军之后，有记者采访她，又提到了她和南风分手的问题。

陆笙此前一直对此事缄口不言，但是这一次，出乎记者的意料，她正面回答了。

"是的，我们已经分手了。"

"请问是什么原因导致你们分手？"

"性格不合？"

"是否有其他因素，比如你投入训练比赛的时间太多？"

"没有，就是性格不合。"

"是否和徐知遥有关呢？"

"没有的事儿，别乱讲。"

"网上都传你和徐知遥在一起了。"

"网上的谣言你也信？"

"呃，那么是否会考虑开启一段新恋情呢？"

"看情况。"

"就是有可能了？"

"嗯。"

记者回去唰唰唰写了一篇报道：《陆笙承认已和南风分手，会考虑新恋情》。

报道把陆笙这半年来的战绩回顾了一下，顺便八卦她的私生活，承认分手，否认和徐知遥的暧昧……总体上说也算客观。

南风很快看到了这份报纸。关于陆笙的任何报道，他都不会错过。

自从新年那次不欢而散，他和陆笙已经好几个月没见面了。关于陆笙，南风都是从报纸上看，或者从李卫国那里听。

尽管不见，他的视线一直追着她。

可是他还能追多久呢？

南风看着报纸上陆笙灿烂的笑脸，也笑了笑。

他的女孩儿，真的越来越自信了。

然而也离他越来越远了。

他还站在原地，她已经无所顾忌地向前奔跑，跑得越来越快，越来越远。大概总有一天，会远得他看不见。

明明是他将她推着向前跑的，明明这该是他乐见其成的……可是，他为什么会如此难过呢？

5.

这一年的 7 月份，国内网坛发生了一件大新闻。

这个新闻闹得沸沸扬扬，不过实际也在大家的意料之中。

——乔晚晚终了脱离 T 市网球队，带着自己的团队离开了。她从此成为一个"个体户"，自由人。

显然 T 市网球队对她也没有挽留的意思，干干脆脆地签了她的离队申请。不过嘛，他们也不可能甘心就让她这么走了，毕竟队里在乔晚晚身上投入了很多。所以双方签了另一个协议，乔晚晚离队之后，每年要将奖金收入的 15% 上交给 T 市网球队。

陆笙挺奇怪乔晚晚怎么会答应，她问李卫国："如果她不给钱呢？队里能把她怎么办？"

李卫国说："那她就真的不要在国内网坛混了。大家都不会撕破脸的。"

陆笙还是不很懂。她猜南风一定懂，可是她不想问他。他都不要她了！

乔晚晚走之前，单独约见了陆笙。

那个夜晚有些闷热，陆笙和徐知遥加练的时候，乔晚晚过来了。乔晚晚提议和陆笙聊一聊，徐知遥担心她欺负陆笙，站在不远处看着她们，像个保镖一样。

乔晚晚似笑非笑的，说陆笙："半年时间蹿一百名，你很能啊！"

陆笙回想起俩人第一次见面，乔晚晚把她打得毫无还手之力，那时候她几乎是绝望的，以为这个对手永远不可战胜。可是现在呢，她和她的差距不知不觉已经缩短了那么多。

陆笙说："这算什么，我早晚战胜你。"

　　乔晚晚冷笑："我等着。"她显然是不信的。一个 WTA 的名将看待一个成天在 ITF 赛事里混的三流小选手，必然是俯视的姿势。

　　但是乔晚晚今天显然并不想和陆笙讨论这种无聊的话题，她问陆笙："你和南风真的分手了？"

　　"放心，就算我们分手了，他也不会喜欢你。"

　　一句话把乔晚晚噎得脸色发黑："谁稀罕！"顿了顿，她又说，"这么看来你也并不爱他。"

　　陆笙正要辩解，转念一想，跟情敌有什么可说的！于是她笑容可亲，看着乔晚晚，说道："哎，是呀，我其实没那么爱他的，没办法啊，他却爱我爱得死去活来，麻烦！"

　　乔晚晚果然更生气了。

　　这个夜晚，乔晚晚离开得悄无声息。除了李卫国，没有人送她，没有人在意她。这个时候她突然发现，自己在省队待了那么多年，竟然一个朋友都没交到。

　　她心里难免有一些挫败感。可是转念，挫败感被另一种想法代替了：一定是因为那些庸才嫉妒她，"木秀于林，风必摧之"。

　　她告别李卫国，转身上车。这个时间段，路上车辆很稀少，路灯明亮又静谧，照着车前的一方天地。远远望去，整齐的路灯仿佛在夜幕下点亮一条无边无际的长龙。

　　车内一片安静，没有人说话。乔晚晚看着窗外一盏一盏滑过的路灯，再远处是茫茫的一片夜色，雾一般看不真切。

　　车里那么多人，她却突然感觉孤单。

　　从此以后，她要孤独地走下去了。没有人能帮助她，没有人能让她依靠。相反，这车里的所有人，都要依靠她。

　　乔晚晚的离开被媒体讨论了好几天，顺便被关联讨论的还有陆笙。

　　陆笙觉得这事儿跟她半毛钱关系扯不上，可是别人不这么以为呀。T 市网球队去了一名悍将，剩下的谁最出挑呢？女双肯定是宁夏了，女单这边，显然近期疯狂揽分的陆笙最炙手可热。

　　许多人都觉得陆笙即将成为实至名归的省队一姐。

　　邓林屹找陆笙谈了次话，谈话的内容引起了陆笙的警惕。

　　邓林屹向陆笙透露，队里会继续把资源向她倾斜，并且有可能帮她聘请专业的团队。

帮她请团队做什么呢？把她打造成第二个乔晚晚吗？

陆笙不想成为第二个乔晚晚。

好在这事儿也只是商议，一时半刻还执行不了，队里也希望继续考察一下陆笙的潜力，至少要等亚运会结束再说。

整个 7 月份，陆笙没参加别的比赛，一直在刻苦训练，为美网资格赛做准备。

7 月份，除了乔晚晚，还有一个人做出了关于人生的抉择。

6.

这天晚上，陆笙照旧多练了一会儿，回到宿舍时，许萌萌还没睡。

这倒也不奇怪，许萌萌通常会在宿舍多玩一会儿再睡觉。不过奇怪的是，今天许萌萌竟然没有上网看八卦，而是在发呆。

奇哉怪也。

陆笙伸手在她面前晃了晃："你怎么了？"

许萌萌抬头见是陆笙，她从桌上拿了一个物件递给陆笙："喏，送给你。"

那是一座创意石英钟，有十几厘米那么高，形状是一个缩小的苏珊·郎格伦杯（也即法网女单冠军奖杯），杯面正中央的圆环花纹里，镶嵌着一小块圆形的石英钟表。

这座石英钟，是许萌萌第一次参加网球比赛时，主办方颁发给她的纪念品，那年她只有七岁。这批石英钟是主办企业自己定做的，并没有经过法网官方的同意，就直接用了苏珊·郎格伦杯的模型。那个主办方大概是觉得自己反正是小企业，没有知名度，大满贯组委会不可能山高水远地跑来中国维权；也可能主办方当时完全没有版权意识。反正他们挺肆无忌惮的，四大满贯的奖杯一样做了一批，所有参赛小朋友一人发一座。

不管怎么说，许萌萌很喜欢这个纪念品，一直留着。也许，它承载了一些美好的回忆和希望吧。

现在许萌萌突然要把石英钟送给陆笙，让陆笙很是不解。她并不伸手去接，只是问许萌萌："为什么要给我呀？"

许萌萌神色黯然，说道："陆笙，我……我已经跟队里交了退役申请了。"

"啊？！"陆笙惊讶地看着她，"为什么？你疯了，干吗要退役？"

许萌萌突然哭了，眼泪流个不停。陆笙很少见她哭，更没见她哭得这么伤心过。

陆笙连忙安慰许萌萌："别急，有什么困难你说出来，大家一起想办法，先不要着急退役。"

许萌萌边哭边说："陆笙，我坚持不下去了。"

"为什么？到底怎么了？"

许萌萌看着陆笙，摇头说道："你知道吗，有时候我真的嫉妒你。"

"我……"

"你从来没为金钱忧愁过。"许萌萌说，"我家里为了我学网球和打比赛，现在每年都要给我贴钱，我爸妈都是工薪阶层，本来就赚得不多，我一年少说要花他们七八万。我觉得特别对不起爸妈，真的。"

"你可以赚呀，多打几场比赛，赚奖金。"

"我也想赚奖金啊，可是谈何容易！"许萌萌捂着脸，哭泣声透过手掌的缝隙传出来，闷闷的、细小的、哀伤的。她说，"我现在打一场赔一场。"

"萌萌，我觉得你还可以提高，你不要放弃。"

"我已经二十岁了，现在做不到，以后更做不到。拿不到赞助，赚不到奖金，我打球就一直这样入不敷出，一直花父母的血汗钱。"

陆笙难过极了，她不想看到许萌萌这样。如果可以，她希望大家都能好好的。她想了一下，说道："我这里还有点儿钱，要不你先拿去用？等你赚了再还我。"

许萌萌抬头看陆笙，似乎是料想不到陆笙会这样说。

陆笙看着满面泪痕的许萌萌，特别真诚地点了点头，对许萌萌说："我相信你能赚回来的。"

"可是我不相信。"许萌萌低头又捂脸哭起来。

陆笙有些无奈："你不要这样嘛，打起精神来！"

"不，陆笙，你听我说。根据去年的官方统计，女性职业网球运动员中，只有排名前 6.5% 的球员能够获得盈利，剩下的都是赔钱的。我没办法达到那前 6.5%，我只会一直赔钱赔钱赔钱。你说，我打球还有什么意义？"

陆笙几乎要被许萌萌说服了，可她还是觉得可惜，小声说道："但你喜欢打球啊……"

"喜欢不能当饭吃，人无论做什么都首先要填饱肚子。"许萌萌抹了一把眼泪，抬头直视陆笙，"所以现在你知道自己有多幸运了吧？"

陆笙抿嘴点了点头。她一直知道自己有多么幸运。

因为她有南风。

　　这晚许萌萌哭了好久，却终究是心意已决，陆笙劝不动她，只好和她一起展望她退役之后的人生。许萌萌为了打球耽误了学习，又没有陆笙那样的专业成就，上大学的道路是走不了了。她跟陆笙说，自己想退役以后去网球学校当教练。

　　这个打算非常现实也非常可靠。

　　陆笙表示双手支持，然后她听许萌萌科普了一下网球教练的收入，继而更加地支持。

　　这个时候许萌萌的心情才稍微好了一些。

　　许萌萌的退役手续办得很快，过了几天，她请大家吃了一顿晚饭，当天晚上就收拾东西要离开了。

　　离开之前，许萌萌把徐知遥约到一个僻静的角落。

　　那时候大家都在训练，他们俩在训练室外边的路灯底下站着，徐知遥有些别扭，虽然和许萌萌还算熟，但他很少和许萌萌单独在一块儿。

　　尤其是，他已经知道了许萌萌喜欢他。

　　许萌萌眨眨眼睛，看起来萌哒哒的，问徐知遥："我就要走了，你没什么话要对我说吗？"

　　徐知遥想着今天餐桌上许萌萌说过的话，觉得心里头有话不吐不快。他问道："你是不是一直觉得陆笙之所以能有今天，是因为比你幸运？"

　　许萌萌愣了一下。她不好意思说"是"，但是从她的表情里，徐知遥知道那必定是肯定的回答。

　　徐知遥："那我问你，假如给你一个南风，你能成为陆笙吗？"

　　许萌萌沉默了。

　　陆笙钻研别人球技的时候她在钻研别人的八卦，陆笙加练的时候她早早地回去玩耍，陆笙打球时从不分心，陆笙输球时从不气馁，陆笙专注坚韧有心胸……她呢？她有什么底气、有什么资格敢说自己也能成为陆笙呢？

　　是，陆笙运气是好，但好运气远不够成就一个陆笙。

　　不是不明白这个道理，只是，许萌萌潜意识里一直在自我催眠，告诉自己：我不如陆笙，是因为陆笙运气好。

　　也许只有这样，她才能好受一些。

　　现在，她最后一点儿自我安慰都被无情地剥扯下来了。

　　有时候，许萌萌挺讨厌徐知遥这一点的：他看得太通透。

7.

这晚陆笙说好了要送许萌萌的，可是许萌萌甚至没给陆笙一个告别，就默默地离开了。陆笙看着空出一半的宿舍，回想着这些年来的点点滴滴，突然很伤感。

她翻着手机通讯录，一遍一遍的。南风的名字出现了很多次。

她终于拨通了他的电话。

两人真是好久没通话了啊！一想到他，陆笙心里就又酸又疼。她承认自己这些天一直在逃避，把时间排得满满的、精力用得空空的，那样子就可以不用去想他了。

"喂，陆笙。"

静谧的夜里，他的声音低沉悦耳。

"南教练。"陆笙低着头，看着腿上摆着的那座石英钟。

南风没有问她为什么打电话来，他只是说道："最近过得怎么样？"

陆笙心口一酸，答道："挺好的，你呢？"

"我，不太好。"

陆笙突然担心了："你怎么了？！"

"没什么，只是有些问题还没想通……你是不是也心情不好？"

什么都瞒不过他，他总是最熟悉她的。陆笙心内叹气，说道："南教练，许萌萌她退役了。"

南风似乎对此事一点儿也不奇怪，他淡淡地"嗯"了一声，问陆笙："因为这个心情不好？"

陆笙点点头："唔。"

"陆笙，对她来说，退役不是坏事。"

"为什么？"

"人不需要勉强自己做不擅长的事情。人生的道路有很多，不管走什么样的路，都有它独特的风景，没必要遗憾。"

陆笙便有些感慨，听到这些话，她心境确实通透了一些。她问道："那么南教练你呢？"

"我吗？"南风低低叹了口气，"假如没有那场空难，我大概也不会和你有任何交集。"

陆笙听到这话，眼泪突然毫无预兆地落下来了，"啪嗒啪嗒"地打在石英钟的玻璃表面上。她擦了擦眼睛，抽噎着说："我懂了。"

南风轻轻笑了一下："不，你不懂。"

　　一个自小内心封闭孤独的人，一个注定爱无能的人，遇到爱情的概率是零，孤独终老的概率是百分之百。

　　只是因为那场灾难，他的心门震开了一道缝。

　　没有早一步，也没有晚一步，她刚好推门走进来，为他黑暗的心房带来满室的阳光。

　　失去了光荣与梦想，得到了挚爱一生的人。

　　是剥夺，也是恩赐。

　　命运嗬。

　　第二天，南风收到了来自陆笙的一笔"巨款"。陆笙的转账留言是这样写的：这半年的零花钱，拿去花，别省着。

　　那几天，南风隔三岔五地就拿起手机看看这条短信，每看一次，心情都能莫名其妙地好起来。

第十一章

NANFENG
RUWOHUAI

她要勇往直前，要努力拼搏，
要为他争夺失落在时光里的荣耀！

1.

8 月份，网坛最受关注的就是美国网球公开赛了。

凌峻宇早早地买好了票。出发去美国前，他在朋友圈嘚瑟地秀球票秀女神，结果招来了南风的询问。

南风：什么时候去？

凌峻宇：后天，早点去先玩几天，怎么你也要去吗？

南风：嗯。

这是什么意思！凌峻宇很没有安全感，南风为什么要去？不会是为了看乔晚晚吧？打美网女单的中国人只有乔晚晚一个，他总不可能是为了看男神吧？！

他立刻给南风去了个电话。南风听完凌峻宇倾吐质疑，冷幽幽地回道："陆笙入围了资格赛。"

对，还有这事儿，差点儿忘了。凌峻宇满脑子装的都是女神乔晚晚，陆笙打的又只是资格赛，直接被他忽略了。

可凌峻宇还是好奇呀，问南风："你不是已经和她分手了吗？"

南风沉默了一下，答道："我无法接受她越来越远离我的视线。"

"什么意思？"

南风轻轻舒了一口气，淡淡答道："意思是，陆笙说得对，我需要一点儿勇气。"

美国网球公开赛是四大满贯之一，对于陆笙这种常年混迹在低级赛事的三流小选手来说，去大满贯赛事就像朝圣一般，每一次接近它的机会都弥足珍贵。

尽管她现在拿到的只是一场资格赛的门票。

美网女单正赛签位是一百二十八个，其中有十六个预留给了资格赛选手。

资格赛的签位也是一百二十八个，打三轮单淘汰赛，最后一轮胜出的总共十六个人，可以入围正赛。

以上是常规情况，还有一种不太常规的情况，那就是假如正赛开打前有人临时退赛，留出了空缺，这个空缺可以由资格赛最后一轮被淘汰的球员递补。递补的球员虽然输球了，依旧幸运地获得了打正赛的机会，所以他们被称为"lucky loser（幸运的失败者）"。

陆笙出发前接受国内媒体的采访，被问及此次大满贯征途的目标时，她答道：

"第一次打这样大的赛事，主要目的还是锻炼，增长见识。"

这个回答很保守，记者追问道："觉得自己能入围正赛吗？"

陆笙抿了抿嘴，答："我觉得我有这个实力。"

够猖狂！

记者把这篇报道发出去之后，有人为陆笙加油打气，也有各种说风凉话的。谦虚是传统美德，人们尤其喜欢要求别人具有这种美德。但凡狂气一点儿的年轻人，总容易招来全方位的嘲讽打击。有人表示一定会坐等陆笙自己打脸。

陆笙也不知道那些人在期待什么。就算她被打脸了，他们能得到什么呢？

她并不觉得自己张狂，只是实事求是嘛，相信自己的实力有错？她又没说自己能拿冠军，那个才叫不切实际。

此次征战，陆笙不像乔晚晚那样带着一个豪华团队，教练、医师、陪练一应俱全，她只雇了一个翻译同行。

陆笙入住的酒店是赛会指定的。她觉得自己可能运气太好了点儿，在酒店大堂里她看到目前 WTA 世界排名第一的选手阿古娜，和 ATP 世界排名第一的选手里科多特，两人正在聊天。

陆笙看他们的眼神像是在看神。

她火热的目光引起了阿古娜的注意，后者扭头看了陆笙一眼，朝她笑了笑。

世界第一竟然这样温和友好，一点儿架子都没有，简直太博好感了。陆笙回报了一个微笑。

里科多特也注意到陆笙。出乎陆笙意料的是，他竟然用非常生疏的中文叫出了她的名字。

陆笙："？"

是在叫我吗？不太可能吧？

她走过去，挠了挠头，问里科多特："You……you know me？"

"Yes."里科多特点了点头，接着说了一串话。

陆笙：没听懂。

幸好她还有翻译。翻译说道："他说他认识南风，所以知道你。"

陆笙知道这事儿。南风以前确实和里科多特交过手，不过得有十年了吧，那时候里科多特很青涩啊，南风和他打过三次，都赢了他。

如今世界排名第一的里科多特，竟曾是南风的手下败将。有多少人还记得这件事呢？

不过，十年前交手三次，里科多特竟然能记到今天，南风对他造成的阴影貌似很大啊……

里科多特又说了几句话，翻译听完，转述给陆笙："他说他还和南风保持着联系，他们是朋友。怎么，南风没有跟你提起过他吗？"

陆笙说："你告诉他，我知道他。不过，南风从来不说自己的过去。"

通过翻译，陆笙和两个世界第一聊了几句，还合了影，收获了他们的祝福。

离开两个世界第一之后，陆笙感觉心酸酸的，难过。里科多特如今在网坛叱咤风云，十年前败给南风的时候他才十八岁，可南风也是十八岁啊！

如果没有那件事……

不，不要去想了。南风说过，人要向前看。她要勇往直前，要努力拼搏，要为他争夺失落在时光里的荣耀！

2.

陆笙第二天去抽了个签。

唔，可能是因为受到了两位世界第一之祝福的加持，她这次的签运相当不错。如果能连续打三轮，她将遇到的最强对手是资格赛的十六号种子。

绝世好签！国内有球迷这样评价陆笙本次的签表。

陆笙仔细研究了她即将面临的对手们，这个时候真希望南风能在身旁给她一些指点。转念一想，她又觉得自己也不能老是依靠他。她能靠他一辈子吗？

网球选手是一种很孤独的职业。他们唯一能依靠的，只有自己。

资格赛第一轮，陆笙遭遇的是一个阿尔及利亚姑娘。姑娘打球很有灵气，球路和陆笙相似，不过，陆笙感觉她在赛场上不太自信，放不开手脚，这直接限制了她自身的发挥。

缺乏自信的阿尔及利亚姑娘，遇上意气风发的陆笙，气势上先输了一头，两盘告负。

第二轮陆笙的对手是一个印度姑娘。

印度姑娘和阿尔及利亚姑娘正相反，她看起来呆呆的，在赛场上的反应也不算超群。不过她技术很扎实，心理素质特别好，稳扎稳打，风格浑厚。

陆笙仔细研究过印度姑娘的比赛视频，感觉这位选手特别特别有耐心，如果和这个对手慢慢地耗，很可能先耗光意志的是陆笙。陆笙针对印度姑娘的特点，在打法上增加了变化，提升节奏。

印度姑娘也不是任她宰割的，一直在对抗陆笙的快节奏，尽量把节奏拉到自己这方面来。

两人互相拉扯着，打了三盘，陆笙险胜。

呼……终于到第三轮了。

只要再胜这一轮，陆笙就能进正赛了。这次一起参加单打资格赛的中国选手，除了她，已经全部遭到淘汰。

能不能成为本次美网单打正赛的第二个中国人，在此一举了。

第三轮，陆笙将要遭遇的是资格赛十六号种子詹妮弗。詹妮弗是美国人，比陆笙小一岁，今年蹿升的速度比陆笙还快，她有着非常大的潜力，很多媒体认为她以后能成为一流球员。

比赛总是越往后越难打，但是陆笙看完詹妮弗的比赛视频之后，突然信心倍增，感觉打詹妮弗的把握比前两个还大一些。

因为詹妮弗这个人，有着非常强大的右手正手，与此同时，反手就逊色多了。

陆笙这种左撇子天生就是这类人的克星。

难怪网友们都说她抽到的是绝世好签呢，一点儿也不夸张！

感觉胜利在望，陆笙心情很好，在更衣室的时候还哼起了歌儿。换好衣服走出来时，却冷不丁脚下一打滑——"咚"地摔在了地上。

陆笙很莫名其妙，坐起来一看，发现地上有一小摊积水，可能是有人喝水时不小心洒的。

她弯腰检查了一下膝盖，还好没摔坏。网球运动员有几个频繁使用的身体部位是伤病高发区，比如膝盖、后背、肩胛、手腕等等。

她很快忘掉了这个小插曲，走上赛场。詹妮弗虽然赢面不太大，不过输阵不输人，有着明显主场优势的她，一进场就收到了观众的欢呼鼓舞，还有人高呼她的名字。

相比之下，陆笙出场就比较平淡了，只有礼貌性的掌声。

陆笙和詹妮弗对打热了一会儿身，很快比赛正式开打。陆笙幸运地拿到了第一个发球局，球发出去之后她突然感觉有些别扭，果然，一发失误了。

陆笙摸了摸左手的手腕，总感觉发力有些不对劲啊。

还好二发成功了，俩人你来我往打了几拍，陆笙一个凌厉的正手抽击，得分。

此刻，坐在观众席中的凌峻宇推了一下南风的肩膀，说道："行啊！几天不见，刮目相看！"

南风微微一笑，没说什么。

然而场上赢球的陆笙情绪却并没高涨起来。她觉得手腕有一点点疼，不太明显，但一下子让她警惕起来。她拉开护腕，看了一眼手腕，似乎也没什么异常。

裁判催促她赶快发球。

陆笙于是戴好护腕继续打，因为被手腕弄得还没回过神，这个球被詹妮弗抓住机会还击了。

詹妮弗毕竟有着强大的正手，而且网前的手感也不错。

陆笙不敢再多想了，收拾心神专心打比赛。

这个发球局她保住了，但是这一局结束时，她手腕的疼痛也从隐约变得明显了。

陆笙又摘下护腕看。唔，有点儿肿了啊？

她有点儿莫名其妙，仔细回忆，发现自己刚才在更衣室外摔跤的时候，貌似确实用左手撑了一下地？当时并没有感觉异常。

现在，难道手疼是因为撑那一下吗？

不管怎样，比赛还是要继续的，陆笙只能祈祷手不会更疼，反正现在这个程度的疼痛她能接受，不会分心。

打了四局，陆笙破了一次詹妮弗的发球局，把局数锁定在 3:1，战况还不错。

凌峻宇为陆笙的这个成绩感到高兴，他觉得陆笙对詹妮弗的优势很明显，只要不出意外，这次一定能打进正赛。他看一眼身旁的南风，发现南风竟然拧起了眉头。

"怎么了？"凌峻宇问道。

"她为什么总是摸手腕？"南风自言自语。

"这有什么稀奇的，大概那个护腕是她的幸运物？"

南风摇了摇头，直觉告诉他，不对劲。

他的直觉在后续的比赛中得到了证实——陆笙的失误率增加了，攻击力度也降下来。尽管依旧领先，但明眼人都能看出来，她的状态在慢慢倒退。

不过，陆笙还是 6:4 赢下这一盘。

盘间休息时，陆笙拉下护腕，发现手腕已经肿得很高。她只好找到裁判，磕磕绊绊地用英语告诉他，希望请赛会医生入场治疗。说着，她抬起手腕给裁判看。

医生很快过来了，他给陆笙敷了冰块，然后说了一堆话给陆笙解释了她的伤情。陆笙没听懂，一脸懵懵地看着他。

最后医生神情严肃、语速缓慢地告诉陆笙：建议她立刻退出比赛。

陆笙摸着手腕，低头沉默下来。

该不该放弃呢，在距离胜利仅仅一步之遥的时刻？如果就这样退出，让她如何甘心？

可是，她能不能坚持呢？坚持的结果会是什么呢？赢一场比赛，然后呢？伤情会不会恶化，会不会影响后续的比赛？

陆笙不知道该怎样抉择。

这个时候，真的好希望南风在身边啊。他总是能用最简单的方式让她茅塞顿开，帮她做出最正确的选择。

如果是他遇到这种情况，他会怎么选择呢？陆笙便禁不住想。他多半会退赛吧！因为南风说过，与以后那么漫长的道路相比，眼前的一城一池不算什么。

对啊，又算什么呢！保存自己最重要！就算她这一场坚持下来，她能做到的也仅仅是打入正赛。一天时间完全不够恢复的，只怕正赛第一轮她就要端着一只猪蹄髈被淘汰掉！

所以就算她坚持，能获得的最大好处也不过是体验一轮大满贯的正赛。

她轻轻地对自己说："大满贯以后会有的，不急在这一时。"

赛会医生问陆笙到底要不要退赛。

"No."陆笙答道。

医生无奈地摇了摇头，似乎早就料到她会这样。

"But，"陆笙用字正腔圆的英语说，"I will use this hand."说着，她举起右手示意。

医生有些惊讶。

"So，Please help me……"陆笙说着举起左手，晃了晃，但她一时卡壳了，想了半天，憋出一句，"治一治，this hand."

好吧，医生听懂了。

他给陆笙包扎了一下，叮嘱她千万不要用这只手握拍。

第二盘陆笙也不指望赢了，只是不想窝窝囊囊地退赛，仅此而已。

她的手腕包得那么厚，场内外的观众都知道伤得不轻，本以为她会退赛，哪知道这货右手提着球拍上来了。

观众们有点儿震惊。

陆笙的右手虽不是惯用手，倒也能打，正手还算稳定，反手那就是渣渣了。所以这会儿她用右手跟詹妮弗对拼正手，可想而知有多惨烈了。

就算少一只手，坐以待毙也不是她的风格，所以她打得依旧很积极。底线上拼尽全力地进攻，偶尔还随击上网，试着打个穿越球什么的，后来她还和詹妮弗打出一个十九拍的长拍。

当然，结果是毫不意外地连输两盘。

比较令人意外的是，陆笙虽然变成了折翼的天使，第二盘第三盘都不是挂零输的。第二盘胜了一局，第三盘胜了两局。

连她自己都搞不清楚怎么能胜这几局，大概詹妮弗精神松懈了吧，也可能是觉得她精神可嘉，想放个水不要让她太难看。

比赛结束，作为失败者，陆笙黯然离场。

回到更衣室，她低头看了一眼门口。水迹早已经干了，她却仿佛看到自己狼狈跌倒的身影。

千算万算，没算到会这样。

能不难过吗？陆笙难得想哭，感觉特别委屈。大洋彼岸，异国他乡，周围人说话她都听不懂，还输了比赛……越想越难受，她坐在更衣室里，捂着脸。

过了一会儿，眼泪终究是被她忍回去了。她换好衣服，找出手机，给南风打了个电话。

"喂，陆笙？"

"嗯。"

"你怎么样？"

陆笙瘪脸瘪嘴，突然有些哽咽："输了。"

"没关系，"南风的声音很低很温柔，"以后赢回来。"

那么简单的安慰，却让她心里暖暖的。她小声说："南教练，我现在特别想见你。"

"是吗，"南风轻轻笑了一下，笑声愉悦，"那你要出来，我又不能进更衣室。"

哎？

陆笙奇怪道："你，你……"

"傻子。"

3.

南风结束和陆笙的通话后，对身旁的凌峻宇说："你可以走了。"

"什么意思？"

"意思就是不要打扰我谈恋爱。"

凌峻宇有点儿心塞。这年头连太监都能找到女朋友，他却没有！

凌峻宇离开之后，南风去一个附近的零食超市，买了个甜筒冰激凌。买完冰激凌，他只等了几分钟，就见到陆笙跑了出来。

他朝她招了招手。

陆笙走到近前时，南风笑着把冰激凌递给她。

她却没有接，而是默默地钻进南风的怀里，环抱住他。她的头埋在他胸前，他感觉到她的身体轻轻颤抖，像是在哭泣。

"陆笙，你十二岁那年，因为输了比赛哭鼻子。现在，你都二十岁了。"

"我没有因为比赛哭鼻子。"陆笙闷闷答道。是因为别的啊……

她松开南风，后者又把冰激凌递到她眼前。

陆笙有些好笑："谁要吃这个，又不是小孩子了。"

"你不吃吗，那我吃了。"南风收回手，作势要吃。

陆笙却又抢过来："算了，给你个面子。"

南风低头笑了一下，轻轻牵起她的手："走。"

"去哪里？"

"先帮你看看手伤。"

这个时候陆笙接到了翻译的电话，问比赛结束了她在哪里。

陆笙说道："你自己先回去吧。"

"那你呢？没有我，你要去做什么？"

陆笙抬眼看一眼南风，对着手机说："我有别的翻译了。"

仅仅是赛会指定的医生并不能满足球员们的需求，本次比赛还来了好多其他的医生，不过都是收费的。南风带陆笙见了一个叫唐纳德的医生。唐纳德是中德混血儿，不到四十岁，长得很英俊。

南风和唐纳德交谈时语速太快，陆笙只能听懂一些单词。她觉得两人交谈的样子不像是陌生人，于是疑惑地问南风："你们认识呀？"

"嗯。"

"你怎么谁都认识呀！"

"嗯？"南风扭过头看她，"我还认识谁？"

里科多特代表南风的过去，陆笙决定还是不提了，于是摆摆手。

唐纳德看了陆笙的伤势，通过南风的翻译，问了她几个问题，她照实回答了。然后唐纳德和南风说了好多话，陆笙问："到底什么情况？"

南风答道："你的手腕是刚才跌倒时不小心扭伤的。网球运动员的手腕因为高负荷使用，都很脆弱，很容易受伤。唐医生说你现在组织水肿，一定要好好休息，一个星期内不要用这只手。"

"你管他叫唐医生呀？"

"我说了这么多，你的关注点在哪里。"南风抬手作势要打她的头，她偏头躲开，笑嘻嘻地看着他。

感觉像是回到了从前。

他最后只是用食指轻轻戳了一下她的额角："出息！"

唐纳德给陆笙打了个吊带，手臂包裹着挂在胸前，方便她恢复。

陆笙挂着胳膊，瞬间感觉自己像个残障人士。

她带着南风回到自己住的球员酒店。

折腾了半天，也该吃饭了。南风订了午餐，过了一会儿，打扮得体的服务生把午饭送到房间来，有牛排、蔬菜、意面，还有汤、果汁……花样挺多。

陆笙举着餐刀，对着牛排比画了一会儿，最终说道："怎么办，我只有一只手。"

南风便坐在她身边，眼皮都不抬一下，直接把牛排盘拉到自己面前，慢条斯理地切着，一边切一边说："以后我就做你的手。"

陆笙手拄着餐桌，侧过头看他，她的表情有点儿"痴汉"，小声说："那你可以做我的人吗？"

南风切肉的动作停下来。他似笑非笑地看了陆笙一眼，眉角轻轻一挑，勾得陆笙小心肝儿轻轻颤了颤。南风："什么人呀？"

"嘻嘻，嘻嘻嘻……"陆笙倾身凑过来，直勾勾地看着他，"男人。"

南风没想到她真的把这话说出来了。很好，他又被调戏了……

陆笙又凑近了一些，在他脸上轻轻亲了一下。

雨滴一样温柔又湿润的吻，令他血气上涌，脑子一热，扣着她的后颈便低头吻了下去。

久违的吻，熟悉又陌生，缠绵又火热。分开了那么久，他身上几乎每一个毛孔都在想念她。他捧着她的脸，与她厮磨……心里像是腾起一把火，不够！远远不够！

陆笙左手不能动，右手一开始抵在他胸口上，亲到动情处，他揽着她的身体往自己身前带，她不自觉地把右手落下来寻找支点，结果一不小心，碰到一个……呃，一个不能描述的东西……

她此惊非同小可，瞪大眼睛向后仰头，和他分开。

南风显然有些意犹未尽，他眯着眼睛，舔了舔嘴角，喘息着，看着她。

陆笙向后退了退，视线往下移，最后目光落在那里，清清楚楚地看到了他的变化。

"咳！"南风有点儿不好意思。分开太久了，现在亲一亲就不得了，感觉自己像个色狼……他掩着身体起身，"我去洗个澡。"

"你等一下！"陆笙拉住他的手。

南风不明所以，难道陆笙想……

这个要命的想法让他整个人都兴奋起来，心脏怦怦怦狂跳，血液流速加快，呼啦啦狂奔，仿佛在他耳边形成回声。

但是脑子里还有一根微弱的名为理智的弦在拉扯他：冷静，冷静……

陆笙还处在震惊之中："你……你不是不行吗？"

"……"

南风石化了一会儿，然后，似乎很不确定的样子，问陆笙："你说的'不行'，是我理解的那个意思吗？"

陆笙点了点头。

欺人太甚！南风那根理智的弦终于绷断了，他弯腰把陆笙打横抱起。

陆笙突然腾空，吓了一跳："哎，你干吗呀？"

"我让你知道我行不行！"

4.

南风把陆笙放在床上时，陆笙有点儿紧张，有点儿害羞，又有点儿期待……她眼波翻飞，时不时地往南风那个地方扫。说实话，她还是有一点儿担忧，万一关键时刻又不行了呢……

南风觉得陆笙真是个小色鬼。

他有点儿想笑，故意拉开一些距离，让她看个够。

陆笙也不知道哪根弦没搭对，自言自语："见证奇迹的时刻到了。"

南风："……"这是床上该说的话吗？！

他生怕她又说出什么要命的话来，连忙扑过来压倒，堵上她的嘴巴，一边亲吻她，一边摩挲着脱她的衣服。

陆笙的胳膊还吊在肩膀上呢，南风小心翼翼把吊带拆下来，握着她的手臂轻轻把 T 恤往下褪。

看着她腕上缠的绷带，他觉得自己就是个禽兽。

可能是因为经常运动的原因，陆笙的皮肤很好，紧绷、光滑、弹力十足。修长的四肢、隐约流畅的肌肉线条，配上小麦色的肤色，给她增添了几分野性的魅力。

真是一个性感尤物。

南风的亲吻向下滑，蔓延到她身上的每一个角落。

陆笙被他亲得心房乱颤，力气仿佛被抽干净，身体里点起一点儿说不清道不明的渴望。那感觉如此陌生，她有点儿茫然，又本能地羞涩，忍不住躲他。

"南教练，不要这样……"

南风抬头看了她一眼，细长漂亮的眉眼，目光像是浸了春水一般，柔亮荡漾。他哑着嗓音说："现在知道害羞了？"

"唔……"陆笙羞得不敢面对他，干脆拉过枕头把脑袋盖起来……

陆笙感觉，床上运动比球场上的运动消耗还大，云住雨收之后，她身体绵软得不像话，躺在南风的怀里不想动，死鱼一样。

南风揽着她，手搭在她乌黑浓密的发丝上，一下一下地揉着。

陆笙眼前是南风宽阔的胸膛。她抬手在他胸膛上摸了摸，硬邦邦的，便问："你是不是一直在锻炼身体呀？"

"嗯。"

有一个运动员做女朋友，他必须要提高自觉，否则到时候女朋友肌肉比他还发达，那就尴尬了。

陆笙又在他胸前乱摸。

南风："……"他笑着按住她的手，"别闹！"

"南教练，"陆笙抬头，亲昵地用脸蛋蹭他的下巴，"我会对你负责的。"

南风：-_-# 台词又被抢了……

第二天早上，南风醒来时感觉身上凉飕飕的，他睁开眼睛，发现自己身上的被子掀开了大半，露出小腹和下半身。

在南风的理解中，昨天缠绵悱恻了，今天早上不该从交颈而眠的甜蜜中醒来吗？为什么本应躺在他身边的人，此刻正……正蹲在一旁？

是的，蹲。陆笙蹲得还挺斯文，膝盖并拢着，胳膊环抱住膝盖，低着头。南风顺着她的视线低头看，撞进他眼中的是自己某种正常的晨间生理现象。

呃……

难道昨晚没让她尽兴？

南风又看陆笙，发觉她的表情很纯洁，不像是欲求不满。只不过同时她的眼神也很热烈。

纯洁、热烈、喜悦……像什么呢？像是农民在大棚里种了蘑菇，等蘑菇长势喜人了，农民面对丰收的喜悦时，那个表情。

这个联想让南风太没有安全感了。他悄悄地、悄悄地拉起被子，盖好身体。

"你醒了？"陆笙看了他一眼，接着扑过来抱住他，高兴地说，"南教练，你真的好了耶！"

这话听着有点儿奇怪，南风问道："我……坏过吗？"

陆笙"扑哧"一笑："喊，男人！"

南风："……"几个意思？

怎么从一早醒来就各种不对劲呢，难道他还在梦里？就算是梦，这种梦也太诡异了一些，简直莫名其妙。

陆笙看着南风装迷茫（实际是真迷茫），立刻心领神会，继而会心一笑："好了好了，你没病，一直都没有。"

"等一下，"南风感觉自己似乎捕捉到什么关键，"你说我有病？我有什么病？"

"没有，没有，"陆笙连忙摆手，"你什么病都没有。"

唉，这关系到男人的尊严，她不会说破的——她是一个多么善解人意的女朋友啊！

南风只觉很不对劲："不，你把话说清楚，你说的'病'，指的什么病？"

"好了，你放心，我什么都不知道。"

"说。"

陆笙感觉南风真奇怪。男人心啊海底针，说得一点儿没错！看着他那么认真严肃的表情，陆笙只好坐起身，指了指他被子盖着的下半身："就是这里，你之前不是不行吗？"

"……"

从昨晚到现在，南风把她的反常串起来联想一下，很好，她不是在开玩笑，她真的以为他性无能！

这种鬼结论是怎么得出来的？！

陆笙见他不说话，连忙又说："我们把这件事忘记吧，反正你现在挺好的，对吧？"

"我一点儿也不好。"

"啊？"陆笙担忧地看他。

她的表情告诉他，她此刻牵挂的并非他的心情而是他的功能……

南风一阵无力："我很好，一直很好。我到底怎样，你昨晚不知道？还要我怎么证明，把老二切下来打个蝴蝶结送给你吗……"

陆笙好心疼他："南教练，这个事情我们以后不提了。"

"不，要提。陆笙，我过去到现在，从来没有过那方面功能的异常。你告诉我，是谁跟你造的谣？"

陆笙听到了他咬牙切齿的声音，她觉得他不像是装出来的。

可这就奇怪了啊……

南风起身，搂着陆笙的肩膀把她揽进怀里，半是威胁半是诱哄地低声问："告诉我，谁说的？"

"不对呀，"陆笙奇怪地看着他，"可是你当初为什么执意要和我分手呢？"

"我发觉你太过依赖我，希望你能独立和坚强一些。"

陆笙听到这话，莫名竟有些郁闷。她脱离他的怀抱，倒在床上背对着他，不搭理他了。

这，生气生得也太明显了……

南风有些担心，莫名又想笑，怎么她生气也能这么可爱呢。他凑过去，轻轻推了一下她的肩膀，温声说道："生气了？"

"没有。"

"还说没有，脸蛋都快鼓成气球了。"他说着，手臂下垂，用手背轻蹭了一下她光滑的脸蛋。

陆笙又扭了一下头，躲他。

南风便耐心地劝她："陆笙，不要生气了。"

他的声音那么温柔，陆笙几乎无法再保持生气了。她扭着脸，小声说："我哪里不独立哪里不坚强了？"

"你很独立很坚强，我的意思是，假如没有我……"

"为什么没有你！"她突然起身和他对视，"我明明有你，你为什么逼着我过没有你的生活？"

南风看着她倔强又委屈的脸庞，他感觉心里又酸又甜，说不清道不明的滋味。他一把将她拉进怀里抱着，一边揉着她的头发，一边说："好了，是我的错，对不起。"

陆笙任他搂着，低声说道："我不能没有你。"

"我也不能没有你，陆笙，我不能没有你……"

陆笙还有些埋怨："你一声不吭地就要和我分手，连解释都不解释一句。"

"你说你懂。"南风想到陆笙所谓"懂"的东西，一阵头疼，立刻问道："你到底是怎么想到那种事情上的？"

"听别人说的。"

南风眯了眯眼睛："谁？"

"是你的好朋友凌峻宇。如果是其他人说的，我还不信呢。"

"陆笙，你等我一下。"南风说着，起身穿衣服。

"你要做什么？"

"我一会儿就回来。"

"啊？喂……"

他已经穿好衣服走了，脚步那个匆匆啊……

陆笙托着下巴，呆呆地看着房门，自言自语："男人心，海底针！"

5.

今天休赛，明天大满贯的正赛才开始。凌峻宇早上还没睡醒呢，突然听到有人敲门。哦，不，应该是砸门。

"砰砰砰！"

他被吵醒了，懒洋洋地问了一句："谁呀？"说完反应过来，这是在国外，于是换了语种，"Who's it？"

门外是中气十足的普通话："开门！"

凌峻宇听出是南风的声音。

他下床开门，一边拉开门一边说："你这一大早的火气怎么这么……"

"咚！"

话没说完，他脸上就挨了一拳。

凌峻宇有点儿蒙，停顿了几秒钟，才怒吼道："你疯了？好疼！"说着，伸手摸了摸脸。

南风把他推进房间，乒乓一顿胖揍。

凌峻宇一开始还很生气，嘴里骂骂咧咧的，说南风是神经病。到后来他骨头就没那么硬了，开始求饶。

"兄弟你手下留情，哎哟！哥哥错了，我哪里错了你说给我，我改还不行吗？你不能让我死得不明不白啊！"

南风一脚踩在他胸口上，缓缓弯下腰，说道："我听说，你跟我女人说我性无能？"说着脚下一用力，引得凌峻宇又哀号。

南风挑着眉，似笑非笑的样子，有些冷厉，看得凌峻宇一阵心惊胆战。

南风："哥们儿什么居心啊？"

"误会，这都是误会，我就跟乔晚晚说了……等会儿，你不会想说乔晚晚已经是你女人了吧？你这什么居心啊？！"

"我指的是陆笙。"

"陆笙……陆笙……我发誓我没跟陆笙说过，我就跟乔晚晚一个人说了。我知道了！是乔晚晚跟陆笙说的。哎，晚晚这又是何必呢……"

凌峻宇为什么要跟乔晚晚造这种谣，南风简直用脚趾都能想明白。但理解不代表原谅，他说道："我不管谁跟陆笙说的，总之她一直以为我是个太监。"

"你难道不是太监吗？哎哟，我错了我错了，轻点儿轻点儿……"

南风："我先把你打成太监！"说着，抬脚就要往凌峻宇那里踢。

凌峻宇吓得屁滚尿流，就地滚了两下，坐起身捂着命根子一个劲儿后退。

"你来真的？！南风，明明是你自己说的，明明是你自己说的啊啊啊啊啊！"

南风停下来，抱着胳膊冷冷地看他："我说什么了？我说的是爱无能，爱无能你懂不懂？不懂多看点儿书，别不懂装懂，扭头就给我造谣。你应该庆幸哥们儿是笔直笔直的，要不然，就凭你这么造谣，呵呵……"他微微一笑，那笑容让凌峻宇看着感觉心里发毛。

南风接着说道："要不然你干的这破事儿够老子强奸你一百八十遍的！"

凌峻宇竟然认真想象了一下南风强奸他的情形，那个画面实在比任何恐怖片都惊悚。

南风没再打他，只是淡定地摸出手机，低头手指飞快，不知在做什么。

凌峻宇很不放心，弱弱地问道："你、你干吗呢？"

"我回忆一下你身边曾经出现过的女人，单我见过或者知道的就有五六十个吧。有些连名字都不清楚，麻烦！那就把身高长相写出来……"

"不是，你做那些干什么？我身边已经没有女人了。"

"编一个花名册，发给乔晚晚。她有权知道真相，你放心我不会像你一样造谣的，我绝对客观公正……对了，你那次跟我显摆的和你同时暧昧的俩姑娘，叫什么来着？你等我翻翻聊天记录，没准你给我发的照片还能找到呢，啧啧啧，那个照片尺度可是蛮大的……"

凌峻宇突然扑到南风脚边，抱着他的小腿哭诉："南风啊，你可是我亲弟弟，你不能这么对我啊！"

"谁是你亲弟……嗯，找到了，上次没仔细看……呵呵，真会玩……"

凌峻宇更紧密地抱着他的腿，撕心裂肺的样子，简直闻者伤心听者落泪。南风头一次发现这货的演技竟然可以这么好。

凌峻宇："兄弟，我知道错了，你原谅我一次吧，就这一次，你随便打随便骂我都行，哥绝无怨言，就是不要告诉晚晚，当然也不要把我打成太监。你不知道，我真的很喜欢晚晚，我感觉我越来越喜欢她，我也不知道我怎么了，我不敢让她知道我的过去，我怕她嫌弃我。我……呜呜呜……"

南风弯腰仔仔细细地看凌峻宇的脸。

真哭了……

南风有点儿傻眼。

凌峻宇似乎也有点儿不好意思，抹了一把脸说："都是被你吓的！"

南风到底还是心软了："不跟乔晚晚说也可以，但这口气我咽不下去。大半年了，陆笙一直以为我性无能，都是拜你所赐。"

凌峻宇心底悄悄松了口气："那你说怎么办？"

"你要牺牲一些东西。"

"好！不过我可不能牺牲美色。"

"滚……"南风想了一下，"你回去帮我请个职业经理人，请不到就自己亲自上。我要求我名下所有公司总的年利润每年增长 20% 以上，要是办不到……"

"办不到会怎样？"

"嗯，真把你打成太监也不好，毕竟你家就你一个。"

"对，对！兄弟你真好！"

"这样吧，"南风微微一笑，"拿你一个蛋做担保，办不到就切了。"

6.

第二天南风和陆笙就回国了。中午的机票，坐了十几个小时的飞机，因为时差的原因，到北京下飞机时是下午四点不到。

陆笙左手臂吊着，右手推着个小行李箱，南风拿着剩下的行李走在她身边。随着人流走出来时，南风看到门口有人对着他们举手机。他反应很快，抬手一挡对方的摄像头："别拍了，谢谢。"

举手机的姑娘就捂着嘴巴，笑得有点儿不好意思。

离开之后，陆笙摘下墨镜，问南风："我戴着墨镜她都能认出我吗？我是不是要红了？"

"早就跟你说过，戴着墨镜才容易辨认，此地无银三百两。"

陆笙吐了吐舌头。她戴墨镜，是因为以前见南风戴过，觉得酷酷的。

这算是一个小插曲，俩人都没有放在心上。却不料那个拍照的姑娘转头就把照片发到网上去了，还图文并茂，时间、地点都交代清楚了。有媒体闻到了新闻的气息，转载了这几张图片。

于是，很多人都知道陆笙回来了。

这几天关注陆笙的人里有一些是想看她好戏的。

这货临去美国之前怎么大言不惭来着？说自己有实力打进正赛。

结果呢？打脸不打脸啊，哈哈哈哈哈！

什么，你说伤病？伤病不能作为理由，谁没受过伤呀！再说了，谁知道她是不是装的呀……

总之，这世界上永远不缺瞧热闹的群众，如果一定要给他们的期待找个理由，那就是——闲得×疼！

但是陆笙的新闻图流露出来的并不是打脸的气息。照片里陆笙戴着墨镜，虽然有装逼之嫌，不过气色很好。胳膊还挂着呢，看起来不像是装的。最令人意外的是——她身边那个超级大帅哥，不是南风是谁？

怎么会，俩人又搞到一起了？

南风走在她身边帮她拿行李，她跟他说话时他还微微欠着身体，那个表情温柔得都要化掉了好嘛！你可是男神耶，能不能高贵冷艳一些，用霸道总裁的方式出镜OK？

还有还有，最后一张，南风为了防止对方偷拍，伸手盖了过来，整张图片都是他白皙修长的手，气场不要太强。

总之，这个新闻出来之后，群众反响乱七八糟。生粉们还在坚定地安慰和祝福陆笙，遥控们则表示这些照片都是PS的不可信，想着看陆笙打脸的人猝不及防反倒被秀一脸，另有手控表示已阵亡，另有女孩子感叹别人家的男朋友，男友力MAX！

好吧，如果南风知道他最为苦恼的男友力终于在被偷拍的照片上得意体现，那么他大概不会介意多被拍几次的。

陆笙下飞机之后马不停蹄地回到T市。因为手还受着伤，暂时不能训练，所以她也没有回队，而是跟着南风回了家。经过楼下超市时，俩人进去转了一圈，买了些菜。走到收银台结账时，南风顺手拿了一盒 TT。

家中的陈设几乎没有变，因为好几天没回来了，南风叫家政提前打扫过。

领着陆笙踏进家门时，南风意味深长地看她一眼，说道："你多久没回来这里了？"

好不容易过年了都不回来，跟着徐知遥跑到三亚去野。三亚有什么好玩的，全国人民都挤到那里过春节了！

陆笙吐了吐舌头，笑道："我在三亚给你买东西了呢！"

"嗯？"南风挑了挑眉，"买什么了？"

"呃……"陆笙想到海马酒的功效，算了不提也罢……她挠了挠头，"没买什么。"

"这就奇怪了，怎么一会儿说买了一会儿说没买？你到底买什么了？"

"你已经不需要了。"

"但我需要知道。"

"好吧，是海马酒。"

南风秒懂，盯着她的眼睛，似笑非笑的："你个小流氓！"

陆笙红着脸不搭理他，走进客厅，大大咧咧地坐在沙发上："呼……终于回来了。"

南风安置好行李，问陆笙道："你想吃什么？"

"我想吃你做的饭。"

"好，那我给你做……想吃什么菜呢？"

"不知道。"

南风翻菜谱，陆笙想给他打下手，他觉得她就一只手，也帮不上什么忙，于是把她赶出厨房。

他在厨房做饭时，陆笙在客厅给许萌萌打电话。

陆笙："萌萌我回来啦！"

许萌萌："我知道呀。"

"你怎么知道？"

"你被偷拍发到网上啦，我在看八卦呢，哈哈哈哈哈……"

陆笙也不知道她在笑什么。许萌萌这个人很有意思，只要有八卦在，她的精神生活就非常非常丰富。这样挺好的，至少不会寂寞。

许萌萌收了笑声，问陆笙："你在哪里呢？"

"在南教练这里呢。"

"南教练呢？"

"他做饭呢。"

许萌萌深吸一口气，继而声调陡然抬高："啊啊啊啊啊啊，你到底是怎么调教男人的？求指教！"

"哈哈，你别闹了。"陆笙虽然这样说着，心里那个 feel 却是倍儿爽。她倒在沙发上，一手搂着抱枕，笑道，"哎，你最近怎么样呀？"

"还好还好，我找到工作了，正想跟你说这个事儿呢，我不知道该不该去。"

陆笙问道："什么工作？"

"在一个网球学校当教练，如果做得好，一个月能挣个两三万吧。"

陆笙一听很高兴，说道："去呀去呀，为什么不去？这不就是你的目标吗？"

"唉……"许萌萌叹了口气，"可是那个网球学校的名字叫……'陆笙'。"

"嗯？"

"啊？"

陆笙有些奇怪："网球学校的名字叫什么，你倒是说呀？"

"呃，名字就叫'陆笙'呀，跟你同名。"

"……"陆笙一阵无语。

许萌萌说："我也不知道他们这算不算侵犯你名誉权，要是你不乐意，我就不去了。"

"那地方的环境怎样？前景怎么样？"

"都很好。"

"那就去！"陆笙说到这里，脑子里突然闪过一道光，"这个网球学校的老板是谁呀？"

"叫王什么来着，反正不是南风，我都打听了。"

"哦哦，"陆笙点头，"那你去吧，别人开网球学校应该不算侵犯我名誉权，我也不是很有名嘛。"

两个小姑娘又聊了好半天，直到厨房里的南风叫她："陆笙，过来。"

陆笙和许萌萌道了别，屁颠屁颠地跑去厨房："怎么了？"

"尝尝南瓜汤。"

"好。"陆笙用汤勺舀起来一些，吹凉，小小地喝了一口，喝完之后满意地点点头，"很不错！"

南风正把锅里的菜往盘中盛，听到这话，他轻轻勾了一下唇角："是吗？"

"嗯！你要不要尝尝？"

"好啊。"他说着，转过身，陆笙本想递给他汤勺，哪知他却突然低头吻住了她，然后含着她的唇，轻轻舔了舔。

陆笙突然遭到袭击，惊讶地瞪大眼睛。

他很快站直身体，笑眯眯地看着她："是不错。"

陆笙的脸红了一红，小声嘟囔："老流氓哦。"

她离开厨房后，南风摸了摸下巴，有些幽怨地自言自语："我有那么老吗？"

晚饭南风做了一个清蒸鱼、一个鸡胸肉酿蘑菇、一个荷塘小炒、一个拍黄瓜，然后还有个南瓜汤。

陆笙有点儿惊讶。他做的饭真的越来越像样了，不说味道了，光是卖相都比以前好多了。

她怀着激动的心情尝了一口菜——嗷嗷嗷，好好吃！

陆笙一边津津有味地吃，一边问南风："你是不是一直在修炼厨艺？"

"嗯，"南风点了点头，继而低头浅笑，"我想做饭给你吃啊。"

陆笙很感动。但是她注定不能经常吃到他做的饭了，想到这里便有些内疚。

想到刚才跟许萌萌的交流，陆笙问南风："我的名字被人注册网球学校了，这个没问题吧？"

"没问题，因为那是我注册的。"

"……"陆笙奇怪地看着他，"不对呀，那个老板姓王。"

"姓王的是校长，网校的事情都是他在打理，大概人们都以为他是老板吧。这个网校的前身是精英网校，就是你以前那个教练跳槽去的地方，还有印象吗？"

"嗯。"陆笙点了点头，继而又故意说道，"你用我的名字注册网校，怎么不问问我同意不同意？"

南风放下筷子，眼睛带笑地看着她，说道："那我现在问一问……你同意吗？"

陆笙点了点头："同意，不过你要答应我……"

他挑眉看着她："答应你什么？"

"答应我，你要听我的话。"

南风的肩膀一松："没劲，还以为你要潜规则我。"

"流氓流氓流氓，你个老唔……"

南风突然把一大块鸡胸肉塞到她嘴里。

7.

吃过晚饭两人也没事做，陆笙和南风一起看电视，她躺在沙发上枕着他的腿，看着电视上的综艺节目傻笑。过了一会儿，李卫国打过来电话。

李卫国："陆笙你回 T 市了？"

陆笙心想，她才刚回来，怎么大家都知道了……

她答道："对，李教练。我受伤了，就没回队里。"

"嗯，没事，但下次记得和我说。"

"嗯，好的。抱歉啊，李教练，怕你们担心呢！"

"没什么，不过你受伤的话更应该回来了，队里有专门的运动医生。"

陆笙自己其实也挺想快点儿回去的，主要原因是，她一天不训练就浑身难受，虽然左手不能用了，咱不是还有右手嘛，回去训练吧……

她刚要答应李卫国，手机却突然被抽走了。

陆笙奇怪地朝上看了一眼，发觉南风正握着她的手机，朝她点了一下头，眼神安抚。

她知道他大概有话要对李卫国说，于是随他去。

南风并没有和李卫国说什么，只说已经给陆笙请好了医生，会很快康复，请李教练不要担心，等陆笙完全好了再考虑归队。

考虑归队。

这四个字让李卫国敏感地嗅到了一些不一样的气息。果然，这一天终究是要来了吗？

南风把手机还给陆笙，陆笙问南风："为什么不让我回去呢？"

"陆笙，离开省队吧。"

"啊？"

"离开省队，我帮你打造专属团队。现在时机已经成熟，你可以有一个更好的职业道路。"

专属团队其实对陆笙的诱惑力并不大，她总感觉乔晚晚带着自己的团队生存蛮艰辛的。而且，自己搞小团体，总感觉又冷清又寂寞。

陆笙感叹："我觉得那样可能会很孤单吧。"

"我陪你。"

陆笙噌地坐起来，直勾勾地看着他："真的？！"

"真的。"

　　"嗷嗷嗷！"陆笙激动地号了几嗓子，一下子把南风扑倒在沙发上按着狠命蹭。南风感受着两人脸贴脸的温暖柔软，摸着她的头说："果然是属狗的，一高兴就扑人。"

　　"南教练，你真好！"陆笙说着，一高兴，在他脸上重重亲了一下。

　　"这可不够。"南风说着，指了指自己的嘴巴。

　　她会意，送上香吻。

　　陆笙坐在南风身上，和他接吻，这个姿势太让人浮想联翩了，吻着吻着他就擦枪走火了。

　　"呃……"感受着身下人身体的变化，陆笙觉得有点儿骑虎难下。

　　南风坐起来一些，半个后背靠在沙发上，扣着她的后脑，喘息着凑近："继续。"

　　继、继续就继续……

　　南风却突然说："陆笙，我的脚似乎有点儿疼。"

　　"啊？"陆笙很着急，"怎么了呀，我们现在去医院。"

　　"不用，"南风拉住她，"只是现在不能动。"

　　"那我背你去！"

　　……

　　之后，他们去洗了澡。

　　浴缸很大，两人在一起泡，陆笙趴在浴缸上，南风往她身上打浴液。浴液没有任何气味，一看就是男人用的。

　　浴缸热气腾腾的，让陆笙情绪放松得很。她懒洋洋地扶着浴缸边沿，说道："南教练，你为什么突然想通了？"

　　南风打浴液的手停下来。

　　陆笙："是不是因为我把你给睡了呀？"

　　"你这丫头！"南风哭笑不得，打了一下她的屁股。

　　"哎哟！"陆笙捂着屁股，夸张地叫着。

　　然后，她听到南风低声说："因为，我想参与你的人生。"

第十二章

NANFENG
RUWOHUAI

全世界都以为我不行，
只要你知道我行就好了。

1.

陆笙看了几场美国网球公开赛。乔晚晚这次美网只打到了第三轮，连陆笙都觉得这样的成绩对乔晚晚来说不算能交差。她和乔晚晚虽是仇人，也不得不承认对方的实力。

9月份，WTA国际巡回赛亚洲赛季开始了，第一站就是广州站。

广州网球公开赛是WTA的54站国际巡回赛之一，赛事级别不算高，而且又是在美网刚结束后不久举行，所以这个比赛有点儿尴尬，一般来的大牌选手很少，阵容并不豪华。

这对二三线选手来说是露脸的好机会。

在WTA的单打总排名里，陆笙连二三线选手都算不上，她这次单靠自己的排名无法直接入围正赛，本来还考虑从资格赛开始打呢，但是好事儿突然就找上门了……主办方给她发了张外卡。

凭借着外卡，她可以直接进入正赛。

要说国内网坛现状吧，有点儿凋零。老将退役，金花太少，小花们都在一百名开外，陆笙的排名算不错的，所以才得到这么一张外卡。

正赛名单出炉之后，陆笙发现本次比赛的阵容还好。最大牌的明星是世界排名第四位的玛尼卡，后面都是几十名的，靠外卡参赛的球员排名都不好，上百名甚至几百名的，都有。比较令人奇怪的是，乔晚晚这次竟然没来。

以前的广网她每年都参加的，怎么今年就不来了呢？

外界众说纷纭，过了几天乔晚晚自己回应了一下：已经报了名，但旧伤复发，这次就退赛了。

陆笙心想，难怪乔晚晚在美网表现不好，原来是因为受伤吗？

伤病对运动员来说，真是一个又普遍又可怕的问题。

抽签的时候，陆笙的心态很放松。反正不管怎么抽，多一半可能是比她排名高的，区别只在于高十几名还是几十名。

等到抽签结果出来，她觉得自己还是太天真了。

抽到了赛会三号种子选手，排名比她高一百多。

脸黑就算了，为什么手也这么黑？

陆笙觉得特别特别的生无可恋。

南风安慰她："知足吧，想想抽到玛尼卡的人是什么心情。"

好吧，有比较才有幸福。至少她不会去体验面对世界排名第四的选手时那种战栗……

本次赛会的三号种子选手，世界排名第四十二位，来自荷兰，名叫伊莎贝尔。此人力量和移动速度不占优势，打球技术性强，控球很好，小球打得尤其不错。球风很炫。

赛前南风和陆笙商量应战方针时，陆笙心里还是很没底的．

"第一次打这么高级别的选手，前五十呢！这是我以前想都不敢想的事。"

南风却不以为然："就是一个女版徐知遥，有什么好怕的？"

陆笙：-_-# 这么一讲真觉得没什么好怕的了……

签表出来之后，陆笙的粉丝们也是一阵眼前发黑。生粉们纷纷留言安慰陆笙，同时互相安慰，觉得这至少是一次较高水平的赛事（相对 ITF 比赛而言），权当历练了。

比赛这天，南风出现在运动员包间里，他的存在感略强，刚一现身，现场的记者们就都发现他了，摄影设备几乎全部瞄准他。

运动员包间是给与参赛运动员相关的人预留的，比如教练、医师之类。那么，南风是以什么身份坐在这里呢？难道他和陆笙复合的传闻是真的？

比赛还没开始，许多记者的脑袋就被八卦占领了。

伊莎贝尔个子高挑，这可能是限制她移动速度的原因之一。她有一头浅棕色的头发、淡蓝色的眼睛，出场时精神很放松，面带微笑。

也对，第四十二这种排名放在整个 WTA 里不算顶级，不过放在区区广州公开赛，也算十分出挑，至少能笑傲前三轮。

陆笙也很放松：打徐知遥她不需要紧张……她赛前是这么跟自己说的。

比赛开始，伊莎贝尔首先拿到发球局。

伊莎贝尔的发球很有特点。因为控球技术好，她的一发质量很不错，但由于力量不足，遇到二发时为求稳妥，发球往往就软下来，毫无威胁力度。

此刻伊莎贝尔的第一个球果然是压着线发过来的，还好陆笙早就做好准备，冲到外角区域，稳稳地接住了这个球。

这球的角度、方式，都在陆笙的意料之中。

确切地说，是在南风的意料之中。

南风也不是能掐会算。他把伊莎贝尔所有的比赛视频都收集起来，只看开球局，通过几十场统计，南风说："统计结果显示，在面对比自己弱的对手，伊莎贝尔轮到开球局时，有85%以上的可能会发落点很深的外角球，大概是想借此展示威胁，给对手一个下马威。"

陆笙当时就有点儿呆："还能这样呀？"

"怎么不能。统计学也是一门科学。大量统计数据能够反映出一个球员的习惯。"

统计学也是科学，陆笙当然懂。一场比赛会有很多技术统计，只不过，她第一次见南风统计得这么细致的。

不管怎么说，现在这个发球，陆笙接得轻松又惬意，让伊莎贝尔神经一紧，收起了怠慢之心。

虽然这个球员排名比她低很多，连大满贯正赛都没打进过，不过，单从这个接球的质量来看，不容小觑。

伊莎贝尔击向底线的球，落点总是又深又稳，控球真的没话讲。来回打了几拍，伊莎贝尔找准机会放了个小球，陆笙着了她的道儿，失分。

陆笙朝南风看了看，后者朝她竖了竖大拇指，意思是你打得还不错。

陆笙也觉得自己还不错，对手可是一个控球专家。

不过，陆笙打球一向慢热，开始两三局往往是进入状态的时候。不管赛前做多少分析，关键还是场上找对感觉。所以第一局输掉时，她自己都不怎么在意。

第二局是陆笙发球。伊莎贝尔有法宝，陆笙也有，且她的法宝还是针对伊莎贝尔的弱点的——陆笙有着场上一流的反应速度和移动能力。陆笙发球之后，伊莎贝尔拍回来，她立刻侧身打了个直线球，伊莎贝尔很庆幸自己从她的动作中发现了她的意图，立刻跑到场地另一端救球，救球之后打了个对角球，落点距离陆笙很远，算是还以颜色。

陆笙跑过去成功救球，接着又是一个出色的直线球。这次伊莎贝尔离得太远，来不及了。

这只是一个开始。

接下来陆笙故技重施，尽管被伊莎贝尔打了个压线球又放了个小球，最后还是轻松保发。

第三局伊莎贝尔发球，陆笙战术不变，伊莎贝尔自己有着出色的控球能力，此刻也想以牙还牙地调动对手，只可惜这种战术用在陆笙这个风一样的女子身上，效果很打折扣，反倒是伊莎贝尔自己又被陆笙玩了，一不小心被破掉发球局。

战局这么快逆转，场边观众都有点儿意外。

只有南风还气定神闲地靠在椅背上，看到陆笙看他，他轻轻把食指搭在唇上，吻了一下，然后食指指向陆笙。

厚颜无耻地送了个飞吻。

陆笙朝他无声地比了个口型：老流氓！

南风觉得他回头要好好和陆笙探讨一下。为什么这丫头喜欢说他老流氓。流氓他认了，"老"字何解？不服。

短暂地休息之后，比赛继续。

伊莎贝尔显然不甘于被陆笙压制，第四局调整战略，增大了击球的技术难度，网球带着旋转飞向对手。伊莎贝尔坚信，在自己的强控球之下，对手首先头疼的是回球的有效性，这样她不可能再轻松地指哪儿打哪儿。

陆笙的反应却出乎伊莎贝尔的意料，她依旧固守着自己最初的战略方针，至死方休一般。

结果也出乎伊莎贝尔所料。

陆笙打得这样大开大合，失误率虽然增加了一些，却远没有伊莎贝尔以为的那么多。

怎么会这样？一个排名一百五开外、常年混迹于低级赛事、此前表现无甚亮点的末流选手，为什么会有如此强的防守能力？在应对旋转球时，竟能稳健自如仿佛一流选手？

假如伊莎贝尔知道陆笙有一个怎样的队友，她大概就能茅塞顿开了。

就这样，令现场所有人大跌眼镜，三号种子选手被拿着外卡打比赛的小酱油单方面压制了，才打了两盘，就结束比赛。

比赛结束时陆笙还有点儿不能相信呢。她真的赢了？就这么赢了前五十的选手？

伊莎贝尔走过来和陆笙握手，拥抱。她用英文对陆笙说，你打得很棒，你一定会成为顶级球星的。

陆笙听懂了，红着脸说："谢谢，你也是。"

伊莎贝尔只是笑了笑。

顶级明星，意味着不能有短板。伊莎贝尔却有着目前还无法克服的死穴。她有着那么难得的控球能力，假如她击球的力量能上一个台阶，那么她控球的威胁力只怕会十倍百倍递增，也就不太可能被陆笙压制住了。

带着胜利的喜悦，陆笙走到观众席下，球员包间前。南风一手扶着隔板，一手伸过来揉了揉她的头："怎么样？"

"有点儿梦幻。"

"这就梦幻了？"南风笑了笑，"我可是在等着你拿大满贯奖杯呢。"

陆笙精神一振。

南风："然后，你还得娶我。"

2.

当晚的报纸，和本次赛会相关的新闻报道几乎全部用了一个有点儿精分的标题——《陆笙爆冷横扫三号种子选手晋级，南风：摸摸头》。

南风摸陆笙头的那张照片抓拍得很清晰，和陆笙比赛的抓拍放在一起。

陆笙翻着报纸说："你的存在感太强了，记者在强行把你的名字塞进去。"

没办法，尽管已隐退多年，他始终是国内网坛的一面旗帜。

这就是所谓的"哥已不在江湖，江湖却始终有哥的传说"。

第二轮比赛，陆笙要遭遇的是一个世界排名第七十八位的选手，来自马来西亚。南风问陆笙有没有信心，陆笙嘿嘿一笑："有！我连排名四十二的都打过去了！"打完伊莎贝尔确实让陆笙信心大增，感觉自己快上天了。

"但是对你来说，这一个比伊莎贝尔更难打。"南风泼了一盆冷水。

打比赛不能光看排名，一物降一物。马来西亚这位选手虽然个头不高，看起来比一般球员瘦弱，但是在场上很有爆发力，是个技术全面的多面手，战术变换很大，体能也很好。陆笙打她，未必能讨到便宜。

南风有点儿担心。说实话，就算陆笙输了这场，他也不奇怪。他不能代替陆笙上场，也不能在现场随时指导她，只好根据这位马来西亚选手的特点，把球场上可能发生的情况给陆笙总结了一下。

南风总结得有点儿多，陆笙觉得他好啰唆，不过对于他的话，她还是牢牢记在心里。

听南风的话，几乎已经成了她的一种本能。

真正到了打比赛的时候，陆笙发觉南风说的那些话一点儿也不啰唆！

陆笙比赛经验到底有限，如果真的贸然面对这位变幻莫测的多面手，届时赛场上的各种突发情况她不一定能处理周全。可是，可是可是，好多情况都被南风预料到了!

所以陆笙打得从容不迫,和对手磨了三盘,最后险胜。

比赛结束时,她满心不是喜悦,而是震撼。

南风,真是有点儿可怕啊……

第三轮比赛,陆笙要对阵的是一个世界排名第六十八位的选手。此选手和陆笙的风格很相近,陆笙和她苦战近两个小时,总算赢了。

就这样,一不小心就打进了半决赛。

半决赛要面对的是二号种子选手,来自捷克,世界排名第二十二位。陆笙对于打二号种子不抱任何希望,她已经做好了被碾压的心理准备,哪知这位对手突然因伤退赛了。

于是,陆笙以这样的姿势进了决赛。

许多人评价说陆笙运气太好。南风嗤笑。陆笙首轮抽到三号种子怎么没人说她运气好?运气这个东西永远只属于有实力的人,弱者们只能艳羡别人的运气。

决赛,陆笙遭遇玛尼卡,后者世界排名第四,陆笙暂时和她不是一个量级,轻松被虐了两盘,屈居亚军。

亚军也不错了。亚军积分有两百分呢,奖金两万多,美元。

广州网球公开赛之后,陆笙名声大噪。南风借此机会给陆笙开了一个新闻发布会,向媒体透露:陆笙已经和省队解约,目前已经组建了自己的团队,决定单飞。当然,她不会忘记省队的悉心培养,以后假如省队有需要,在不影响比赛的情况下,她一定支援。

有记者问:"请问,陆笙新团队的主教练是谁呢?"

南风微微一笑:"我。"

"你并没有太多执教的经历,"记者说道,"那么你觉得你能胜任主教练一职吗?"

"能。"南风继续微笑,"我们请了世界一流的教练,嗯,做顾问。"

记者:-_- 你们有钱人真会玩。

南风将重金打造陆笙的团队,这个新闻是放出去了,但圈子里许多人对此打了个问号。

原因嘛,因为这货在发布会上并没有透露任何关于新团队的有效信息。主教练……哦不，一流的教练顾问……到底是谁？体能训练师呢？陪练呢？理疗师呢？

统统没有说。

记者追问，他就说等亚运会结束后再公布。

为什么要等亚运会结束后再公布？

有人觉得这是南风趁机在帮陆笙炒热度，增加关注。陆笙说到底只是一朵小花，目前最好的成绩也不过是一个 WTA 国际巡回赛的亚军，这种成绩放在乔晚晚那个级别的选手眼中简直不值一提。

尽管都觉得南风不厚道，但媒体偏偏吃这一套，纷纷揣测那个神秘的顾问，许多知名教练都被记者们拎出来猜了一遍，搞得围观群众有点儿尴尬：就凭陆笙那个档次，你们就不要把这些国际一线大牌教练拿出来了吧，哪个一线教练愿意教导三流选手呢，呵呵呵……

身为当事人，陆笙自己也很好奇，因为南风也没告诉她。

"到底是谁？"她第 N 次问南风。

"现在还不能说，他还没有真正答应。"南风第 N 次解释。

"没答应你就敢说大话。"

南风放下报纸，轻轻眯了一下眼睛："他如果不答应，我们再请别人。有钱不怕请不到好教练。只不过，我依旧觉得他是最合适的。"

"到底是谁啊？"

"不能说……"

不止这位神秘顾问，其他人诸如体能训练师、陪练，都还没到位。也就是说，现在陆笙的"团队"里，实际就只有一个南风。

没到位就没到位吧，陆笙暂时也不需要这些人。她之前在省队不需要，之后要进国家队训练，就更不需要了。

算起来，真正需要新团队，也就是在亚运会之后了。

3.

9 月下旬，所有入选国家队备战亚运的网球选手都停掉了手中的事情，一起来到北京进行为期两周的训练，为亚运会做最后的准备。陆笙知道自己要在这里遭遇乔晚晚，她还在想到时候怎么既和乔晚晚保持距离又不至于太尴尬呢，结果到了北京才发现，乔晚晚没来。

为什么没来呢，是因为大牌们都习惯性地迟到吗？

　　陆笙有点儿好奇。然后宁夏看到陆笙时，给她解答了疑惑："乔晚晚说伤还没好，这次亚运会要退赛。"

　　"啊，真的假的？"

　　"谁知道呢，有人说她是为了打中网。"

　　陆笙点了点头。虽说这样怀疑有点儿心理阴暗，不过也不无道理。中网赛事级别仅次于大满贯，奖金丰厚，单从奖金和对一个球员职业生涯的影响来看，远不是区区亚运会能比的。这次中网赛事和亚运会的网球赛事撞车，有一些职业球员就放弃了亚运会，直接选择中网。

　　但是亚运会涉及国家荣誉，所有体制内的球员都要听从调遣的。理论上说，陆笙和乔晚晚这种已经脱离体制的，有权利拒绝国家的征调。比如，南风带着陆笙跟李卫国他们提单飞时，李卫国的第一反应就是问陆笙："亚运会还打不打？"

　　陆笙从小受到的爱国主义教育根深蒂固，她觉得为国争光这种事情不是简单地用钱和职业生涯能衡量的。因此，她都不带犹豫地就点头："打。"

　　李卫国和邓林屹就放心了。

　　当然，陆笙也尊重别人不同的选择。假如乔晚晚不想错过中网，而选择放弃亚运会，陆笙特别能理解。她不能接受的是，假如真是这样，那么乔晚晚都已经答应打亚运会了，却事到临头摆国家队一道，这样就很不厚道了。

　　"我觉得乔晚晚应该不至于这么乱搞。"陆笙说道。

　　宁夏嗤笑："那可不一定，她有前科。"

　　这时，艾小梅走过来，碰了碰宁夏："最新消息，最新消息。"

　　宁夏："什么？"

　　艾小梅知道陆笙和宁夏关系好，因此也不避讳陆笙，说道："乔晚晚伤病没好应该是真的。我听说她和王主任通电话时被说哭了，好像是因为王主任怀疑她想打中网才退赛亚运会。最后乔晚晚摔了电话。"

　　陆笙听着莫名竟有点儿心酸。

　　宁夏问艾小梅："你怎么知道的？"

　　"乔晚晚的陪练是以前我们省队的师兄，你忘了？这事儿你们别往外说啊，不然我师兄不好做。"

　　宁夏和陆笙都点头，表示嘴巴很严。

　　然后艾小梅说："乔晚晚退赛之后，女单的名额空出来一个，你们说谁会顶上去？"

陆笙："谁？"

艾小梅看她那个呆样，忍不住"扑哧"一笑："你问我干吗，我问你们呢！这个人选可不多哦，你俩都算进去。"

宁夏摇头道："我可不去，我要打女团，又要打女双。"

陆笙摇头刚想说自己也不想去，却突然听到身后远远的有人叫她："陆笙！"

"哎！"陆笙扭头一看，见是王主任。

王主任正和南风站在树荫下说话，此刻叫了一声陆笙，朝她招手。

陆笙走过去，王主任笑眯眯地看着她，目光有些慈祥。

"王主任，您找我？"

"嗯。"王主任点点头，"陆笙，最近状态不错啊，广网打得很好，果然长江后浪推前浪。"

陆笙被夸得有点儿不好意思："王主任您过奖了。"

"一点儿也不过，"王主任笑了笑，接着正色道，"现在，我有一件事情拜托你。"

"什么事，主任您说。"

"想必你也听说了，这次乔晚晚不能参赛了，女单和女团都空出来一个名额。你有没有什么想法？"

"我……想法……"陆笙本想直接拒绝的，可是王主任姿态摆得那么低，她是个吃软不吃硬的人，此刻不好意思拒绝，只是硬着头皮说道，"我的混双项目是夺金热门，我想好好打混双。"

"没事，好多队员都报了两个甚至三个项目呢。我相信你的实力。"

陆笙看着南风，小声问："南教练觉得呢？"

南风却说："看你自己。"

陆笙有点儿小纠结，试探着问王主任："您，要不再问问其他人？"

"唉，我已经无人可用了。陆笙，当是主任拜托你了好不好？看在我和你们南教练还有点儿交情的份上。"

陆笙不忍心拒绝他，就这么答应了。

乔晚晚本来打的项目有两个，女单和女团。陆笙临危受命，接棒乔晚晚的位置，意味着亚运会四类有女子参加的网球项目（女单、女双、女团、混双），她要参加三类。

实话说，有点儿心累。

不过么，既然答应人家了，那就努力训练！

4.

作为陆笙的混双搭档，徐知遥自然也过来集训了。但也不知怎么回事，徐知遥看向她的目光总是有点儿哀怨，而陆笙不知道的是，当徐知遥看向南风时，哀怨的目光就掺杂了一些说不清道不明的鄙夷。

南风有点儿意外，徐知遥鄙视他？几个意思？

他感觉徐知遥有点儿不太对劲。为了防止因为徐知遥而影响到陆笙的发挥，南风找了个机会单独和徐知遥谈话。

南风："你是不是对我有什么意见？"

徐知遥说："你明知道自己有病，为什么还要和陆笙在一起？你确定自己能给她幸福吗？"

南风愣住："我有什么病？"

徐知遥撇开脸没说话，虽然没说话，脸上却明明白白地写着：你不要装了我已经都知道了。

南风恍然。始于凌峻宇的那个荒唐谣言已经蔓延到徐知遥这里了吗？那丫头还真是不把徐知遥当外人啊，这种事情都跟他说！

陆笙和徐知遥超越南风想象的"亲密"，让南风心里很不是滋味，就像一坛子大热天发酵的老坛酸菜。他对徐知遥丢下一句"那是谣言"，就转身去找陆笙了。

徐知遥把这理解为落荒而逃。

南风在去找陆笙的路上遇到了丁小小。丁小小作为医务人员也被召集进来，此刻看到南风脚步飞快，便问道："哟，你这么着急干什么去？"

南风突然停下脚步，狐疑地打量丁小小。

丁小小奇怪地和他对视。

南风问丁小小："你是不是也觉得……嗯，觉得我有病？"

丁小小恍然，她捂了一下嘴巴，把头摇得像拨浪鼓："没有没有没有！你怎么可能有病呢！"

南风有点儿满意。看来陆笙并没有把这事和丁小小乱说。

"你可是神勇无敌，一夜七次！"丁小小继续说道。

"……"南风感觉有点儿无力。他甚至没有解释一个字，立刻告别了丁小小，大步流星地走进球员宿舍，敲响了陆笙的房门。

训练基地的住宿条件很好，陆笙住在球员宿舍楼，自己一个单间。她刚洗完澡出来，此刻正裹着浴巾擦头发。见南风敲门，她还有点儿奇怪呢，笑嘻嘻地一边擦头发一边说："不是刚分开嘛，这么快就想我啦？"

……还卖萌！

南风悄悄翻了个白眼。他走进来，关好门，背靠门站着，抱着胳膊拧眉看她。

陆笙察觉到南风脸色不太好。她拿下毛巾，浓密的头发凌乱地垂下来，黑沉沉的，瀑布一般。未擦干净的水顺着头发流下来，在发梢处汇聚成晶莹的小水滴，一滴一滴，滴到浴巾包裹的酥胸上。

南风目光顺着水滴扫到她高耸的胸脯，怒气立刻散了大半——他有点儿鄙视自己。

"你怎么了呀？"陆笙问道。

"陆笙……"南风不忘自己此行的目的，刚提起一口气要质问，对上陆笙湿漉漉又无辜的眼神时，"……"

陆笙见南风不说话，看着又不是很生气的样子，她举起毛巾又开始擦头发，随着手臂的动作，裹在胸前的浴巾也有些移动，动着动着，"唰"的一下……松开掉下去了。

陆笙好尴尬，红着脸想要弯腰捡浴巾，南风却突然大力把她拉进怀里。她猛地撞进他怀里，光裸的肌肤触碰到他衬衫的布料，那触感让她微微战栗。

然后南风不管不顾地吻了下来，一边吻着，火热的掌心在她光滑的后背上轻轻摩挲。

亲着亲着就滚到床上去了。

俩人在床上做了一次，后来一起洗澡，在浴室里，南风一个没忍住，又做了一次。陆笙被他弄哭了，拧着眉头眼睛紧闭，眼泪扑簌簌落下来。

南风："疼？"

她摇了摇头。

南风："爽？"

她咬着嘴唇没有回答。

他却已经有了答案，闷笑着拉过她来亲吻，一边重重地挺着腰，一边低声说："全世界都以为我不行，只要你知道我行就好了。"

5.

本次亚运会将于9月28日到10月13日在日本京都市举行。网球项目从10月1号开始，持续十天，到10月10日结束。前三天主要是团体赛，第四天开始才有网球其他项目的比赛。

10月4日正式决出男子团体和女子团体的金牌，其中女团拿了银牌，男团再度无缘决赛，只拿到一枚铜牌。虽说无金牌入账有点儿遗憾，但这也是中国网球的整体水平。亚洲网球发展呈现的是百花齐放的局面，并非像是其他某些项目，遭到中国的垄断。

团体赛结束之后，重头戏一个接一个的来了。

所有网球项目中，中国最有希望拿金牌的有两个项目：女双的宁夏和艾小梅、混双的陆笙和徐知遥。本来女单才是更具竞争力的项目，然而乔晚晚突然退赛，把一切都打乱了。

现在中国参加女子单打项目的两个队员是陆笙和骆灵之。相对来说，骆灵之比陆笙的希望更大一些，如果能发挥出色，金牌也不是不能期待。

骆灵之的排名和陆笙相差无几，不过国内舆论普遍认为目前骆灵之的技战术比陆笙要高一些。陆笙能达到现在这个排名，靠的是广州公开赛的亚军；那一场比赛骆灵之很不走运地和世界名将玛尼卡分在同一个半区，半决赛中遭到淘汰。所以尽管结果是陆笙闯进了决赛而骆灵之没有，这并不能证明陆笙比骆灵之强。假如陆笙处在骆灵之的位置，也绝无可能战胜玛尼卡。

10月4日打完女团之后，陆笙又打了一次混双第一轮。她和徐知遥配合默契，轻松把两个菲律宾小将淘汰掉了。

打完之后徐知遥问陆笙累不累，陆笙摇摇头："不累。"

"唉……"徐知遥叹气，"师妹你真惨，从今天开始你几乎每天都要打两场比赛。"

徐知遥说得没错。所有项目并排交错进行，陆笙除了10月6日只有一场女单比赛，余下直到女单决赛前，几乎每个比赛日都是两场，上午女单下午混双，当然这个前提是她能撑到女单的四分之一决赛和半决赛。假如早早被淘汰掉，她倒是可以安安心心全力打混双了。

每天打两场，说实话，有点儿累。

这事儿如果放在一年前的全运会，陆笙会理所当然把重心完全偏向混双，先保住一块金牌就算完成任务了，至于女单冠军，爱谁谁。可是现在不一样了。亚运会和全运会不一样，打外国人和打同胞也不一样。陆笙不想在这样的赛场上放弃努力，不想输给外国人，她不甘心。

更重要的是，现在羽翼已丰的她，相信自己有实力把两场比赛都打好。

她把自己的想法跟南风说了之后，南风没接话，只是眯着眼睛看她。

眼神有点儿不正经。

陆笙奇怪道："有问题吗？"

"没有，"南风低头笑了笑，嘴角微微弯着，接着抬头盯着她，眼睛亮晶晶的说："知不知道，你自信的样子有多迷人。"

陆笙：~(@ˆ_ˆ@)~

10月8日，陆笙上午的女单四分之一决赛再遇曾经的对手，那就是在今年美网挑战赛中交过手的印度姑娘。两个月不见，印度姑娘明显感觉陆笙比美网相遇时更加积极自信了，相比之下，印度姑娘的变化并不太大。陆笙当时能干掉她，现在更可以了。

上午挺进四强，下午打混双的半决赛。徐知遥为了帮助陆笙节省体力，这些天两人打混双比赛时，战略上基本不会过度依赖陆笙在场上的跑动能力，为此徐知遥做出了很大牺牲，每场结束时都累得半死。不过他有了点儿意外收获：基于这几天徐知遥的表现，遥控们终于愿意承认他们的遥姐是条汉子了……

徐知遥为自己感动了，偷摸发了条微博：所以你们不会再叫我遥姐了对吧？

网友A：姐姐你安心打比赛，上什么网！

网友B：教练！这里有人偷着玩手机，举报！

网友C：发微博没自拍，差评。

网友D：我遥姐永远貌美如花，我遥姐想玩手机就玩手机。

网友E：我觉得遥控这个词没什么特色，我们换名字吧？

网友F：换什么？

网友G："遥头丸"怎么样？

网友H：不错哎……

徐知遥心塞地关掉手机，把手机给了李卫国，并且叮嘱李卫国：混双决赛结束前不要让他再看到手机。

下午混双比赛打了三盘，淘汰掉泰国对手，顺利晋级决赛。决赛他们将对阵韩国的孙秀英和金永俊。这一对组合和陆笙徐知遥非常类似，也是专攻混双。从两个人配合的默契程度来看，他们赛前应该也是像陆笙他们一样，做了许多训练，准备充分。这次网球比赛两人都没有报其他的单打或者双打，显然就是冲着混双金牌来的。

这就有意思了啊……

在大满贯比赛中，混双总是爹不疼娘不爱的比赛，没想到在亚运会也能形成这样激烈的竞争。

这一天男双和女双都进行了半决赛，宁夏、艾小梅组合顺利晋级，比较令人意外的是，中国的男双在所有人包括自己人都不看好的情况下，也挺进了决赛。

怎么打的啊？陆笙很好奇，心想等赛事结束回去要翻翻比赛录像。

10 月 9 日是网球赛事的倒数第二天，这一天赛事很多，简直是一场大混战。所有的双打金牌都将在这一天下午决出，上午还有单打的半决赛。由于好多选手都是同时报名了单打和双打，因此好几个队员是上午打完下午打，也有可能上午遭遇的对手，下午再遭遇一次。

赛前陆笙有点儿犹豫，不知道女单半决赛该不该选择性放弃。现在比赛到了关键时刻，不能再任性打了，混双对手不容小觑，她必须做到万无一失。

陆笙问南风该怎么办，南风答道："你有没有想过，也许对手比你先放弃。"

"啊？"

"你的对手还要参加下午的女双决赛，你说，她会不会和你有同样的顾虑？"

陆笙想了想，摇头道："我觉得不太可能，赵心宜的女单实力不错，她估计也想搏一搏吧？"

赵心宜是中华台北队的选手，女单世界排名第一百一十八位，比陆笙还要高。不过赵心宜这些年的重心都放在双打上，前年获得美网女双冠军。这次亚运会赵心宜对女双冠军期待很大，但是遇到可以拼女单的机会，陆笙不信她会错过。毕竟，打过半决赛，距离金牌就只有一步之遥了。金牌和金牌也有差距，网球项目上，单打的金牌总是要比双打金牌含金量更高一些。

"陆笙，知己知彼，才能百战百胜。"南风说道。

陆笙有点儿困惑："我觉得我对对手已经很了解啦。"

"是吗？"南风用手机调出一个页面给她看。

那是年初关于一个球员的新闻，距离现在已经十个月了，难为他能把这么过时的新闻挖出来。

新闻的主角不是赵心宜，而是杨采卉。新闻里说杨采卉今年就要到而立之年，她透露出打完亚运会就退役的意思。

"杨采卉？她不是赵心宜的搭档吗？"

"对，"南风点点头，"她是赵心宜的师姐，两人感情很好。师姐很可能打完亚运会就退役了，如果你是她的师妹，你会怎么做？"

这个问题陆笙几乎不用思考，就答道："我会帮她打到冠军，让她退得圆满一些。"

"此前杨采卉曾经参加过三次亚运会，从未有金牌入账，所以这次……"

"这次赵心宜无论如何都会选择保住女双的，为此可以毫不犹豫地牺牲女单。"陆笙接过话来说。

南风微微一笑。

6.

10 月 9 日上午十一点，四场单打半决赛（两场女单，两场男单）同时开赛。陆笙牢记南风的叮嘱：就算自己想要选择性放弃女单，也一定不要让对手察觉到你的退意。因为，很可能先坚持不住的是对手。

所以陆笙一开始就打得战意十足，才打了一盘，赵心宜就选择不再坚持，第二盘她打得稀松平常，把决赛入场券送给了陆笙。

她果然是对女双志在必得的。

陆笙这样想着，一边庆幸还好南风明察秋毫分析到位，一边又有些担忧下午宁夏的比赛。

四场半决赛，陆笙这边结束得最早。她有些无聊，去了隔壁球场，看骆灵之的比赛。

骆灵之也顺利打进了半决赛，她状态很不错，陆笙觉得骆灵之很有可能进决赛。那样的话，她就和骆灵之在决赛遭遇了？

无论怎么打，中国队都是冠军？

啊哈哈哈哈哈哈哈……

峰回路转，世事难料。乔晚晚退赛时，国家队上下都觉得女单项目很难保全，谁能想到会是这种结果呢，嘻嘻嘻嘻嘻……陆笙的心情一下子变得很明媚。

"你太乐观了。骆灵之的对手可是星野优美。"南风一句话把她从 YY 的乐园里拉出来。

陆笙正色。

星野优美，日本球员，十六岁成为职业选手，今年三十六岁，世界排名第七十八位。这个年龄还活跃在网坛的，已经很少了，更不要说她的排名还不错。

此人巅峰时期世界排名第八位，打进过大满贯决赛。陆笙刚学网球时星野优美还很活跃。后来随着年龄的增长，实力下滑，排名一度跌出前一百。曾经的日本国手，如今沦为 WTA 的三流选手。

考虑到她已经是三十六岁高龄，陆笙还是觉得骆灵之的赢面更大一些，她对南风说："我也打过七十多位的呢，我觉得骆灵之应该能赢。骆灵之只是没机会打大赛，要不然排名肯定能更高啦。你自己也说过的，排名排的只是积分，而不是实力。"

"星野优美在职业网坛闯荡的时间约等于骆灵之的年龄。"南风又一瓢冷水泼下来。

俩人边走边说，到了赛场一看比分。第一盘已经结束，骆灵之 7-5 险胜，现在正在打第二盘。

第二盘的局势很胶着，一局咬着一局，双方互不相让，陆笙坐下没多久，星野优美破掉了骆灵之的发球局。

陆笙的面容严肃起来。

不得不承认星野优美这个年纪还能保持这样的状态真的很难得。与骆灵之相比，她的体力、力量、奔跑速度都不占优，但偏偏能在骆灵之的强烈攻势下游走自如，仿佛张开了一张密不透风的网，将对手的攻击悉数挡在网外。陆笙几乎能感受到骆灵之的无奈。

这就是经验造成的差距吗？

这场比赛打了两个小时，第三盘又打进抢七，最后星野优美逆转胜出。

太憋屈了，骆灵之气得摔坏了球拍。

陆笙很难过。她跑去找骆灵之，却不知该怎么安慰她。

骆灵之的心情糟糕到极点，看到陆笙时，她竟然哭了。

陆笙："不、不要哭了……"这是陆笙第一次见骆灵之哭泣，在陆笙的印象里，她一直是个很坚强的人。大概，骆灵之对这次比赛寄予了太多期待吧……

骆灵之擦了擦眼泪，说："陆笙，你一定要赢她！"

陆笙心想，你都赢不了，就不要指望我了啊……QAQ

下午要决出三块金牌。三场双打比赛都有中国队参与，让国人很是扬眉吐气。下午一点钟，男双和女双决赛同时开始，国内电视台考虑到女双夺冠的可能性更大一些，选择直播宁夏和艾小梅的女双。

陆笙在两场比赛中间摇摆了一下，一方面想支持难得闯进决赛的男双，一方面又想去给好朋友加油。最后由南风拍板决定，派徐知遥去支持男同胞的项目，他陪着陆笙看女双。

徐知遥有一种磨刀的冲动。

男双的比赛结束得很快，中国队遗憾告负，输给了泰国组合。这场比赛刷新了徐知遥对泰国男人的印象。

看完男双比赛，徐知遥又溜达进女双赛场。女双的战斗比男双激烈得多，赵心宜今天真是拼命了，宁夏和艾小梅一起打了很多女双比赛，此刻配合很是默契。双方各有优势，比分紧追不放。

但是赵心宜今天的精神太强了，从头到尾打得虎虎生威又凌厉狠辣，到最后和杨采卉取得了微弱的优势，锁定胜局。

中国队女双，告负。

这场比赛，陆笙看得手心都出了汗。

坦白来说，宁夏和艾小梅今天的状态很不错，可是赵心宜的执念太强了，陆笙坐在观众席上都几乎能感受到她必胜的决心。

这就是意志的力量吗？

南风突然拍了一下她的脑袋："发什么呆？"

陆笙回过神来，摇了摇头。她很为自己的队友遗憾，但是，她也想为对手们喝彩。

"走吧，该你上场了。"

陆笙起身退场，为接下来的混双做准备。她所在的地方是中国球员专区，好多参加本次赛会的国家队球员都坐在这里看比赛。陆笙站起来时，她发觉大家都在看她。

几乎每一个人都对她和徐知遥说："加油。"

陆笙郑重地点头。

徐知遥滑稽地朝大家敬了个美式军礼："瞧好吧！"引得众人哄笑。

他们俩离开后，网管中心的王主任走到南风身边，边走边感叹道："唉，想不到最后还得靠他们，怎么样，有没有很嘚瑟？都是你教出来的。"

南风低头牵着嘴角一笑："你说呢。"

虽然他笑得很含蓄委婉，但王主任就是仿佛看到他的尾巴翘到天上去。

王主任又问："你说明天陆笙打星野优美，有希望吗？"

南风："主任，能拿一枚金牌就不错了，不要想太多。"

拿一枚金牌，是这次国家网球队出征亚运会的目标。亚洲网球全面开花，各国都有各自的竞争力，国家队把金牌目标定为一枚，是很务实的想法。所以南风才有此一说。

王主任却摇摇头："多多益善嘛！"

南风很严肃地看着王主任，说："主任，我知道您对陆笙抱有很大期待。但是请不要给陆笙造成太大压力。"

"这话我就不爱听了啊，就你知道体贴？她是你徒弟，她还是我徒弟媳妇儿呢，我不会找她谈话的！"

南风乐了："那就是我多虑了，您别往心里去。"

7.

下午三点半，亚运会网球混双决赛挥拍开赛。在日本的主办城市，参赛双方是中国和韩国。这场决赛，赛前日本媒体进行了网络投票，结果显示支持中国和韩国的网友数量不相上下。比较搞笑的是支持理由。除了个别理性分析，好多日本网友表示：支持韩国队是觉得韩国队是弱者，可怜，这次亚运会韩国拿到的金牌太少了，希望韩国能够抵抗作为亚洲一霸的中国。

支持中国队的某部分网友理由更扯了：这个组合的两个球员真的好卡哇伊呀，希望他们能赢！

卡哇伊……

卡……哇……伊……

赛前忍不住拿回手机又忍不住上网最后不小心看到这篇新闻的翻译版被国内公众热烈讨论……之后的徐知遥，吐血三升。说陆笙卡哇伊也就算了师妹本来就可爱，他一个大老爷们儿卡的哪门子哇伊啊？啊？！

徐知遥默默地把手机还给李卫国："为什么要给我？为什么要给我？为什么要给我……"

李卫国冷笑："怕你憋疯了发挥不好呗，这是你自己说的。"

徐知遥无话可说，决定在决赛表现得更加凶残一些，洗脱他"卡哇伊"的恶名。

这场决赛，不止徐知遥，陆笙也凶残了很多。

她之前为了兼顾单打，混双一直是压着打的，今天上午单打半决赛已经完成，而且并没有耗费太多体力，所以到了现在，她终于可以放飞自我了。

来吧，让你们知道什么才是真正的黄金搭档！

两个组合，论单兵作战排名，陆笙优于孙秀英，徐知遥优于金永俊，排名至少在一定程度上能反映实力。而论配合，中国组合至少不弱于韩国组合。更重要的是，韩国组合这种打球风格陆笙他们以前见过，至少见过类似的。而中国这一组球员诡计多端变幻莫测的快节奏打法，韩国队从来没遇到过。

这也不能怪韩国队见识短，毕竟陆笙和徐知遥这样另类的组合这样另类的打法，确实罕见，全世界大概仅此一例吧。

所以陆笙和徐知遥发挥得很稳定，两盘胜出。

胜利之后陆笙和徐知遥互相拥抱对方，南风在观众席上看得直捏拳头，心里那个酸爽啊。

这场比赛刚结束没几分钟，国内各大网媒纷纷发了新闻稿，新闻标题一个比一个夸张——

小浪网：陆笙徐知遥怒斩韩国组合夺冠创历史！

小狐网：网球首冠！中国混双横扫韩国组合霸气飞扬！

……

放眼亚洲，中国网球优势并不明显，在混双这个项目上更是从未有过金牌入账，所以陆笙和徐知遥这一场比赛，打得确实很扬眉吐气，尤其是在男团女团男双女双全军覆没之后。

当然陆笙并没有时间去注意国内舆论怎么赞美她和徐知遥。吃过晚饭，她坐在会议室里，和南风一起分析明天的战役。同样出席本次会议的还有徐知遥（太担心陆笙）、王主任（怎么赶都不走）、李卫国（原因同上）。

在会议开始时，南风先讲了一个原则："记住，撑过第二盘，你才有机会赢。时间越久，你的赢面越大。"

徐知遥表示不服："有没有可能师妹连胜两盘结束战斗呢？"

南风摇了摇头："可能性很小。"

徐知遥却有点儿不以为然，他对陆笙还是很有信心的。他问南风："星野优美是技术流，伊莎贝尔也是，伊莎贝尔的排名还比星野优美高。那么师妹有没有可能用打伊莎贝尔的方法打星野优美，调动对手消耗对手？星野优美的体力是一项劣势。"

南风再次摇头，轻轻叹了口气道："你这个想法太乐观了。我只怕到时候被打得满场跑的是陆笙。"

陆笙莫名地心头一紧。想想骆灵之被星野优美压制得无可奈何的样子，她突然觉得自己胜算太小了。她皱着眉说道："骆灵之都打不过星野优美呢，我能打过她吗？我比骆灵之强在哪里……"

南风："强在有我。"

陆笙脸一红。

以王主任为首的围观群众都觉得南风挺臭不要脸的。

南风调戏完陆笙，却是没事儿人似的，面不改色地打开投影，播放了一段星野优美的比赛视频剪辑。剪辑里星野优美的对手的年龄层跨度很大，风格也不尽相同。

视频结束时，南风问陆笙："谈谈感想？"

陆笙："虽然同样是技术为先，但她和伊莎贝尔是完全不同的打法。"

"对，"南风点点头，"伊莎贝尔的打法短板很明显。虽然技术看起来很华丽，但有时候就是在炫技，无效的技术很多。从年龄上看，伊莎贝尔正处在职业生涯的巅峰。在没有特殊原因的情况下，如果一个球员在自己的巅峰时期只能打到这个层次，那么她以后的职业道路最多也不过是二流选手的水准了。"

陆笙一边听一边点头，听他说到这里，她抿了抿嘴，心想，虽然我现在连二流都算不上，然而我的目标远不止二流。

南风继续说："你在打伊莎贝尔时之所以能调动她，靠的是自己跑得快反应快动作快。伊莎贝尔能看到你的意图，却跟不上你的节奏。恰好，星野优美也很擅长调动对手，看看这几个慢动作。"他说着，给陆笙播放了几个慢动作，播放完之后，问陆笙，"你觉得她靠的是什么？"

陆笙仔仔细细地看了慢动作播放，然后有些不确定地说："我感觉她引拍挺小的。"

"没错。"南风赞赏地看了陆笙一眼，把陆笙看得挺不好意思。

他解释道："引拍小，动作幅度小，就能有很强的技术隐蔽性。这样一来对手无法准确预判她的击球路线，只能等她的球真正击出去之后才跑去救，会造成很大延迟。"

陆笙回想着半决赛里星野优美后来对骆灵之的弹压，确实如此。必须承认，星野优美的方式比她更加难以应付。毕竟她打伊莎贝尔的路子，只能针对特定人群。而星野优美的打法，可以用来对付所有人。

南风："总体来说，星野优美职业生涯最好的时期是上个世纪末和本世纪初，所以她的风格带着明显的那个时代的烙印：主导因素不是力量，而是细腻的技术。不求暴力，但求精确。完美的控制，准确的线路和落点，低失误率……这些被认为是制胜的关键。这个意识被刻进骨子里，直到现在，她还保持着这种风格。另外，伊莎贝尔比星野优美的不足之处在于，星野优美的技术以实用为主，不求炫技，但求有效。加之星野优美纵横网坛已经有二十年，所以你现在看到的她，击球非常流畅，行云流水一般。"

陆笙点点头，这种效果是巨大经验的累积，一球一球打出来的，无论是她还是骆灵之，暂时都无法跨越经验这道鸿沟。她问南风："就没有能克制星野优美的方法吗？"

"当然有。实际上星野优美的打法有些复古，已经落后于这个时代，否则她也不会只在三流徘徊。暴力球速或者强力旋转球，都能对她的打法造成很大破坏。但是……这两点你都没有。"

"咳！"

陆笙的击球速度和旋球，只能说不差，但算不上突出。想想骆灵之，她的击球速度很好，大概这也是她能赢第一盘的原因？可是为什么后两盘被反转了呢？

陆笙说出了心中疑惑，南风摇头叹息道："骆灵之对上星野优美，确实有着天然的优势。只可惜……她放弃得太早。"

"骆灵之没有放弃吧？这场比赛打了两个小时呢！"

"很多时候你觉得你在坚持，实际上，你的潜意识里已经放弃了。"

陆笙怔了怔。

"别发呆。"南风笑着弹了一下她的脑门儿，"现在说说你的打法。第一，用你优秀的反射神经和跑动能力做好防守；第二，用适当的假动作干扰星野优美的技术隐蔽；第三，尽量避免和她在网前争夺，现在的你争不过她；第四，提高攻击强度，不要怕失误；第五，和老年人打比赛，就要尽可能提升节奏；第六……"

他说到这里突然停住。陆笙好奇地问："第六是什么？"

"坚持。"

之后南风又仔细给陆笙分析了一下星野优美一些具体的特点和习惯，陆笙一一听了。这场会议开得很长，开完之后陆笙感觉肚子有点饿了。

散会时，李卫国对南风说道："你之前还觉得你当教练不行，我看你挺行的嘛。"

南风斜着眼睛扫一眼陆笙，似笑非笑的："我确实行啊。"

他的眼神，只有陆笙看懂了。她红着脸扭头不理他。

8.

晚上陆笙失眠了，不知道自己是紧张还是兴奋。她躺在南风怀里，闭着眼睛用力睡，拼命暗示自己，依旧不管用。

他们没有住运动员村，而是在附近的酒店下榻。反正全世界都知道俩人是情侣，所以南风肆无忌惮地住进了陆笙的房间。

同居归同居，实际他们并没有做不纯洁的事儿——陆笙天天有比赛，有时候一天两场，每天累成狗，第二天还要打起精神继续累成狗，南风怎么忍心向这样的陆笙下手呢……尽管他憋得眼睛都绿了，离变态也就差一步了……

有一次王主任对南风说："你们夜晚的运动关系到国家荣誉，所以我希望你以大局为重。"

南风当时回了他一个白眼。

这会儿，黑暗中陆笙的声音陡然响起："南教练，我睡不着。"

"嗯？紧张？"

"反正就是睡不着。"

南风很理解陆笙。她的心理素质，在同龄球员中已经非常优秀了，可说到底，她也才二十岁，经历的大赛很少，遇到这么重要的比赛，情绪有任何波动都很正常。

可是不睡觉也不行。睡眠关系到体力，关系到明天赛场上的表现。

南风试着找了段催眠音乐给她听，结果无济于事。

陆笙："要不，你给我讲睡前故事吧？"

南风笑道："你多大的人了，还听睡前故事？"

陆笙小声说："我小时候也没听过睡前故事。"

这话让南风一阵心疼，他说："那好，我给你讲故事。"

他打开台灯，用手机搜了一下"儿童睡前故事"，搜出来的第一个是《大灰狼和小白兔》。

"那就讲《大灰狼和小白兔》。"

"好哦。"

他的声音在静谧的夜里响起来，音色低沉，语速缓慢，陆笙觉得听起来很舒服，仿佛耳朵在接受一次按摩。

陆笙面对着他躺在他怀里，呼吸都喷在他的胸口上。

《大灰狼和小白兔》讲完了，陆笙笑嘻嘻地说："你是大灰狼，我是小白兔。"

南风"扑哧"一笑："你可一点儿也不白。"

"……"陆笙感觉自己受到了一万点伤害，轻轻捶了一下他的胸口，"那我是小黑兔吗？我不想当小黑兔，呜呜……"

"好了好了，"南风笑呵呵地按住她乱动的爪子，"你不是小黑兔，你是流氓兔。"

"好吧。"陆笙勉强接受了这个设定，"我是流氓兔，你是大灰狼……这样说感觉大灰狼的气场一下子变得弱弱的……"

南风笑着，低声说："我也不是大灰狼。"

"那你是什么？"

"我是卖胡萝卜的。"

"什么意思？"

他没有回答，只是拉着她的手向下移动，覆盖在自己的小腹上……

然后，她终于知道他为什么是卖胡萝卜的了……

陆笙感觉很不可思议："讲个睡前故事都能把你讲成这样……你是变态吗？"

"是。"

"……"真是一个好坦诚的变态！

反正长夜漫漫无事可做，陆笙觉得和他沟通一下天地人伦然后做累了没准就能睡着了，也不是坏事。

她都接受这个变态设定了，他却并没有进一步的动作，她抽回手的时候，他并没有阻拦。

陆笙："你，不想吗？"

能不想吗？！

可是他有什么办法呢……南风长长呼出一口气："你明天还要比赛。"

"应该没关系吧？"

他不会去冒这个险。

……

后来，南风又连续给陆笙讲了两个小故事，总算把她哄睡着了。

第十三章

记住，如果没有人讨厌你，
只能说明你太过平庸。

1.

10月10日是网球项目的最后一个比赛日，上午男单决赛，下午女单决赛。男单决赛没有中国球员参加，最后是日本球员摘得冠军。

下午一点整，女单决赛挥拍。

日本这次主场，两场最有分量的比赛都入围了决赛，可以说非常提振士气。现在球场内座无虚席，本土观众都是来给星野优美加油的，其中好多是她的铁粉。

星野优美会说中文，见到陆笙时，她很友好地对陆笙说："比赛加油。"

来而不往非礼也，陆笙也想用日语鼓励一下星野优美。但是思来想去，她发觉自己会说的日语貌似只有"八嘎呀路"，于是打消了这个念头，微笑着答道："谢谢，你也是！"

比赛就在这种友好的氛围中开始了。

第一局是陆笙的发球局。

陆笙有意识地提高了发球速度，为此必定要牺牲一些控制。星野优美察觉到她的意图，不过并不以为然。一个球员的某些特质是固定的，想着到了球场再更改习惯，十之八九不会成功。

果然，陆笙的第一个发球就失误了。

星野优美以为陆笙吃到教训，二发会老实一些，哪知道她的二发并没有降速！

真是的，这个孩子在乱打吗？

不，并没有乱打。二发保证有效性这是通常的习惯，但这并不是铁律。南风说过，如果一发失误，二发在一发的基础上进行调整，成功率会高于一发。这是显而易见的事实，但是很少有人愿意去尝试，因为风险太大。

冒险，总是需要更大的勇气。

但冒险，也许会带来转机。

陆笙的二发就在星野优美的困惑中呼啸而来，二发的球速很高但依旧是有效的！星野优美精神一紧，立刻还击。幸好她有丰富的实战经验，这球几乎是本能地去打，击球成功。

两人你来我往打了几拍，星野优美果然变换角度把陆笙带得满场跑，幸好陆笙像只小羚羊一样嗖嗖嗖跑得很快，她用最保守的方法防守，又用最冒险的方式攻击，后来瞅准机会一个大角度对角抽击，拿下这一球。

看，这样打是没错的。她暗暗鼓励自己。

这一局陆笙靠着发球优势最终拿下了，但是她也感受到了前所未有的压力。星野优美击球的熟练和流畅背后，是二十年的经验，这简直是她无法逾越的鸿沟。

第二局星野优美顺利保住了自己的发球局。

然后俩人你一局我一局地各自保发。两种球路的对抗，双方都有自己的撒手锏，很难说谁更强一些。相比之下星野优美更加缜密细腻，而陆笙打得就有点儿跳脱，失误比平常多，但是相应的，攻击也更有效果。

更重要的，她有着滴水不漏的防守。

这一点真是太重要了。

但是她这种方式也很累，没多久，她就气喘吁吁、汗流满面了。南风在观众席坐着，看到她如此疲于奔命，一阵阵心疼。

第一盘两人打进了抢七，最后星野优美技高一筹，拿下这一盘。

第二盘依旧是紧咬不放的比分，两人纠缠着，再次打进抢七。

打进抢七之后陆笙遇到过一次赛点，星野优美已经领先一个球，只要她再赢一个，这场战斗就将终结。全场的日本观众都很激动，等待着这一刻的到来。

陆笙抹了一把汗，冷静地盯着星野优美。

耳畔仿佛又响起他说的话："到了最关键的时刻，双方的情绪波动都会很大，你是这样，你的对手也是这样。无关乎领先与落后，谁能保持平稳和专注，谁就能把握胜机。"

星野优美再次小幅度引拍击球，陆笙趁机迈开腿做了一个即将飞跑的姿势，果然见星野优美球拍轻轻一斜，球的线路朝向与她奔跑相反的方向。陆笙心内冷笑一声，脚步突然止住，转身调换到正确方向继续飞跑，于是这个球正中下怀。她侧了个身，重重地打了个直线球。

直线球的落点不太好控制，谁能说这不是又一次冒险呢？

坦白来讲，星野优美的奔跑速度也是不错的，只可惜现在比赛进行了将近两个小时，她的体力不像开赛时那样好，这样一个球终究是回天乏术了。

战平！

陆笙又抹了一把汗，目光如电。

星野优美的节奏有点儿乱，那之后陆笙连取两分，拿下这一盘。

才打了两盘，时间就已经过去两个小时，可见两人的争斗有多么激烈。

"时间越久，你的胜算就越大。"这是南风说的，陆笙坚信这一点。

第三盘，尽管她也累了，但她知道，对手肯定比她更累！

第三盘她们打了五十分钟。陆笙跑得双腿都麻木了，更痛苦的是精神。要连续保持近三个小时的高度专注，这是何等的精神煎熬！

但是不能放弃，坚持，坚持就意味着胜利。

星野优美战意犹在，体力却终究是不济了。最后一盘，陆笙 6-4 胜出。

终究是赢了啊！

这场持续将近三个小时的比赛，胜利实在是来之不易！

打完球，陆笙和星野优美握手拥抱。俩人都累得连话都说不利落了。星野优美喘着粗气说：“如果是二十岁的我，你一定打不过。”

陆笙笑道：“如果我到了三十六岁，一定也做不到你现在这样厉害。”

赢了。高兴吗？

高兴归高兴，但陆笙现在已经没有力气雀跃了。她现在只感觉浑身疲惫得要命。颁奖典礼结束之后，她参加赛后新闻发布会，这才感觉稍微缓了口气。这种国际赛事的问答一般是英语，陆笙的英语不好，说话磕磕绊绊的，为了避免有损国家形象，她干脆闭口不言，一切问题都由她的主教练——南风来回答。

如果遇到必须要她自己回答的问题，南风就翻译给陆笙，听完陆笙的回答再翻译给记者。

陆笙心想，她真是找了一个多功能的男朋友，既可以当教练又可以当翻译，还可以当她的人生导师。

赚大了！

发布会结束后陆笙无事可做，王主任问她要不要出门逛逛，反正网球赛事全部结束了。陆笙摇摇头：“我先回酒店，明天再逛吧。”

“嗯嗯，那你回去吧，回去好好休息！”王主任的脸上堆着迷人的微笑。

王主任很重视这次赛会，虽然他身为网管中心主任，没必要跟过来，不过还是亲自“莅临指导”了。两枚金牌完全超出了他的预期，甚至超出了他在乔晚晚伤退前的预期，所以这会儿笑得合不拢嘴。

回到酒店之后，陆笙立刻往床上一趴：“呜呜，好累！”

南风走过来，放下东西，轻声说道：“我给你按按？”

“好！”

赛后她找理疗师做过一会儿肌肉放松，但那显然是不够的。陆笙趴在床上，朝南风的方向伸了一下手："南教练，把金牌给我看看。"

南风笑着翻出金牌递给她，然后又把昨天那枚金牌也拿给她。他一边说道："在亚运会上一连拿两枚金牌的网球运动员可不多见。"

陆笙："嘿嘿嘿……"

她玩金牌，南风就给她按摩。

陆笙还穿着中国代表队的运动服，长袖长裤，番茄炒蛋的配色，不算好看但胜在亲切。南风隔着衣服仔仔细细地按摩她的肌肉。

虽说是隔着一层布料，他的手掌依旧能清晰地感受到她流畅优美又性感的肌肉线条。按着按着，南风身体里渐渐冒出一阵火儿。

2.

陆笙到最后也没在日本逛成，很快回国了。她日子过得风平浪静的，却不知道在网上，国内球坛突然刮起来一场骂战。这场骂战和陆笙也有点儿关系。

乔晚晚之前因伤退赛，就有人在网上批评她不爱国。然后，乔晚晚的粉丝各种回击，吵了几天，中间乔晚晚并没有参加中网比赛，黑粉们的说法是：这货终于知道人言可畏，怕了。

百口莫辩。

真爱粉看不下去，又吵来吵去，不知道怎么就得出一个结论是"国家队不能没有乔晚晚，我晚晚就是这么棒，不服憋着"……这个倒也没什么，网友们自娱自乐呗，粉丝对自家偶像的爱护那是全方位无死角的。但是打脸的事儿很快来了，日本名将被中国小花力战翻盘，中国拿了亚运女单冠军！

这还了得啊，哈哈哈哈……你一姐可从来没拿过亚运女单冠军哦！

本来消停下去的争执又挑起来了，好多人组团来打乔晚晚的脸，说话不太好听，什么"国家队不需要你装白莲花""乔晚晚的时代即将over，现在开始陆笙纪元"，甚至有人喊出了"国手陆笙"的口号。

假如陆笙看到这种言论，只怕也要叹一句"何德何能"。

群体言论很难做到理性。乔晚晚的社交平台里天天有人冷嘲热讽。有一次她看不下去了，发了条微博：但凡你出点儿事，全世界都站出来教你怎么做人。

一句话，又为新骂战提供了素材。

陆笙回国听说了这事之后，倒是挺同情乔晚晚的。同样身为运动员，她知道受伤有多可怕，受伤之后还被人误解，有多委屈。

　　"她性格高傲张扬，不喜欢她的人太多了，"南风解释，"许多人宁可不吃饭也要在网上追着骂自己讨厌的人。其实她大可不必理会。"

　　陆笙说："很难不去理会吧？"

　　南风觉得有必要给陆笙打打预防针了："陆笙，假如你看到一个充满恶意的世界，你会怎么办？"

　　"嗯，闭上眼睛？"

　　南风笑了笑，揉了揉她的头，说道："不如转过身看看你身后的人。那些真正爱你的、关心你的、为你好的人，这些人才是你最不可辜负的。而那些对你心怀恶意的人，你无须讨好，更无须求得他们的理解。双方互相保持憎恶，不必谅解，这样最好。"

　　陆笙点了点头。

　　"记住，如果没有人讨厌你，只能说明你太过平庸。"

　　回国的当晚，南风带着陆笙和一个人进行了视频通话。视频连接时，陆笙就有一种预感，电脑对面的那个人，会不会就是她未来的教练……呃，教练顾问呢？

　　那会是谁呢？

　　视频缓冲完毕，电脑屏幕上出现了一张清晰的脸庞。

　　那是一个男性，白种人，留着杂色的络腮胡，嘴唇很厚，眼睛深邃，暂时看不出年龄，不过陆笙感觉也就四十岁出头的样子。

　　陆笙觉得这张脸有点儿眼熟。她在脑海里仔细搜索一番，突然惊叫道："穆、穆勒？"

　　南风笑着望她一眼："你知道他？"

　　陆笙点点头："看过一则他的事迹简介。"

　　那是在无聊翻杂志的时候看到的。穆勒这个人很有意思，他本身是一个职业球员，瑞士人。但是他水平似乎不太高，打了十年职业网球，最好的成绩也不过是大满贯四强。大概是对自己的职业生涯不再抱希望，他二十八岁风华正茂的时候果断选择了退役，此后做过一段时间的网球赛事解说员。再后来又不知道受了什么刺激，他解说员也不做了，跑去当教练。

　　但是他脾气很不好，嘴巴太毒了，网球学校的小朋友们经常被他说哭。过了没多久，他被所有的网球学校婉拒，无奈之下只好重操旧业继续当解说员。他当解说员嘴巴毒是一个卖点，有他解说的节目往往收视率更高一些，但是他成在毒舌、败也在毒舌，后来有一次说错了话，被观众抓住把柄，投诉到电视台，他就这样被解雇了。

真是越混越凄惨啊……

走投无路的穆勒决定还是要当教练，只不过这次要找成年球员，心理素质好不会被他说哭的。但别人心理素质好是一回事，能不能忍受他的烂脾气，是另外一回事。

从三十二岁到四十二岁，穆勒只先后教导过两个学生。

两个学生的名字一个是阿古娜，一个是里科多特。两个名字都是当年默默无闻，后来如雷贯耳。

穆勒把里科多特送上大满贯领奖台之后就和他拜拜了，有媒体认为是因为取得至高荣耀后的里科多特不会再忍受穆勒的坏脾气和毒舌，但穆勒坚持表示里科多特曾哭着求他别走但他坚持要离开。同样的事情在阿古娜身上再次上演。自从三年前阿古娜登上法网的最高领奖台后，穆勒又和她拜拜。

直到现在，他已经三年没再执教了。

其实从里科多特一战成名之后，穆勒就跟着声名鹊起，主动找他希望合作的球员有很多，其中许多球员表示自己脾气超级好不怕骂，释放了足够善意。

但穆勒的一句话让大家都很尴尬：你们把我当电脑速成班的老师了？我也不是什么人都教的！

有部分媒体认为，并非是因为穆勒的指导才导致里科多特和阿古娜戴上王冠，相反，是因为里科多特看到了他们的天分才选择指导。若是换一个教练，两个世界冠军未必能取得今日之成就。

陆笙觉得这种想法本身就带着偏见。试想，谁能从茫茫人群中一眼看出哪一个球员日后必得桂冠？千里马常有，而伯乐不常有。

穆勒不执教的时候就写写脸书和杂志专栏、评评赛事，有时候随便一句话就是一大片人膝盖中箭。他始终如一地毒舌，陆笙感觉再这么下去，全世界的职业球员都要被他得罪光了。

不管怎么说吧，这是一个谜一样的男子。

现在这个男子就在陆笙眼前，她一时间有点儿紧张，结结巴巴地说："你、你好……哈喽……"

穆勒说了一句话，语速太快陆笙没听清，求助地看着南风。

南风翻译："他说你英语说得很差劲。"

陆笙感觉这个程度毒舌自己还承受得住。好吧，不要大意地放马过来吧！

然后在南风的翻译下，穆勒说了自己的意思：我看了你的亚运会决赛，说实话你打得太烂了，技术战术糙得不忍直视，力量也很差劲！不过，你放心，你还是有那么一点儿亮点的，比如在赛场上足够坚韧，面对经验丰富的老将也能打得稳稳当当，这一点值得表扬。当然了，你没有技术也只能用心理素质凑了，呵呵……

他说了一大堆，南风挑拣着给陆笙翻译了，大概意思说清楚了，领会精神就好。

陆笙郑重点头："谢谢指教！"

就这么聊了一会儿，穆勒说的话都是经南风翻译弱化之后的，所以陆笙听着还好。聊到后来，穆勒指出陆笙的条件还是差那么点儿意思，比不上阿古娜。

哈哈哈哈，竟然把我和阿古娜放在一起比较！陆笙心里乐开了花，搞得好像自己一下子站上了人生巅峰。她用力压了压嘴角，对南风说："你告诉他，能把一个天才教导成天才，没什么了不起。能把一个我这样材质的人教成大满贯冠军，才是真正厉害！"

南风笑着转达了。穆勒听完，瞪着眼睛说了一长串话。

陆笙问道："他说什么？"

南风用一句方言总结了穆勒的意思："老子信了你的邪。"

3.

穆勒教练以前结过一次婚，结婚八周年的时候离了，现在是单身汉一个。不过嘛，要远行万里来中国执教，他也是要准备一下儿的。

这期间，其他团队成员先过来了。

运动医生唐纳德，陆笙以前见过，美网时候给她治过手伤。

陪练……哎？

陪练竟然是宋天然，这倒是让陆笙没想到。宋天然在省队混得很好，都快成为省队陪练的头牌了，陆笙很好奇他为什么愿意离开省队到她的团队。嗯，是觉得跟她混更有前途咩？

哎呀呀，真是太不好意思啦！

结果宋天然的回答特别耿直："这里给的钱多。"

陆笙：/(ㄒoㄒ)/～ 真相如此简单。

除了运动医生和陪练，还有一个体能训练师。

体能训练师名叫洛水滨，据说是中国最顶尖的那一部分体能训练师，是南风从别处花大钱挖过来的。这个洛水滨，看名字感觉五行很缺水的样子，等见到真人，经过科普，陆笙才知道人家为什么叫这个名字。

"洛水滨"是"洛水之滨"的意思，据说这句话出自《诗经》。洛水滨的家乡在河南洛阳，出生地很吻合这句诗，就取了这么个名字。

一个看起来稀松平常的名字，经过这么一解释，感觉瞬间就升华了。陆笙啧啧感叹。

她问洛水滨："那你觉得我的名字可以怎么解释？"

洛水滨答道："你的名字谐音芦笙。芦笙是一种中国的传统乐器，《诗经》里也出现过，以乐器为名字很美。而且传说芦笙是女娲大神发明的。"

"哇！"这一刻陆笙觉得自己好高贵。她看了看旁边的南风，问洛水滨，"那么南教练呢？"

宋天然也在场，听到此话他心想，"南风"这个词最诗意的解释也不过是中国传统文化的麻将了吧……

洛水滨："曹植写过一首诗，其中有两句是，'愿为西南风，长逝入君怀'。"

宋天然：好吧，吾乃文盲。ヽ(￣▽￣)ノ

陆笙又问："那宋天然呢？"

洛水滨看了一眼宋天然，突然坏笑道："'清水出芙蓉，天然去雕饰'……李白的诗。"

宋天然气道："这是形容老爷们儿的吗？！"

宋天然和洛水滨都是自来熟，过了一会儿俩人熟悉得都开始交流家乡粗口了。洛水滨说话自带河南口音，他也不以为意，对宋天然说，战国时期洛阳是周天子待的地方，最正统的贵族们才说河南话呢。

从此以后宋天然见到"贵族"这俩字第一反应就是河南口音，改都改不过来。

教练医生训练师和陪练都搞定了。现在陆笙还差一个理疗师。理疗师的日常工作就是给运动员按摩放松肌肉。

说到理疗师，南风第一个想到的是丁小小。

他在亚运会开赛前就跟丁小小透露过自己的想法，丁小小却一直很犹豫。

丁小小固然想去陆笙的团队，坦白来说这也更符合她的性格。可是队里还有一个徐知遥呢，假如他们都离开了，遥遥会不会孤单哪？

可如果不去的话……薪水真的好诱人！

纠结来纠结去，丁小小还是拿不定主意，她只好去找徐知遥。

徐知遥默默地看着她，默默地，不说话。

丁小小感觉他的表情看起来好可怜。她就有点儿心软："遥遥啊……"

"你去找她吧，"徐知遥突然说，"我知道你们都喜欢她。坦白来讲如果是我，我肯定也去了。去吧，去吧，不要管我，把我遗、忘、在、风、里！"

丁小小觉得他站在秋天的风里，给人一种孤独寂寞冷的萧瑟感。她终于下定决心："算了，不去了，要不然你一个人多无聊啊。"

徐知遥很感动："谢谢你，我以后再也不叫你小丁丁了。"

然后，他招来一顿暴打。

南风招聘理疗师的计划遇到了一点儿小小的阻力。他的要求比较高，首先绝对不要男性，其次还要技术够好，然后还要能接受经常出差跟着陆笙打比赛这样的工作节奏，不出差时的工作地点限制在 T 市。

找了些天没找到合适的，他一直亲自做着理疗师的工作。说实话，这么好的工作他都舍不得让给别人了……

穆勒教练到来时，南风还在霸占着理疗师的职位，遭到了穆勒的嘲笑。

不管怎么说这个团队算是成立了。团队里有两个人说英语，这对陆笙算好事，她每天鼓起勇气用英文亲自和他们交流，磕磕绊绊，连说带比画的，说着说着感觉进步很大。

每天被这么多人环绕着服务，待遇太高了，她有点儿不适应。南风倒是觉得没什么："花了钱的，你就该放心享受。"

陆笙很好奇花了多少钱，她觉得肯定不是小数目。怕南风不跟她说实话，她留了个小聪明去问别人。她先问了看起来最厚道的唐纳德，结果唐纳德回答的一个数字差一点儿让她摔跟头。

"原来你薪水这么高呀？简直像是抢劫！"陆笙叹道。

正好穆勒在场，听到他们的对话，他说："抢劫可不如当医生来钱快。"

然后，陆笙又问穆勒的薪水。

穆勒的薪资水平，大致相当于白天当医生晚上打劫然后周末再去酒吧跳个脱衣舞……这样子。

陆笙把其他人的薪水都问了一遍，最后算了一笔账：

支付给这个团队的薪水（其中南风是免费劳动力），加上她打比赛时整个团队的机票、酒店等各种开销，林林总总算下来，总共每年需要花费……呵呵，也不多，八九百万的样子……

陆笙被这个数字吓到了。

如果每年支出按照八百万保守估计，那么她一年的比赛奖金要打到差不多一百三十万美元，才能保持收支平衡。

啊啊啊啊啊啊啊！

压力太大了，陆笙有点儿崩溃。

早知道养团队不容易，却没料到竟然有如此的不容易。

陆笙跑去找南风倾诉："怎么办怎么办，我们要赔钱了！"

南风哭笑不得，想说"没关系我还养得起你"，话到嘴边觉得不合适。丫头长大了，追求独立是好事儿，他不该在这个时候泼冷水。于是，他笑道："那你要加油，早点儿把钱赚回来。我可支撑不了太久的……"

"嗯！"陆笙抹了一把额上的冷汗，"我一定会努力地养你们大家的！"

唉，一百多万奖金啊……

4.

陆笙压力太大了，晚上难得一见地决定上网放松一会儿。巧的是，她发现网上又有人八卦她了。不过她这次不是单独被八卦，而是挤在一堆运动员中。

热帖：八一八那些知名运动员的学校和专业。

她虽然名列其中，但显然人民群众的重点并不是她。

网友A：是我的显示器坏了吗？我竟然看到一个"数学系"的？

网友B：楼上的，我也是，我的显示器也坏了！

网友C：TMD还是北大数学系？徐知遥谁呀？听都没听过。

网友D：楼上是不是只听过姚明明和刘翔翔【汗】……徐知遥是本届亚运会混双冠军，中国在亚运会这个项目是第一次拿冠军，创历史的。那场比赛特别燃，不懂网球也可以去看看。

网友E：北大数学系也招体育特长生啊？我第一次知道。体育特长生有多想不开才去学数学啊……数学系是有多心大才会招体育特长生啊……

网友F：看来你们都out了。【微笑】【微笑】去翻翻20××年国际奥林匹克数学竞赛的获奖名单。友情提示：不是重名哦。

网友G：刚刚百度回来，现在跪着回帖。

网友H：同百度，同跪。

网友J：同楼上。太TM逆天了……

　　网友 K：我遥姐才是真正用脑子打球的。凡人，你们对力量一无所知！

　　下边回帖内容大同小异，都是被徐知遥惊到的，然后好多人被圈粉了。这个热帖被转去了各大社交平台，一下子火了。

　　陆笙觉得很好玩，立刻打了徐知遥的电话："嘿，徐知遥，你红了！"

　　徐知遥亚运冠军都只是小范围火热了一把，现在仅仅因为自己的专业就火遍全网，陆笙觉得网友们太搞笑了。

　　徐知遥的表现倒是挺淡定的："那又怎样。"

　　"然后你就有好多粉丝啦！"

　　"那又怎样……"涨粉丝对他唯一的意义只不过是多了一群人叫他"遥姐"……仅此而已……他真的高兴不起来好嘛……

　　陆笙听着感觉徐知遥的情绪有点儿低落，她问道："你不开心吗？"

　　"没有啊。"

　　"明明就是不开心。"

　　"好吧，"徐知遥叹了口气，"我只是有点儿无聊。"

　　陆笙脑子里突然冒出来一个想法："徐知遥，要不你也过来和我一起训练吧？"

　　徐知遥精神一振："啊？我可以吗？！"

　　"应该可以的，反正教练啊医生啊什么的都是雇来的，每天只管我一个人，多一个人应该没问题。你不知道，他们真的好贵啊！ /(ㄒoㄒ)/……我觉得你过来，可以把资源利用最大化。"

　　还有一个好处陆笙没说出来——养一个如此高贵的团队想要不赔钱，她一个人每年至少要拿一百三十万美元的奖金，如果徐知遥能过来，可以给她分担一部分压力！

　　徐知遥不太有信心："南教练会同意吗？"

　　"我问问他。"

　　"不要问了，我觉得他应该不会同意的。"

　　"为什么呀？"

　　徐知遥没有回答。

　　陆笙火速和徐知遥结束通话，跑到客厅去找南风："南教练，南教练！"

　　南风正在客厅看资料，听到陆笙叫他，抬头时，这丫头已经飞跑过来，坐在他身边。他问道："怎么了？"

　　"我……有个事想和你商量一下。"

"嗯？什么事？"

"我们的团队这么好，不如让徐知遥也过来吧？"

南风拧眉，不假思索就答道："不行。"

"为什么？他来了正好可以一起赚钱嘛，早点儿收支平衡。"

"我们不差那点儿钱。"

陆笙瘪着嘴巴，泪眼汪汪地看着他。她说话还好，他总能应对，可是现在她不说话只看着他，眼神湿润又可怜，就那么盯着他……让他莫名地就觉得自己好罪恶。

南风捏了捏额角，说道："陆笙，ATP 的赛事和 WTA 的赛事重合度很低，男球员和女球员共用一个团队的话，会有很多不方便。"

"没关系嘛，我们一起在省队的时候也没有不方便，现在就当是一个小省队，只有两个人的省队。"

"你打比赛会全世界跑，你让他也跟着你跑？他自己不比赛了？"

"我和他还要一起打大满贯混双呢，最好是经常一起训练。然后如果比赛分开就让他自己训练就行了吧？教练给他布置完任务，让他自己做。如果徐知遥来，小小姐姐也能来，那样我们不就有理疗师了？我出去打比赛的时候可以把小小姐姐留下来给徐知遥，小小姐姐又能当医师又能当理疗师。然后呢，如果分开了，我的理疗就由你来负责就好了……"

陆笙对自己的设想很满意。

南风对她的设想大部分都不满意，只对最后一点有些满意。

陆笙又说："有顶级教练指导，徐知遥应该能取得更好的成绩。他现在在省队，辜负了他的才华。"

"辜负他才华的是他自己。"

陆笙又泪眼汪汪地看他，扯着他的手臂轻轻摇晃："答应我嘛，好不好呀……求你了……"说还不够，还直起腰抻长脖子凑过去亲了他一下。

小女朋友一撒娇，南风就一点儿脾气都没有了。她再亲亲他，他就很快投降了："好吧。"

陆笙很高兴，觉得前途一片光明。

晚上陆笙很热情，把南风按在床上一点点亲吻他的身体。南风第一次获得这样的待遇，情绪很激动，反应很强烈。

陆笙："唉，这磨人的小妖精。"

南风："……差一点儿萎了好吗！"

5.

过了没几天,徐知遥和丁小小包袱款款地来到了陆笙他们的老巢。

陆笙训练的地方设在"陆笙网球学校"内部,配套设施一应俱全,距离训练室不远处是一栋小白楼,这是他们的公寓。公寓里有个单独的大厨帮他们做饭。大厨知道陆笙是运动员需要加强营养,于是成天开小灶给她煲汤喝,把陆笙养得特别水灵。

洛水滨来了没几天,就在小白楼外边开垦土地,撒了好多种子。穆勒看到之后,觉得洛水滨很有些浪漫情调,只是……都深秋了,气温一天比一天低,他种的什么花呀能活吗?

过了些天,种子发芽了,长得很快,满地绿油油的,穆勒仔细一看,呃,是菠菜……晚上大家就吃了菠菜蛋花汤和果仁菠菜。

穆勒一边喝汤一边觉得中国人有点儿可怕。

后来洛水滨还种了小白菜、萝卜、甘蓝等各种,以及一些穆勒叫不上名字的蔬菜。总之,一朵花都没有。-_-#

一年的最后这俩月除了年终总决赛,基本没什么重要的赛事。年终总决赛是排名前八的顶级球员的比赛,自然没有陆笙徐知遥他们什么事儿,他们这俩月就是一直闭门训练。

穆勒对陆笙和徐知遥很不满意。

他觉得陆笙的力量不行,发球速度不好,技术也需要打磨。他认为陆笙的潜力还没有真正开发好,因此有点儿鄙视陆笙过去的一切教练,包括南风。

穆勒给陆笙制订了严格而精细的训练计划。

不过,陆笙有一点让穆勒比较满意,那就是她听话。教练让做什么就一定做到,并且只会做得更好。

在穆勒眼里,陆笙还算是有优点的,到徐知遥这儿就完蛋了,一点儿可取之处都没有好吗!

体力不行,耐力不行,爆发力不行,发球速度不行!

只除了微操技术还可以。但是,没有力量的技术就相当于没有技术!

穆勒一向拒绝学说中国话,因为觉得太吃力太难学。但是自从认识了徐知遥,他学会了自己人生中第一句中国话:"弱鸡!"

徐知遥:QAQ……

徐知遥压力有点儿大。尤其，也不知道是不是他的错觉，教练很喜欢当着陆笙的面鄙视他……

除了训练，陆笙还要操心养家糊口的问题。两个月没有比赛，就意味着没有一毛钱的奖金收入，与此同时，他们的花钱速度却像是雅鲁藏布江的流速一样。

是时候要找点儿外快了。

正好，她一打瞌睡，就有人递枕头。一直赞助省队的那个汽车品牌找到了陆笙和徐知遥，表示希望请他们俩当代言人。陆笙和徐知遥在亚运会之后名气响了很多，与全运会时不可同日而语，也算是知名运动员，想找他们拍广告的公司还真不少。只不过呢，此前大部分广告商不等找到陆笙，就在南风这里被拒绝了。这次是个例外，因为那家汽车公司的宣传部有陆笙的电话，所以直接打给她。

对方开了很不错的价格，比打比赛来钱快多了，也不耽误什么事情，就是拍一支广告，而且打电话那个姐姐声音好温柔，姿态放得很低，陆笙差一点儿答应她，顾虑到这事也不是她一个人说了算……还有个徐知遥呢！

所以陆笙先去问了徐知遥，同不同意一起代言。徐知遥一听有钱赚，当然一百个乐意。他也不想吃白食，能创收的时候一定要努力创收。

陆笙把这个事情随便跟南风提了一下，本以为没什么大不了的，却不料遭到了南风的反对。

"你现在专心训练比赛，不要去想那些乱七八糟的事情。"

"可是他们开了一百万呢！"

"……"

南风表情特别特别无语。

陆笙见他不说话，以为他动摇了，再接再厉地说："我觉得我们还还价能还到一百二十万。"

"……"再次无语。

他哭笑不得地推了一把她的脑袋："你觉得自己很会还价？"

陆笙吐了吐舌头："好多钱呢！"

"这不是价格的问题，这是……"

"是什么？"

南风有点儿难以启齿。他怎么告诉她呢？觉得她和徐知遥一起拍广告把他自己丢在幕后看，这让他感觉酸溜溜地难受？说他因为这点儿事吃醋了？

一把年纪了争这点儿醋吃，感觉略丢脸啊……

　　他就没解释，只是别开脸不看她。

　　陆笙轻轻地推他的胳膊："我觉得这个机会很不错呀，我一年都没接广告呢，接这一次不会有什么影响的，最多用半天时间……我可是要赚钱养家哒！"

　　卖萌，卖萌也没用！

　　陆笙："你不答应我我就亲你了。"

　　南风心想：这样的威胁一点儿力度都没有好嘛……

　　她真的亲他了，柔软温热的双唇烙在他的下巴颏上，然后顺着一点点向上爬。南风不自觉地低头，方便她亲吻他的嘴唇。她的吻那样温柔缱绻而深情，仿佛乳燕对巢穴的依恋。他的心脏柔软得像暖阳下初融的雪。他抬手扣着她的后脑，缓慢地回应她，轻轻地咬，重重地舔，伸出舌尖去挑逗她。她张口含住他柔韧有力的舌尖，贪恋般吸吮。

　　他的呼吸便陡然加重，环住她的腰肢紧紧地搂着，贴向自己。亲吻也变得激烈起来。

　　陆笙后来被他亲得五迷三道的，他这才松开她，继续在她嘴角上轻轻点地吻着，一边喘息着说道："你现在美人计用得挺溜啊，嗯？"

　　"那你答应了吗？"

　　"现在不要提这个。"

　　后来的事情表明，"不答应我就亲你"这种威胁十分有力度，非常有效果。

　　答应归答应，南风却是不让陆笙去跟汽车公司那边接洽了，一切事情移交给他处理。理由是担心她"被坑得渣都不剩"。

　　南风跟人家讨价还价的时候陆笙也在场。她听到他说："说实话几百万我们还真不放在眼里，我这样说你别介意。我个人希望陆笙安心地训练，但是她自己小孩子心性，对拍广告倒是有点儿兴趣。你们的品牌她也很有好感度，而且她跟我说你们认识？是认识吧？嗯，老朋友了……所以我可以放他们俩在你这里代言。不过朋友归朋友，他们俩的身价该多少就得多少，否则放着训练不做，自降身价跑去拍广告，有点儿说不过去。嗯？一百万？恕我直言，一百万两人，这个价格你只能去皮划艇俱乐部找找看了……你问我多少，我不会跟你狮子大开口漫天要价的，但是我开的价格也不接受砍价。我一个上市公司董事长跟你这里因为几百万的小钱杀来砍去的，说出去要被人笑话的，希望大家互相理解一下……六百万两人打包，代言期一年，广告和宣传片一次拍好，可以出席一次活动，活动时间约定在半天之内。什么，价格高？别闹了，同样的亚运会冠军，你去打听一下唐一白的价格，他一个人的身价都不止六百万。都是明白人，我也不和你闲扯淡，你们考虑一下吧。"

南风挂断电话时，发觉陆笙和徐知遥呆呆地看着他。

他有点儿奇怪："怎么了？"

陆笙："六、六百万呀？"

"对，少一个子儿都不答。"

陆笙还是不太相信："你是不是为了不让我们拍广告，才开这么高的价格的……"

南风哭笑不得地弹了一下她的脑门儿："狗咬吕洞宾！没良心的……"

徐知遥刚从震惊中回过神来，猝不及防地被秀一脸。

第二天，对方又打过电话来，说六百万的价格可以接受。陆笙这才知道当时他们开一百万大概真的是想哄小孩儿……

然后那边发了份合同过来，陆笙觉得这合同没什么问题，南风却把合同改得面目全非，改完之后对陆笙说："你们这些年轻人，不知道江湖多险恶。"

陆笙：、(￣▽￣)╱你可以骄傲。

最后定的合同条款绝大部分也是依着南风来的。

从此，陆笙感觉她男朋友的功能又点亮了一个"经纪人"。

徐知遥觉得拍广告真赚钱，于是建议道："不如我们再接一个代言，那样一年的花销就赚出来啦？"

南风气道："本末倒置！没有比赛成绩，谁找你代言？"

徐知遥：＝＝！

穆勒从旁边飘过："弱鸡。"

徐知遥：QAQ！

晚上南风还跟陆笙商量了另外一件事：拍广告可以，但是广告剧情不能有任何暧昧。

这一条被他写进合同里了，虽然有点儿无理取闹但他非常坚持所以对方也没办法，只好答应。

不过，为了防止对方打擦边球，他还是要再跟陆笙重申一次。

陆笙觉得南风的担心有点儿多余。

"陆笙。"南风幽幽叹了口气。

"嗯？"

"你到底有没有发现，我、在、吃、醋。"

陆笙张了张嘴，莫名地有点儿想笑又有点儿感动，小声说："我和他又没有什么……"

"不管你有没有什么，我都会吃醋，只要你和别的男人有丝毫亲近。假如我和那个……那个谁……"南风突然卡壳了。他记忆力很好，偏偏总记不住人的名字。

陆笙心有灵犀，问道："那个郑嘉芮？"

"对。假如我和她还有来往，每天一起加班到深夜……"

陆笙一撇嘴角："我会吃醋。"

"对的。所以……"

"所以我听你话啦。"陆笙搂着他的脖子亲了他一下。

"嗯，你还可以再听话一些。"

"比如？"

"比如这样……"

……

第二天陆笙发了一条微博。

她早就开通了微博，不过从来没发过，这是第一条微博。

陆笙：家里有个夫管严。【笑】

网友 A：汪!

网友 B：汪汪汪!

网友 C：汪!

网友 D：汪汪!

……

这么多人在学狗叫，让陆笙一度怀疑现在狗狗也能上网了。

第十四章

NANFENG
RUWOHUAI

最好的，永远饱含着汗水的结晶。

1.

元旦将近时，发生了一件事。

有一个姓刘的大叔来找陆笙，自称有话要对她说。他先找到的是南风，南风对陆笙的过去了解得比较清楚，并不认为陆笙和刘大叔能有什么牵扯。搞不好这个一脸胡楂看起来有点儿猥琐的老男人是陆笙的脑残粉，现在神神道道的表现只是为了见偶像一面……

刘大叔在南风这里遭到了阻拦，只好说道："我真的有事对她说。嗯，我先问一句，陆笙的妈妈叫陆维维，爸爸叫周瑾瑜，对吧？"

南风没有说是也没有说不是："你到底想说什么？"

"说说二十多年前的事儿，我憋在心里也挺难受的。"

南风于是带他见了陆笙。

一见到陆笙，刘大叔就感叹道："你长得真像你爸爸。"他的表情一脸的忧伤。

陆笙问道："你见过我爸爸？"

"嗯，见过。"他说着，便回忆起二十年前，他这辈子都不想回忆的事情。

那时候他还被人称作"小刘"。小刘也不是 T 市人，是从东三省来的，在 T 市做点儿小本生意，认识了周瑾瑜。后来周瑾瑜带回来一个女人，看得出来他很喜欢那个女人，小刘起哄要闹喜酒喝。但是周瑾瑜想赚点儿钱，风风光光地娶那个叫陆维维的漂亮女人。正巧小刘也听说去南边跑买卖能赚大钱，两人一拍即合，各自带着家当去了。

本以为到地方进点儿货就能回去，但是他们俩发现，那个地方最赚钱的行业是走私。两个外地人被巨大的利润诱惑，考察了一段时间，决定干一票。

他们去走私贩那里进黑货，却很不幸看到了不该看到的。走私贩也是黑社会，一群无法无天的亡命徒，见是两个人生地不熟的外地人，也就放心地决定杀人灭口了。

走私贩们把俩人捆了绑上石头扔进海里。周瑾瑜沉海了，小刘命大，他身上的那块石头形状又圆又滑，没捆紧，到水里他一挣扎，石头脱落，他自己本来都快沉下去了，石头掉了之后又靠着一身肥膘浮上来。他在海上漂了不知多久，后来被潮水冲到沙滩上，当地渔民救了他。

周瑾瑜临死前拜托他，回去让陆维维流产改嫁。不要让她知道他死了，怕她想不开。

小刘从鬼门关走了一遭，连夜逃回了 T 市，按照周瑾瑜的意思把话跟陆维维说明白了，为了让陆维维彻底死心，他还暗示陆维维，周瑾瑜可能找了别的女人。

从那之后，T 市成了小刘的伤心地，他回了老家，再也没出过东三省。

二十多年了，他已经娶妻生子，生活平静，惨烈的往事已经被他刻意遗忘，仿佛曾经一个荒诞不经的噩梦。直到今年，他在电视上看到一个运动员叫陆笙的，长得很像周瑾瑜，又是 T 市人，又姓陆……

他心里"咯噔"一下，突然发觉自己当年只是觉得陆维维肯定会死心改嫁，之后又一心想要逃离那个地方，却没有去想那更坏的可能性……

老刘不知道陆维维是抱着一种什么样的心态把孩子留住，生下来，含辛茹苦地养大。

他只知道，他一定要告诉陆维维真相。

所以他来了，却并没有找到陆维维，只好来找陆笙。

陆笙听罢他的讲述，轻声叹道："所以，我的爸爸，已经不在人世了吗？"

不是没想过这种可能性，只是，听到确切消息时，还是会悲伤难过。她在这世界上亲人太少，有一个算一个，不管是怨是恨，她都希望他们能活着。

老刘又长长叹了口气，问道："你妈妈到底在哪里呢？"

"我也不知道。"

"我希望她也知道这件事。她当初为什么要把你生下来，是笃定周瑾瑜会回来找她吗？"

陆笙继续摇头："不知道。"

老刘离开之后，陆笙一整天都心情低落。晚上睡觉时，她做了个梦，惊醒了。

南风一直没睡。陆笙醒来时，他轻声问道："做梦了？"

"嗯。"

"梦到了什么？"

"梦到我妈妈哭，我就在一旁看着她。"

"陆笙，你是不是已经原谅你妈妈了？"

"嗯，她也挺难的。不管怎么说，她是给予我生命的人。我可能永远无法爱她，但我也不会再恨她。"

"陆笙，有一件事，我一直没和你坦白。"

"什么事呢？"

"你十六岁那年，你妈妈抛弃了你，和别人远走高飞。"

"嗯。"

"是我做的。"

南风感觉到怀中人身体一僵，他便有些紧张，不知道自己做下的事，会不会被她原谅。

陆笙问道："你，你绑架了她？"

"不是。"南风连忙解释，"你听说的事情都是真实发生的，只不过那个和她约会的男人是我花钱雇的。我每个月都给他打一笔钱，直到现在。"他说着，突然自嘲地笑了笑。

只怕从那个时候，他已经想要霸占她的人生了吧？

陆笙问道："所以她是自愿离开的？"

"对。她也有回来的自由，只是……"

只是她从来没想过回来，没想过回来看女儿一眼。

意识到这一点，陆笙竟然一点儿也不难过。

她再也不是那个在母亲的语言暴力之下仍然渴望一丁点儿关爱的孩子了。她已经有了自己的爱。

"南风。"

"嗯？"

她搂着他的腰，用发顶轻轻蹭了蹭他的脸颊，说道："从今往后，我只有你。"

2.

因为团队里有两个运动员，所以后来南风又聘请了一个陪练。有时候陆笙和徐知遥会一起练习一会儿混双。混双的赛事本来就少得可怜，他们只能平时多练习，保证手感。

圣诞节到了，为了帮团队里的两个国际友人庆祝他们的传统节日，大厨包了一顿牛肉大葱馅儿的饺子，大家吃得都很高兴。穆勒还说希望以后每年过圣诞都吃牛肉大葱馅儿的饺子，陆笙总感觉哪里不对。

圣诞节之后就是新年，陆笙和徐知遥的跨年是在训练中度过的，晚上大家一起去海边看烟花，这就算过节了。

1 月份的第一个赛事是深圳公开赛。

深圳有两种网球公开赛，一种是 WTA 的，在 1 月份；一种是 ATP 的，在 9 月份。

就 WTA 而言，深圳公开赛和广州公开赛的级别是一样的，都是国际巡回赛，单打冠军可获得 280 分。不过，深圳公开赛的总奖金比广州公开赛高一倍，又是在年初大家已经休整完毕，因此深圳赛的阵容一般比广州赛要好很多。

乔晚晚也参加了深圳公开赛，和陆笙分在同一个半区。前段时间乔晚晚在网上各种被抨击，其中时不时地出现陆笙的名字，导致乔晚晚对陆笙越来越看不顺眼。这次和陆笙分在同一个半区，她赌了一口气，一心想要和陆笙打一场，把对手踩在脚下。

但是陆笙这次的签运不太好。打到四强赛时遇到赛会的一号种子选手，结果止步八强。

然后一号种子在半决赛里又把乔晚晚淘汰了。

深圳赛结束，就迎来了每年的第一个大满贯赛事——澳大利亚网球公开赛。

由于陆笙在去年亚运会上有着抢眼的表现，因此虽然她依靠排名依旧无法入围澳网正赛，却是获得了外卡待遇。

澳网主办方给陆笙发了两张外卡，一张单打的一张混双的，凭借外卡，陆笙无须再打资格赛，可以节省很多体力。

南风和穆勒对陆笙本次出征澳网倒是也没抱太高期待。网球比赛的成绩是用经验堆积出来的，陆笙在实战经验方面还是很欠缺，到了顶级赛事上一定会不适应。更何况她凭借外卡打正赛，到时候遭遇的多半都是比她排名高、经验多的选手。

南风觉得，哪怕陆笙"一轮游"，那都不算意外。首次打大满贯正赛就在第一轮被淘汰的选手，多如牛毛。

结果比他预想中的要好一些，陆笙在第二轮才被淘汰……

也是她签运好，第一轮没遇上种子，对手排名八十多名，发球很生猛，但是球路太粗放，防守的时候简直像是在站桩，多拍稳定性很差……这样的球员，优点和缺点一样突出，但是到了一定程度，缺点会成为限制她职业生涯的致命因素。

所以陆笙赢她赢得还算轻松。

第二轮陆笙遇到一个伤退复出的老将，老将打得滴水不漏，实力远在陆笙之上，陆笙输得心服口服。

真正一轮游的，是陆笙和徐知遥的混双。混双有三十二个签位，他们很不幸地抽到了二号种子，第一轮就被打下来了。其实俩人发挥都算正常，只不过单兵作战能力和对手有着很大差距，加之各自和世界级选手对垒的经验都太少了……仅仅依赖配合与默契，无法弥补这些差距。

陆笙倒是觉得没什么。这可是大满贯，第一次打这种赛事，体验的意义更大一些，就不要求名次了。

徐知遥却一直闷闷不乐。直到回国的时候，他依旧情绪低落。

陆笙觉得很奇怪。

徐知遥是个什么样的人，她再清楚不过了。此人没心没肺，活得像个蛇精病那样无忧无虑，不太可能因为输一场比赛就难过。

"徐知遥，你到底怎么了？"陆笙忍不住了，问他。

"唉……"徐知遥愁眉苦脸地叹气，"师妹，我觉得我拖累你了，我不配做你的黄金搭档。"

徐知遥对自身的单打不怎么在意，但是对于和陆笙的混双，他是相当自信的，亚运会里砍瓜切菜一样横行无忌，更加重了他这方面的自信。人在极度自信的时候，对自身实力的评估有可能失去准头，坦白来说他真有点儿飘飘然了，拿到澳网外卡时，觉得他和陆笙驰骋世界级赛场的时机终于来了……

然后，一下子被打回了原形。

这一次失败的打击，比被穆勒叫一万次"弱鸡"都来得大。

而更加令徐知遥沮丧的是，他明显地能感觉到，这次比赛，在两个人的配合中，是他，拖了陆笙的后腿。

赛场上很多时候他知道该怎么做，但他做不好，脑子里有各种策略，却无法有效地施行，因为实力不够。

大满贯赛场上的混双，除了极少数的外卡选手，余下都是同样参加大满贯其他赛事的选手临时组的队伍。也就是说，不管一个队伍的配合怎样，各自的实力至少都是大满贯正赛级别的。

实力差距太大，别人的临时队伍随便打打，都能秒掉他和陆笙的长期训练。

所谓的配合、所谓的策略，在巨大的实力差距面前，显得那样苍白又无力。

平生第一次，徐知遥感受到了绝望。

陆笙觉得徐知遥的想法很不可思议："你怎么会这么想，我们两个是一体的，不存在谁拖累谁的问题。"

徐知遥没说别的。在喜欢的人面前，那点微弱的自尊心不允许他对她倾吐自己的郁闷和绝望。

连穆勒都感觉到徐知遥情绪低落了，连着好几天没有骂他"弱鸡"，隐晦地表达了一点儿安慰之情。

南风把徐知遥单独叫到跟前谈了一次话。

南风说："首先我要感谢你，没有骚扰陆笙。"

徐知遥心想，我都心塞成这样了，您就不要提这种事情让我更心塞了好吗……

接着南风又说："有些人之所以做不到出类拔萃，并非是因为他们不够努力，而仅仅是因为他们资质不够好。我这样说可能有些残忍。"

徐知遥哭丧着脸："是挺残忍的，你是不是早就觉得我资质不好啊……"

"不，我的意思是，你做不到出类拔萃，原因很单纯很简单，完全没有疑问——就是因为你不够努力。"

徐知遥低下了头。

"你不努力，却想和那些日复一日进行魔鬼训练的对手拥有一样的实力……你怎么想得那么美？有天分很了不起吗？这个圈子能混出点儿名堂的，谁还没点儿天分？"

他说得毫不留情，徐知遥脸上火辣辣的，回想一下自己这二十多年的人生，却发觉南风说得句句在理，无懈可击。

他，徐知遥，在过去的人生中，从来没有为哪一件事而努力过。就算是作为运动员，他也不如同辈们训练刻苦。他总是不费力气就能得到某些东西，可是，他不费力气获得的东西，并不是最好的。

最好的，永远饱含着汗水的结晶。

一想到从前徐知遥那个倒霉样子，南风就来了脾气，像是教导主任上身，又说道："我从前不建议你走这条路，现在依旧不建议，职业运动员是最需要努力和拼搏的行业，你却没有。假如只是为了混口饭吃，你去上你的大学，毕业照样有饭吃。你现在这样不上不下地像摊烂泥，一辈子混在低级比赛里，有什么意思？陆笙比你起步晚，但现在早已经赶超你。照此下去，不出两年，她一定会把你远远地甩在身后，你们就是天壤之别。到时候你不要再拖着她了，她可没心情陪一个九流小球员玩闹。就算她顾虑到面子还和你打混双，你自己想想自己配得上配不上！"

徐知遥沮丧无比。南教练说话很不好听，但句句是实话，句句是诛心话。

他，真的配不上师妹了！

南风最后说："滚回去好好想想吧！"

徐知遥低着头失魂落魄地转身离开。

走到门口时，南风又把他叫住："等一下。"

徐知遥回头看他。

南风突然冷冷一笑："陆笙是我女人，以后你但凡敢对她有点儿非分之想……呵呵，老子弄死你。"

徐知遥："……"敢问您的为人师表呢？

徐知遥情绪低落了几天之后，突然反弹了，训练变得非常积极热情，把穆勒和洛水滨都吓了一跳。

为什么会突然这么积极，大家都能猜到是因为知耻而后勇，但是这货能坚持多长时间呢？

穆勒觉得最多三天，洛水滨比较乐观，认为能坚持一个星期。宋天然为自己的好哥们儿撑场子，坚定地认为至少半个月……最后大家私下里开了个赌局，赌徐知遥能坚持多久。

陆笙也参与了赌博，只有她一个人认为徐知遥能一直坚持下去，彻底改变自己。

3.

开年以后陆笙要参加的赛事，都是穆勒和南风商议之后敲定的。网球的职业赛事很多，根据自身的特点和需要选取赛事很关键。比如陆笙，根据她现在的排名，南风综合选取了少量 ITF 赛事和相对来说更多的 WTA 赛事。WTA 赛事选同等级别下奖金比较少的，同样的积分，奖金少意味着竞争压力小，这有助于陆笙揽积分升排名。

选好比赛之后，报名办签证订票等一应杂务都被南风包了，如果他公司那帮下属知道老板跑去给人做秘书的工作，大概会哭一把。

2 月上旬陆笙去泰国打了一次 WTA 国际巡回赛，打到四强，还不错。

到此，陆笙的排名闯进了前一百二十名。越往前，排名升得越慢。陆笙短期内的目标是打进前一百位，这样子不用外卡也能直接打大满贯了，不需要从挑战赛开始爬……

2 月下旬，南风告诉陆笙，要带她去里约热内卢。里约热内卢这个时候有一场国际巡回赛，陆笙是知道的，但是她很诧异："那个是红土赛吧？"

"对。"

陆笙弱弱地说："我没打过红土赛……"

"这次之后就打过了。"南风揉了揉她的头，用鼓励的目光看着她，"我和穆勒一直认为，你适合打红土赛。"

陆笙这个时候才后知后觉地说："所以穆勒教练让我苦练旋球技术，也是因为这个吗？"

"嗯，有一部分原因。"

旋转球想要发好，一定要有足够的力量，所以陆笙想要练好旋转球，一个前提就是要把击球力量练好。她一直以为这样训练的目的是为了提高她的综合实力……好吧，这样说也没错。反正她没往红土那方面想，主要原因是太不熟悉了。

红土是网球场地的一种。不同的材料，性能是不一样的。在所有球场中，红土球场是弹性最大的球场。弹性大，网球反弹缓冲的时间更长，这样回弹之后的速度就会放缓，而弹跳高度则更高。这一特点决定着红土场地慢球速的特性，因此它又被称为"慢场"。

红土场上最好的攻击武器是上旋球。上旋球落地后反弹角度大、速度会提高，这些特性在弹力强大的红土上被放大，从而形成无往不利的杀招。

当然了，并不是说打红土场一定要具备强力的上旋球能力。如果你打不好上旋球，那么至少要能接好上旋球。

陆笙自己的上旋练得马马虎虎，不敢说好，只能说不差。经过名教练的调教，最近打得越来越有模有样。所以南风就决定让陆笙去红土场上感受一下。

里约热内卢巡回赛是每年的第一个红土赛，与常规红土赛季（4月开始5月结束）所在的欧洲隔着一个大西洋。不知道是不是这个原因，反正WTA里每年报名里约红土赛的大牌球员很少，今年更夸张，前二十名的球员里没有一个来的。

这可便宜陆笙了，不用打挑战赛，直接入围正赛。

甚好甚好。

陆笙提前两天到的里约，租了个当地的球场训练了一下，毕竟是第一次打红土赛，找感觉很重要。

南风作为陆笙的代表去帮她抽了签，很不幸和一号种子抽到了同一个半区。

一号种子是巴西本土名将莱西娅，目前世界排名第28位。好在南风的手也不算很黑，如果陆笙能和莱西娅遭遇，那就要打到半决赛，半决赛之前无须担心被一号种子踩躏。

陆笙第一轮遇上的对手是个排名跟她不相上下的墨西哥姑娘。墨西哥姑娘底线反手很好，放小球质量高，不过这个程度的攻击力遇上陆笙这种防守严密的，讨不到好。倒是陆笙，试着用上旋球打她，尝到了甜头。

所以第一轮赢得还算轻松。

第二轮陆笙遇到的对手就有点儿生猛了，不仅上旋球打得好，还会滑步。不过红土场比赛对体力的消耗很大，这个技法很炫酷的对手打到后半程，节奏有些放缓，陆笙抓住机会攻下来。过程有点儿不尽如人意，不过至少结果是赢了。

打完两场之后，陆笙觉得红土场还不错，虽然是第一次打，但她有一种如鱼得水的感觉。

第三轮的对手明显强了很多，也是来自墨西哥的，技术很全面，重点是体力好，有韧性，打得不急不躁。可以看出她很适合这样的场地。

陆笙和她磨了两个半小时，两度陷入赛点。好在陆笙哪怕快输了也不慌不忙的，不知道是她运气好还是怎的，最后连着打了两个压线球，锁定胜局。

第四轮就是半决赛了，陆笙要对阵的是一号种子莱西娅。

莱西娅的发球质量很高，底线和网前能力都不错。不过就红土场而言，好的发球和上网都无法形成其应有的威力。莱西娅还有一个特长是反手大角度的斜线击球，球的速度、线路、落点都非常棒，红土场的球速又更方便变线，只要给她机会，就可以借此得分。她这个特长让陆笙很是苦恼，长距离奔袭的效果总是不好，还很消耗体力。后来陆笙干脆放弃一部分防守，加强进攻，上旋球不要命似的豁出去打，这会儿也不纠结输赢了，当是锻炼吧！

莱西娅却有点儿被打乱了。她的防御其实并不如陆笙。

陆笙这一场比赛打得酣畅淋漓，她越打越精神，渐渐地竟然把莱西娅的状态打掉了。

比赛结束时陆笙还有点儿不敢相信，她就这么赢了？赢了世界排名前三十位的选手？

天哪！

南风笑问她："你以为自己不可能赢？"

陆笙挠了挠头："确实有过这种想法。"

"没有什么是不可能的，这是竞技的魅力。"

连一号种子都拿下了，陆笙自信心爆棚，决赛时打得超级放松。而她本身的技术特点又非常适合这片土地，所以最后不算太艰难地拿到了冠军奖杯。

这是她职业生涯中第一座 WTA 奖杯，意义重大。

而这次比赛也让她明白了，不管对手排名多高，都不是无懈可击的。左右比赛结果的因素有很多，但这些因素里并不包括排名！

带着奖杯，载誉归来。国内媒体早就听闻消息，把她夸得要上天了。有人联系南风，又提采访陆笙的事儿，南风都回绝了。他觉得媒体的追捧有可能导致陆笙心性浮躁，她毕竟只有二十一岁。

4.

回来之后，陆笙发觉徐知遥并没有训练。

难道又在偷懒吗？她突然感到很失望。

穆勒问洛水滨："他坚持了多少天？"

洛水滨："其实直到昨天他都一直在坚持，不过今天他突然说要做点儿正事。"

"什么事？"

"呃，把自己关在屋子里，玩电脑。"

陆笙：(╯ _ ╰)# 这算什么正事啊！

她好生气啊，丢下众人跑去找徐知遥，在他房间门口"砰砰砰"地砸门。

"徐知遥，开门！"

徐知遥像是被她吓了一跳，开门之后小声问她："师妹，你怎么了？"

陆笙瞪了他一眼，不说话，直接闯进他的房间，果然看到桌上有台开着的笔记本电脑。她看了一眼电脑屏幕，已经提起一口丹田气决定开口责问，然后突然发现……呃，看不懂……

这就有点儿尴尬了。

她抬手摸摸下巴，故作镇定地说："你在做什么呀？"

一提这个，徐知遥来了精神："嘿，我想了一个好办法。你知道数学建模吗？"

"知道一半。"

徐知遥："一半？"

"数学这俩字我知道，后面那俩字，不是很清楚。"

"师妹你真谦虚……"

徐知遥给她解释了一下自己的构想。虽然他说的话她听不懂，但是在他生僻的词汇中夹杂了一些知名球员的名字，于是陆笙突然觉得貌似发现了真相："你想用这个打网球？"

"对对对，我就是这个意思！"

"你是什么意思啊……"

徐知遥有点儿忧伤，感觉翻遍整个训练基地都没有懂他的人 /(T o T)/~~！

最后他只好简单说道："总结来说就是根据球员的过往表现做出统计数据建立模型进行行为分析最后获得针对策略。"

"有用吗？"

"还不确定，我正在尝试。"

"如果有用的话，别人早就这么做了吧？"

"那不一定呢，要做这个需要很好的数学基础。"

陆笙想说，可以让数学家做了然后告诉球员们结果，但是转念一想，数学家们和球员的沟通很成问题啊……有那个时间精力球员们大概更希望多训练一会儿磨炼技术吧……

算了，由他去吧，只要不是堕落就好了。

陆笙拍了拍徐知遥的肩膀："加油！"

徐知遥面容一肃："好！"

他那么郑重，倒让陆笙有点儿担忧：我就是随便客气一下你不要太当真啊……玩够了就去训练吧……

5.

一场里约巡回赛冠军，把陆笙直接送进前八十名。她对这个排名那是相当的满意，至少打大部分 WTA 赛事都不用从挑战赛打了。

对于红土赛场，陆笙确实有一种如鱼得水的感觉，她也从此尝到了甜头。

"真希望每天都有红土赛打呀！"

洛水滨听了之后有点儿无奈："红土赛对体力的要求特别高，你不怕累啊？"

"不怕。"

"你不怕我怕！我是你的体能训练师，我要对你的身体负责。"

一旁的南风听到这话，眉毛轻轻一挑，扫了洛水滨一眼，那个眼神，不是很友好的样子……

洛水滨被他看得有点儿压力了，连忙纠正道："对你的身体素质，负责。"

几个人正在吃饭。他们交谈的时候，徐知遥是不会插嘴的，他一边往嘴里塞着饭，一边面无表情地注视前方，两眼无神，像个人形手办。

已经一个多星期了，每天吃饭时都是如此。

那天徐知遥被穆勒骂了一顿，之后就照常训练，不过还是没有放弃希望……他每天一有时间就发呆，进入单机模式，据说是在思考，思考那个神奇的建模方案。

没有了徐知遥的聒噪，陆笙还真有点儿不习惯。

4 月下旬，陆笙盼了两个月，终于盼来了每年一度的红土赛季。一年的红土赛事主要集中在这一个多月。而红土赛季的最后一项赛事，就是四大满贯之一的法国网球公开赛。

法网开赛之前，陆笙几乎打满了全部红土赛季的赛事。由于赛事密集，高手集中，竞争激烈，陆笙最好的成绩只是一个亚军，最差的时候她首轮就出局了，不过跟许多高手过招，也让她受益良多。

反正她越来越熟悉这片赛场了。

陆笙的表现出乎团队里除南风之外所有人的意料，连穆勒都觉得她表现太好了。倒不是说技术有多强悍——这半年多以来经过名教练的调教，陆笙的技术确实有了很大进步，但还达不到一流的水准，甚至连乔晚晚都不如。

真正令穆勒觉得诧异的是：陆笙的心理素质太好了，打球特别稳定，而且坚韧，意志力强大。

这一点，比任何技术都重要。

一个二十一岁的小姑娘能有如此坚韧而稳定的心理素质，实在很难得。

"她的心智很成熟。"穆勒对南风说。

"她本来就早熟。"南风说着，悠悠叹了口气。

有些小孩儿的早熟是先天的，有些小孩儿的早熟却是被迫的。成长在那样的环境里，她怕是每一天都拼命地学着懂事、乖巧、独立、坚强，没有任何人可以依赖，只能逼迫自己强大起来。所以陆笙从小就像个小大人一样，懂得多，乖巧，有分寸。

这样的她，会让大人觉得欣慰吗？

不，至少南风的感受并不只是欣慰，而更多的是心疼。比她大一岁的徐知遥还每天瞎玩呢，她却已经逼着自己像个成年人一样活着。

万幸，她现在挺好的。

所以南风特别喜欢陆笙对他撒娇卖萌，这个时候她总是像个孩子。她在本该是个孩子的时候活得比成年人都辛苦，那就让她在他面前多做做孩子吧。

一圈红土赛打下来，陆笙的排名升到了第六十一名，如果放在去年，这个排名还是她不敢想象的。

"感觉像做梦一样呀。"她对南风说。

南风笑："你，要对胜利习以为常。"

第十五章

NANFENG
RUWOHUAI

所有的横空出世，都是厚积薄发。

1.

5 月底，备受关注的法国网球公开赛开赛了。陆笙很兴奋。这是她第一次参加法网，第二次参加大满贯球赛的正赛。澳网时她打进了第二轮，这次她给自己定了一个更高的目标——打进第三轮。

打进第三轮，就相当于打进三十二强。对比她现在的排名，这个目标可不算低。

当然，网球比赛总还是有运气成分在的。假如她第一轮就抽到排名前十的选手，那就没戏唱了。

南风再次作为陆笙的代表去帮她抽签。他去之前，陆笙拉着他的手说："拜托拜托，帮我抽个好签。"

南风肩负着领导对她的期待，抽签时竟然有点儿紧张。他有多久没体会过紧张的感觉了？

抽签结果出来，南风这次真的人品大爆发，陆笙前两轮都不会遭遇到排名前二十的对手。

陆笙非常激动，扑到他怀里："哎，你真是我的小红手！"

南风淡定地扶住她，笑得很迷人："不谢。"

好吧，最后她还是"谢"他了，以他们之间独有的方式。她的比赛排得很密集，他能开荤的机会不多，有一次算一次，每一次都很珍惜，都很……尽力。

陆笙出了一身汗，背靠在他结实的怀里。

她说："南教练，我们生个小孩儿吧？"

南风心里一动。这话只是光听听，就莫名地感动。想想他和她真的有一个爱情的结晶，一家三口其乐融融的时光……他竟然眼眶发热了。

可是不行，至少现在不行。他低头吻着她光滑的肩头，说道："怀孕至少要休息一年。等你退役之后我们再生孩子。"

"我退役还早着哪，我还想像星野优美那样打到三十多岁呢。假如我三十五岁退役，我算算哦……你就四十三年岁了。万一到时候你不行了呢……哎哟！"

南风一巴掌拍到了她的屁股上。他现在有点儿敏感，完全不能听到"不行"这俩字。

陆笙经常被他打屁股。反正又不疼，只不过她叫得夸张而已。

他打完她，手却并不移开，覆盖在她挺翘浑圆的曲线上，摩挲，力道很轻，却引得她身体一阵战栗。

然后他凑近一些，胸口紧贴着她背上的肌肤，附到她耳边压低声音说道："欠收拾！"

陆笙有点儿害羞，埋着头不敢看他。他灵活的手指已经开始作恶，把她弄得意乱情迷。她咬着拳头，鼻端发出轻轻哼声。

　

第二天自然是起晚了。

反正也没比赛，陆笙就放肆地睡了个懒觉。

南风先醒了，轻手轻脚地起床，下楼帮她做早餐。

他们住的地方是一个临时租的小别墅，团队所有人都住在这里。因为出门没把大厨带上，陆笙又不爱吃当地食品，多数时候是南风给她做饭。

洛水滨感觉南风根本就是个家庭妇男。他挺好奇的，站在厨房里一边看南风做饭，一边问道："你喜欢现在的生活吗？"

南风答："我非常享受现在的生活。"

洛水滨："我问个问题你别介意啊。我一直以为男人比女人更有抱负，更专注事业，尤其像你这样的男人，应该很有野心的对吧？而你……"

南风低头一边专心地把翻炒熟的西红柿鸡蛋盛进盘子里，一边答道："如果你所谓的抱负和野心是指赚大钱，功成名就，成为一个成功的商人，那么我已经做到了。"

看看人家。洛水滨觉得跟南风一比，他自己就是个 24K 纯屌丝。

南风接着说道："我现在有了更高的目标。"

"哦，是什么？"

这时，客厅里传来陆笙的声音，带着点儿尚未完全清醒的慵懒："南教练，我们吃什么呀？"

"西红柿鸡蛋面。"南风扬声答了一句，接着看向洛水滨，回答他刚才的问题，"把她送上王座。"

　

2.

法网第一轮，南风没有坐在运动员包厢，因为他要陪同一个人。陆笙问是谁，他又不说。

"爱说不说，你说了我多半也不认识。"

　　第一轮，陆笙的对手排名第六十五，和她差不多。虽说排名排的是积分不是实力，但是人们看到排名排时的第一反应总是把它换算成相应的实力。

　　陆笙不敢掉以轻心。

　　这个对手风格有点儿接近莱西娅，比莱西娅还差着一头，真正交手的时候陆笙就发现，这位姑娘不适合红土赛场。陆笙打得蛮轻松，两盘横扫对手。

　　取得一个不错的开门红。

　　比赛结束之后，她换好衣服洗完澡出来，去约定的地点找南风。找到他时，离着挺远，就看到南风身边站着一位女士。

　　陆笙走近，看到这位女士身量高挑、气质优雅，眉宇间和南风有几分相似。

　　她知道这是谁，因为南风给她看过照片。

　　南风看到陆笙时笑了笑，女士的目光也朝陆笙投过来。

　　陆笙突然就紧张了，吞了一下口水，傻乎乎地看着南风。

　　南风安抚地看着她，说道："陆笙，这是你未来的婆婆。"

　　"婆婆……啊，不，阿、阿姨好！"陆笙说着，朝南风的妈妈微微弯了下腰。刚才的口误令她挺不好意思的，脸上烧起一阵燥热。

　　南妈妈点了点头："你好，陆笙。你刚才比赛打得很好。"她说了一个让陆笙有点儿自信的话题，于是陆笙紧绷的神经也有了一丝放松。

　　关于南风的这位妈妈，陆笙是知道一些的。南风并不对她避讳他的过去。

　　南妈妈和南爸爸的结合没有掺杂一丝爱情，婚后南爸爸对南妈妈也不好，甚至连南妈妈怀孕都是强暴的产物。南风就是在这样的环境下长大的，他的生活看似平静，实际和父母之间的亲情很寡淡。南妈妈离婚之后直接"看破红尘"了，对什么都不在乎，包括对南风这个儿子。

　　正常人可能很难理解一个母亲怎么会这样对待自己的儿子，但是陆笙特别能理解。孩子，并不只是爱情的结晶，而是可以成为任何情绪的结晶，比如恐惧，比如怨恨，比如无法释怀和不堪回首。

　　南妈妈的谈吐让人如沐春风，只可惜话很少。而且她的态度有些疏离，那感觉像个得道高僧一般，陆笙都不知道该怎么讨好她。

　　似乎察觉到陆笙的情绪，南风牵着她的手，悄悄地捏了捏她的手心。

　　然后三人一起吃了午饭。

　　吃过午饭，南妈妈给了陆笙见面礼——一条红宝石的项链。

　　真是好大一块红宝石……而且超级漂亮……

陆笙看得眼睛都快瞎了，不敢收。最后还是南风帮她收下了。他似笑非笑地扫她一眼，挑挑眉，那个表情分明是在说：瞧你那点儿出息。

陆笙扭开脸不理会他。

吃过午饭，陆笙先回去了，因为南妈妈还有话要和儿子说。

陆笙一边走一边回想自己在南妈妈面前的表现，唉，感觉有点儿糟啊……希望她不会讨厌她吧……

这边，南妈妈和南风一起漫步在街头。

沉默了一会儿，南妈妈突然问儿子："你爱她吗？"

"嗯。"南风点点头，笑了一下。

她看到他的笑容很温柔。

他说："我很爱她。"

她叹了口气："我以为你会和我一样。"

"我也以为我会和你一样。"

"南风，对不起，我没有照顾好你，我……没有尽到一个母亲该尽的责任。"

南风便有些唏嘘。原来她知道。

她都知道，她只是做不到。

他摇了摇头，说道："实话说，我确实一度怀疑过你们为什么把我生下来。但是现在，我心中只有感激。谢谢你，谢谢你愿意把我生下来，让我有机会一睹这世间的繁华和寥落，感受人生的悲喜与苦乐。这是活着的感觉。活着无所谓好坏，活着本身就是好的。"

"你真的变了，"她笑了笑，眼圈却有些红，"以前的你可说不出这样的话。"

他也笑了："人总是要成长的。"

"是因为她吗？"

他踢了踢脚下的一片树叶，答道："可以这么说。如果没有她，我现在会是另外一个我。"

另外一个他会是什么样的，谁也不知道。生活不会允许那么多假设存在，他只能说，现在的他就是最好的，给他别的任意一种人生，他都不换。

南妈妈问道："所以她对你意味着什么呢？一个全新的人生吗？"

"她呀，"他突然站定，眼睛望着路边稀稀落落的行人，似乎是沉思了一下，然后才答道，"我生命中所有的不圆满，都在她这里得到了圆满。她之于我的重要性，等同于生命。"

"真好。"她也不知道想起了什么，终于是落泪了。

然后，她掏出纸巾擦了擦眼角，问道："那么你还恨你爸爸吗？"

"已经不恨了，"南风摇了摇头，"我原谅他并不意味着他值得原谅，而是因为，我不想在他身上浪费情绪。"

……

南风回去之后，看到陆笙蔫头耷脑的，完全没有胜利者该有的昂扬气势。他点了一下她的小脑袋，问道："怎么了？"

"她……喜欢我吗？"陆笙小心地问道。

"喜欢。"他不假思索地答。

陆笙眼睛一亮："真的？"

"真的，否则怎么会把那条红宝石项链给你。"

"那个红宝石项链很重要？"

"不算很重要，一块石头而已，传了六代了。"

"……"这还不重要啊？！

不管怎么说陆笙瞬间就自信了，第二天雄赳赳地走上赛场。

3.

大满贯单打比赛有三十二个种子选手，第二轮有三十二组比赛。就算你第一轮运气好没抽到种子，那么到第二轮也会遇到种子，当然前提是和你同属1/32区的这个种子没有在第一轮被淘汰。

和陆笙同区的是二十八号种子，她以为自己第二轮会遭遇她，然而……二十八号种子在第一轮就被打跑了……

大满贯赛场，真是一个神奇的地方。

打败二十八号种子的是一个俄罗斯小将，排名八十七位，今年才十九岁不到，初生牛犊不怕虎。南风把她的比赛视频剪辑了给陆笙看，陆笙感觉，这姑娘很生猛。

发球猛，击球猛，旋球也打得很不错，陆笙感觉压力有点儿大。

第二轮比赛开赛后，陆笙防守起来有点儿辛苦。幸好俄罗斯妹子控球不那么稳定，陆笙防守严密，增大了她的失误率。妹子到底年轻啊，失误率增加了，心态就不太平稳，加之她似乎并不太适应红土场上的移动，中途还摔了一跤……陆笙抓住机会，翻盘。

噻噻噻，进了第三轮！目标达成！

法网单打前两轮结束后，三十二个种子选手已经被淘汰掉七个。或者换句话说，所有九十六个非种子选手中，只有七个打进了第三轮，她们将与二十五个种子选手共同竞争接下来的晋级名额。

越往后，比赛越难打。陆笙看了一下签表和比赛成绩，发觉她后面无论打到第几轮，遇到的都将会是种子选手了。

首先要遭遇的是十四号种子。

十四号种子是法国本地人，在中国球迷中有个响当当的外号叫"小哭包"。顾名思义，小哭包同志的特点就是爱哭。姑娘今年二十五岁，最好成绩是大满贯四强。平心而论，小哭包的技术很扎实，综合技术实力甚至比前十的某些选手还要强。然而，她的短板却是——心理素质。

这货一输球就哭，身体不舒服就退赛，有时候遇到太强劲的对手，甚至不愿意出战，直接伤退，可以说是一朵大奇葩。

打了这么多年球，心理素质还这么差，真的有点儿不可思议。反过来说呢，心理素质这么差，竟然还能挤进前二十，可见她技术真不错啊……

穆勒给陆笙科普了一下小哭包的家庭情况，陆笙立刻就理解这姑娘为什么心理素质不好了。

小哭包成长在法国一个富裕的中产家庭，上边有四个哥哥。四个哥哥，外加一对盼女儿盼疯了的父母，简直要把这个小公主宠上天。小哭包自己的性格也是很淑女很柔弱的那一款，导致她走上职业赛场之后，依旧没转过来。

就一直哭哭哭。

陆笙觉得，哭泣可能是她排解压力的一种方式。

不管怎么说，陆笙多少有点儿羡慕这个小哭包。

基于小哭包的性格特点，南风和穆勒给陆笙制订的战略要点就是先不顾一切地强攻小哭包的特长，打掉她的自信心，赛场上适当表现得凶狠一些。等到小哭包绷不住了，陆笙就离胜利不远了。

说起来容易，做起来可就难了。每个人都知道小哭包的弱点在意志力，在制定战略时也多多少少会向着这方面靠拢，可是结果小哭包依旧顺利地打进了第三轮。

所以说，关键还是要有实力啊！

小哭包也是典型的底线型选手，防守能力还不错，平击旋球削球打得都不错，一发进球率很高，技术全面且扎实。

略有欠缺的是她的攻击不那么犀利，很多时候明明有强攻的机会，却不去把握，而是选择更加稳健保守的击球方式，这可能和她的性格有关。

也幸好她不够犀利。仗着自己强大的防守能力，陆笙在小哭包的攻击下还有些喘息的机会。

你来我往了几局，陆笙感觉小哭包似乎进入了状态。

这可不行。

耳边又响起南风的叮嘱："根据过往表现，这个球员在场上没有那种好勇斗狠的劲儿。她大概最享受和防御型选手过招了，一拍一拍慢慢打呗，世界和平。你在场上尽可能增强攻击，哪怕失误一些，至少能让她不适应你的打法。"

经过比赛的磨炼，陆笙的上旋球越来越可以了，这会儿她决定改变攻防，频频地用上旋球打小哭包。

然而小哭包却防得稳稳当当！

不愧是十四号种子啊……陆笙小小地感叹了一下。

小哭包再次把陆笙的球抽回来时，陆笙突然冲到网前打了个截击，落点很浅，小哭包反应也不慢，风风火火地跑过来救球。

再次迎向飞过来的网球，陆笙反手轻轻一削，朝着与小哭包相反的方向放了个小球。

赢了个球，陆笙就朝她微微一笑，笑得有点儿挑衅。

之后陆笙仗着自己的跑动能力，增多了在网前的攻击。值得一提的是，她打了这么多红土场比赛，已经能够非常熟练地使用滑步，这有助于她的刹车回位。另外她的运动神经确实发达，跑动时的起步的爆发力和折返的反应速度都很快。用徐知遥的话说就是"加速度大"。南风曾经用汽车来形容球员们的起步能力："有人是夏利，有人是奔驰。"

"那我呢？"陆笙问。

"你是兰博基尼。"

所以，虽然红土场是典型的底线对抗型球场，这会儿陆笙凭借着跑动优势，在网前的偷袭竟也能频频得逞。

这是个笨方法，而且风险很大，但是从效果上来看，她的选择是对的。

每次得分，陆笙必定要高姿态地朝小哭包笑，以进行精神攻击，此举把小哭包弄得脸色有点儿难看。

局势很快扭转。据南教练推测,扭转局面之后,小哭包大概就很难反抗了。不是技术不行,是心态不行。

但是小哭包也是很有尊严的,一直绷着脸,直到比赛结束时才哭了。

陆笙觉得她能忍到现在也挺不容易的。

比赛结束时双方握手,陆笙看到对手大大的蓝眼睛里满是泪水,看起来萌哒哒的。她脑子一抽,抬手摸了摸小哭包的头。

小哭包:"……"

陆笙:"……"

别问她为什么摸人家的头,她也不知道。= =

4.

第三轮比赛结束,陆笙挺进十六强。这个成绩已经超出她的预期,接下来就是重在参与了,比赛成绩什么的不重要,呵呵……因为她第四轮要打六号种子!

六号种子,世界排名第六,光看排名就好吓人的!

这个六号种子也是个大奇葩。她是 WTA 著名的"精分姐",二十七岁,年少成名,拿过两个大满贯奖杯。之所以叫她精分姐,是因为这位姐姐在赛场上的状态简直像精神分裂一样,今天好明天差,后天又好了,大后天又差了……好的时候有多好呢?积分排名第一的阿古娜被她两盘横扫。差的时候有多差呢?她也曾被排名一百多的新手 KO 过。

真是一个善变的女人啊……

然而,这货神奇就神奇在,明明状态极度不稳定,还每年都能雄踞前十,甚至多数年头都能打年终总决赛。

陆笙觉得,之所以会这样,是因为精分姐只在重要赛事中表现好,拿到高积分。不太重要的赛事,马马虎虎地打,看起来就像在放水。

她把自己的想法和教练团说了,穆勒和南风都摇头。

穆勒:"你不了解她。"

陆笙:"?"

南风说道:"像你说的那种球员在职业赛场上有很多,但她不属于这类。她只是典型的遇强则强遇弱则弱。"

对手强大,能激发她的斗志,相反,对手如果看起来很弱,她掉以轻心了,反倒容易输球。

是这样吗？

陆笙心中燃起希望："那我……"

穆勒："你有机会的，笙，你那么弱。"

陆笙："……"我谢谢你。-_-#

陆笙："那我应该做什么呢？"

穆勒："什么都不用做，等着她输给你。"

陆笙："教练你这话是反讽吧？"

穆勒："是。我不得不承认，在我的指导下你变聪明了。"

这话说得，感觉像是在强行给自己加戏呢。、(￣▽￣) ╯

南风说："你需要做的，和上一场正好相反。这一次你先示弱，让她放松警惕，在意识上对你轻视了，之后你取胜的机会更大。"

穆勒幽幽地说："你太奸诈了。"

南风不以为耻反以为荣："中国有句老话叫'兵不厌诈'。"

兵不厌诈，南风早就对陆笙说过，他还极力劝陆笙多练习假动作。奈何陆笙打球的风格太磊落，假动作一直练得不成系统，反倒是徐知遥那货……

算了，挺好的日子想他做什么。

第四场，1/8决赛。陆笙按照南风的教导，先向精分姐示弱，之后尝试反击。也不知是她示弱的原因还是精分姐自身的原因，总之精分姐状态确实不好。而且吧，精分姐本身粗豪的球路放在红土场上就有点儿施展不开。

综合多方面原因，陆笙这一场最后竟然赢了。

赢了！

八强！

大满贯八强，她以前也就敢自己躲在被子里YY一下，没想到这一天这么快就来了！

啊哈哈哈哈哈……

当天晚上，陆笙是笑着睡着的。

四强赛陆笙遇到的是目前世界排名第一的阿古娜。阿古娜与陆笙有同师之谊，俩人不算熟悉，却有一种天然的亲切。

到了赛场上，阿古娜一点儿也不心慈手软，两盘直落，淘汰掉陆笙。

"还好还好，"陆笙自我安慰，"没有被送鸭蛋。"

南风笑，摸摸她的头："有一天你会战胜她的。"

穆勒慢悠悠地说："等她到四十岁的时候你还年轻着，到时候你就能打过她了。"

陆笙感觉这个教练真是破坏气氛的一把好手。

陆笙第一次法网之行到此为止，八强的成绩在国内网坛也足以引起震动。国人征战大满贯一直不太顺利，乔晚晚在大满贯最好的成绩也只是四强呢。

更何况，陆笙是第一次打法网。

整个红土赛季，国内媒体见证了陆笙优秀的赛场跑动能力，以及超快的反应神经，渐渐地媒体和球迷们送给她一个绰号：小羚羊。

进入八强大满贯，陆笙获得的积分远高于她曾经获得的任何一个冠军积分。凭着这次积分，她的排名一跃升为第三十九名。

遥想半年前，她对前五十的选手都还是望而生畏的态度，但是现在，她自己竟已经赫然在列。这半年多以来，她每一天都在见证奇迹的发生。

训练，比赛；比赛，训练。每一天都很辛苦，但是每一天也都很快乐。

南教练说："为了某一个目标而努力拼搏，过一种纯粹又简单的生活。没有比这更好的人生了。"

陆笙觉得自己拥有最好的人生。

5.

法网四强赛结束之后，陆笙没有回国，因为紧随而来的是草地赛季。

草地赛季的地点也是在欧洲，大部分在英国，时间集中在每年的6月份。作为历史最悠久的球场，草地在渐渐地演变消亡，每年只有为数不多的赛事，最著名的是四大满贯之一的温布尔顿网球公开赛。

草地沦为非主流也是可以理解的。毕竟种草哪有铺土来得方便，至于硬地球场，成本更低，制作更快捷。所以，硬地球场在现代网球比赛中渐渐占据了主流地位。

习惯并擅长打草地赛的球员也越来越少了。

如果说红土场是慢速球场，那么草地场无疑就是快速球场了。网球在草地场上的摩擦系数小，反弹速度快，反弹高度仅为硬地场的四分之三，而且网球落地后容易在草地上打滑，另外，草地很难像硬地那样规则，这些都对球员的随机应变能力提出很高的要求。

陆笙的球路，有一半是适应草地赛场的，另一半不适应。

适应的那一半自然是她的奔跑速度和应变能力，不适应是因为由于草地上从来都是快球速快节奏，所以这里是重炮型选手的天堂。陆笙的球速在WTA里不算出挑，放在草地场上，攻击力不够。

她以为南风和穆勒会让她扬长避短，发挥自己的反应能力，严密防守，进攻的话，只能是找机会了。但是两个教练一致否定了这个办法。

南风说："草地赛是非主流的球场，有它没它你一样打球。不用太拼。"

穆勒说："放轻松，我感觉你这辈子都不可能在温网上有什么成就，就随便打打吧。"

陆笙：＝＝！

还是洛水滨帮她解答了疑惑："你打了一整个红土赛季，体力支出很大。如果在草地赛上竭尽全力打的话，你只怕要跑成陀螺了，我们担心那样会对你的体能造成负担。"

陆笙连忙说："我感觉没什么问题。"

"等你感觉出问题的时候就晚了，运动员最容易有伤病，因为身体磨损太大，这和机器的磨损是一个道理。同样的机器，每天用二十四个小时，比每天用十二个小时折旧快得多。"

"可是别人也是全力以赴地连着打呀，他们怎么没问题呢？"

"第一，他们身体素质好；第二，他们没你跑得这么疯！说实话我都怀疑你身体里住着一个哪吒，简直像是踩着风火轮在跑。我用正常人的标准来评估你的极限，也许你比正常人强，但我们不想冒险尝试。草地赛嘛就那样，赛程短场次少，而且我们一致认为目前的你很难在草地赛上取得好成绩，所以你不要用自己传统的打法。得不偿失。"

不要用传统的打法，那用什么打法呢？

穆勒希望她在草地上练练发球和切削球。虽然她成不了重炮，但至少体验一下球速变快是多么美妙的一件事。切削球在草地场上的效果可以被放大，陆笙的削球打得不错，可以多练练，练成杀招最好。

就这样，一个月的草地赛打下来，陆笙感觉和红土赛相比，她简直就是在休息。效果是显而易见的——排名跌得好快！/(ㅜoㅜ)/~~

温网，陆笙只撑了一轮，第二轮就被淘汰掉，卷铺盖回家了。回去之后抓紧训练，因为美网在即，而美网之前在美国有一系列热身赛可打。

6.

回国后不久，陆笙接到了来自美网的一张混双外卡。

说实话，陆笙和徐知遥这对混双搭档有点儿奇葩。这俩人都没和别人组双打，所以各自没有双打积分。而大满贯的混双赛事报名，是按照各自在 WTA 和 ATP 的双打积分相加来排位的，他们俩混双积分加起来是零……

除非拿到外卡，要不然他们俩是根本没资格打大满贯混双的。

外卡这东西是很难得的，陆笙和徐知遥今年能拿到两张外卡，是因为去年他们拿了亚运会冠军。至于明年能不能再拿到外卡，那就要看今年的表现了。

今年的表现嘛……嗯，至少他们在澳网的一轮游是不行的。

所以徐知遥压力有点儿大。

宋天然就安慰他："没关系，明年还有奥运会呢。"

徐知遥欲哭无泪："奥运会比大满贯还难打的好不好！"

徐知遥这半年多的训练和比赛十分尽心尽力，用他自己的话说就是："吃奶都没用过这么大劲儿。"

考虑到他自身的性格，想要做到这一点并不容易。

快扛不住的时候，他就回忆一下南风曾经说过的话。师妹正在一步步地走向自己的梦想，而他却只能混迹在末流，与她越来越远，远得几乎要属于两个世界。

每当想到这样的情形，他都会一个冷战惊醒，接着继续咬牙训练。

他可以没有胜利、没有荣耀，但他不能忍受与她成为两个世界的人。

徐知遥的改变，令团队其他人都刮目相看，穆勒教练也很震惊，已经很久没有喊他"弱鸡"了。

唯一不变的，要属这货对那个什么建模的执着。因为团队里无人能和他探讨这种问题，徐知遥就偶尔给自己的同学和教授打电话交流，他们的谈话内容，旁人听在耳朵里也和天书差不多。陆笙觉得跟徐知遥一比，她就是个半文盲。

在一群半文盲的眼中，妄图用电脑打败对手，这种行为更像是搞封建迷信的。

不管怎么说，经过徐知遥的不懈努力，他今年的排名升到了史无前例的前二百，这也是中国男单第二高的排名。

ATP 的竞争程度比 WTA 激烈得多，中国男网又特别地不给力，导致男网的关注度远逊于女网。徐知遥的排名是中国第二，人气却实实在在是男网 NO.1。他有一群和碾砣一样坚固的粉丝群体，平常没事儿的时候就黑黑自家偶像，自己黑没关系，别人要是敢黑徐知遥，这帮人立刻抄家伙上，掐出一片血雨腥风。有记者好奇徐知遥为什么有这么多粉丝，就在网上做了个投票统计：你喜欢徐知遥的原因？

最终结果，按照票数从高到低排列依次是：长得帅、智商高、学历好、性格好、因为喜欢陆笙所以喜欢徐知遥……

徐知遥有点儿看不下去，发了条微博问他们：就没有人因为我打球好而喜欢我？

网友A：呵呵，遥姐又开玩笑了。

网友B：遥姐你打球好我怎么不知道？我不是一个合格的遥控！

网友C：遥姐吃点儿六味地黄丸什么的，补补体力。

网友D：六味地黄丸是补肾的，楼上你想干什么？

网友E：遥姐你说这话之前先去大满贯走一遭吧，能打下五盘你就是我爸爸。

……

徐知遥淡定地退出微博，关掉手机，并且（第N次）暗暗发誓再也不上微博了。

美网开始前，以徐知遥的排名，他是可以报名资格赛的。可是想想正赛恐怖的五盘三胜，他又感觉怕怕的。

好吧，反正资格赛是三盘两胜的，他先打着资格赛，就当是普通赛事了，能不能打进正赛还说不准呢……

这么想想，又有点儿安慰，于是欢快地报名了。

陆笙和徐知遥一块儿去的美国，徐知遥的资格赛她全程看了。

资格赛总共只有三轮，徐知遥第一轮晋级时，穆勒说他："运气不错。"

徐知遥第二轮晋级时，穆勒说他："还可以。"

徐知遥决胜轮晋级时，穆勒说："好吧，还不错。"

呵呵，当穆勒说出"不错"时，那意思并非"不错"，而是"相当不错""十分不错""非常非常不错"！

陆笙问徐知遥："感觉怎么样？是不是很激动很狂喜？"

徐知遥："我想回家……"

正赛第一轮，徐知遥很不幸遇到了种子选手，被打回了原形。

陆笙的正赛比徐知遥的情况好一些，她胜了两轮，到第三轮遇到一个超级厉害的对手，才被淘汰掉。

与各自的单打相比，他们俩的混双倒是出乎意料的顺利。陆笙明显感觉到徐知遥比澳网时强了，不管是击球力量还是跑动速度以及耐力……整体来说是身体素质提高了，技术也更加细腻。两个人配合起来很流畅，没再出现被对手压制的情况。大满贯上的混双搭档一直换得很频繁，一对混双各自的技术都没问题，搭在一起总是发挥不出应有的效果，这成了许多混双队伍的特点。陆笙和徐知遥的默契配合，反成了混双赛场上一道很特别的风景线。两人一口气打到四强，半决赛输得有点儿遗憾，因为他们并非没有赢的机会。

虽然有这一点儿小小的遗憾，但总体来说，四强这样的战绩已经非常令人惊喜了。这对搭档只有二十一二岁，可以说非常年轻，以后登顶的潜力很大。

而且，明年就是奥运会了。

如果单从实际利益（奖金、积分）出发，那么对一个职业球员来说，奥运会并不如大满贯重要。但是奥运会的意义远不是奖金能衡量的。至少，在中国民众的眼中，奥运会的重要性高于一切。

奥运会有网球混双项目，中国在网球项目上已经很久没有金牌入账了。那么，目前出现了一个有可能在混双项目上夺金的组合……

而且这对组合男的帅女的靓，粉丝群体庞大，同时师出某位远古神级别的球员……浑身都是闪闪发光的吸金点啊！

广告商们闻风而动，呼啦啦都来找南风了。

南风又给陆笙和徐知遥接了个代言合同，签约价一千万。

陆笙就跟做梦似的。万万没想到他们一年的开销就这么给赚回来了……

7.

美网之后，陆笙的排名又跌回到六十多名。

10 月份是中网，国内级别最高的网球赛事。中网虽说级别很高，名气很大，在国际上的地位嘛却有点儿尴尬。它位于全年最后一个大满贯赛事之后、年终总决赛之前，对大牌球员们来说，中网的重要性自然是比不了美网和年终总决赛的。球员们全年赛事密集，也不可能每一场比赛都拼尽全力，美网之后需要调整或者休息，或是保存体力为年终总决赛做准备……种种原因造成了大牌球员在中网比较密集地退赛。

这对陆笙这种二流球员倒是个不错的机会。

今年中网，徐知遥收到了一张外卡。

国内男子球员很少有机会打高级别赛事，有一次算一次，都值得喜大普奔。遥控们很开心，纷纷去徐知遥的微博留言鼓励他。

网友 A：遥姐抽个上上签！

网友 B：拜托老天爷保佑我遥姐抽个上上签！

网友 C：遥姐长得就像上上签，一定能抽上上签！

……

粉丝对你运气的信心，远比对你实力的信心要充足……这是一种什么样的体验？

徐知遥觉得，他心理素质之所以还不错，有一半功劳要归于他的遥控们。

带着粉丝们的美好祝愿，徐知遥亲自去抽签了。

结果，首轮抽到了八号种子。

呵呵！

这比赛还怎么打？怎么打！

徐知遥比赛时陆笙也在比赛，她第一轮打了一小时零二十分钟，还算顺利。比赛结束后她和南风一起去徐知遥的赛场，路上她还在想一会儿怎么安慰徐知遥。想来想去觉得，徐知遥大概不需要安慰吧……

陆笙总觉得徐知遥有一颗比她还要大的心脏。南风有一次评价徐知遥，说他的天性里没有求胜欲。陆笙觉得很不可思议，追求胜利几乎是运动员的本能，徐知遥怎么会没有求胜欲呢？

她本来是不太相信的，可是回想一下徐知遥以前每次输球之后的状态……又信了。

陆笙觉得这个事情有点儿可怕，南风却觉得没什么大不了，他说："这未必是坏事。"

徐知遥在场上的心态很平和，极少发挥失常，这与他的性格有很大关系。

所以说，成也萧何，败也萧何。

这会儿陆笙来到徐知遥比赛的球场，发觉看台上观众很多。

中网球票的销量其实并不算好，第一轮比赛能有这么多观众，实在难得。

看来徐知遥的粉丝越来越多了……这货真的快成偶像明星了。哪天不打网球了，去拍电视剧，想必也能混个风生水起。

陆笙抓起南风的手看了看他的腕表，嗯，比赛到现在已经打了一个小时零四十分钟，还没结束。她觉得吧，徐知遥能在八号种子的球拍下挺这么久，某种程度上就算一种成功了。她很高兴，抬头看了一眼计分板。

呃……啊啊啊啊啊！

徐知遥已经和八号种子战到第三盘，第三盘的比分是 5:3，徐知遥领先两局。

目前这一局，徐知遥 40:15 暂时胜出。也就是说，他再赢一个球，就能把人家八号种子淘汰掉了。

这货是怎么做到的啊！

陆笙好奇死了，瞪大了眼睛舍不得眨，然而她能捕捉到的也仅仅是最后一个球了。

最后一球，徐知遥放了个漂亮的削球。网球打着旋，几乎擦着球网落到对面，落地之后，弹跳的轨迹是倒着的，往回弹。弹跳的高度也很小，那感觉，就和男人突然瘘掉似的。

这种球想要救起来，人是不行的，只能放狗了。

八号种子还有点儿蒙，裁判已经宣布比赛结束，徐知遥获胜。

观众席上一片欢腾，许多人站起来齐声高喊："遥姐！遥姐！遥姐！"

徐知遥还没来得及被胜利冲昏头脑，就被震耳欲聋的"遥姐"冲得身形不稳，他生无可恋地看着他们。

陆笙乐不可支，紧紧地抓着身旁南风的手，问道："你说他是怎么做到的？"

南风似乎并不意外，答道："所有的横空出世，都是厚积薄发。"

晚上陆笙看徐知遥的比赛回放，更加深刻地理解了这句话。

徐知遥并非像穆勒成天说的那样一无是处，他有个很明显的优点，那就是对网球的各类技巧有着非常、非常高的悟性。只可惜他一直没有足够好的身体素质来支撑起他的技巧，所以穆勒总说他是"弱鸡"。今年他的体能训练开启了地狱模式，经过将近一年的磨炼，到现在，身体素质练好了，他的整体实力也就有了一个质的飞跃。

这样一想，他今天的抢眼表现完全在情理之中。

徐知遥能取得今天的成绩，陆笙是亲眼看着他一步步走过来的。她突然好感动。

8.

南风和她一起看完了比赛回放。整个比赛过程，他感觉有点儿奇怪，说不上是哪里不对劲。但是作为一个资深球员以及半资深的教练，他可以肯定这其中有问题。

他把视频从头开始又播放了一次。

陆笙问道："怎么了？"

南风："你今天的比赛打得怎么样？"

这个问题他们已经交流过了，这会儿他问，她只好又回答一次："还行吧，今天的风可不小呀，我失误有点儿多，控球不太准，不过大家都一样。"

"不，并不一样，"南风盯着电脑屏幕，"徐知遥和你们不一样。"

"啊？"

"尽管风也对徐知遥造成了一点儿影响，但是对他的影响，比对别人的影响小得多。换句话说，有风的天气可能会使他取得更好的成绩。"

"这、这……"陆笙觉得这事有点儿玄，"会不会只是巧合呀？"

"找他问问就知道了。"

徐知遥晚上不用训练，他破天荒地没有搞他的建模活动，而是和唐纳德、宋天然凑在一起打游戏。

南风和陆笙找到他，直接问道："徐知遥，你是不是很擅长在有风的环境下打比赛？"

徐知遥放下手柄，挠了挠头答道："没有啊，有风的话打球容易失去准头。南教练你不会不知道吧？"

"我当然知道，我的意思是……你今天是怎样在有风的环境下比赛的？"

"预计一下风向和风速，在网球的运动分析中加一个变量，然后我得根据这个新变量来调整我发力的矢量。这只是理论上，实际操作中有很大误差的。唉，不过我发现别人的误差好像更大，他们都不算一下，直接乱打。还八号种子呢，啧啧……"

唐纳德问宋天然："他在说什么？"

宋天然："说梦话。"

陆笙说道："徐知遥，我今天才发现，你有点儿可怕耶！"

徐知遥连忙说："师妹你不要这么说，我一点儿也不可怕，我可温柔了……哎哟！"

南风往他脑袋上扇了一巴掌。

第二天南风和穆勒讨论了他的新发现。这种事情简直闻所未闻，徐知遥自己还以为司空见惯，所以一直没说，这才导致他们很长一段时间内没有发现他这一特性。

穆勒也觉得很新奇。但是说来说去，风是一个特殊因素，徐知遥也不能指望着天气变化来打球，且还有好多比赛在室内。不过嘛，通过这件事，他的技巧素养可见一斑。

越是感觉他技巧的难得，穆勒越是愤怒于他体能的不合格。战胜一个五百积分赛的八号种子，这远远不够。以徐知遥目前的水准，遇到一个暴力破解型选手，他可以直接躺平任蹂躏了。

技巧和力量，脱离任何一个去谈另一个，都不能成立。

第十六章

NANFENG
RUWOHUAI

我把我的人生交给你，
把我无上的信任，交给你。

1.

徐知遥最后打进了中网八强。这对中国男网来说,是一个很了不得的成绩。纵观中国网坛男单历史,除了出过南风这么一个异类,其他时候一直被排除在顶级球员的圈子之外,ATP 排名能进前一百,就可以是中国名将了。

女单总是比男单走得更长远。女单八强之后,余下的中国球员还有两个,一是陆笙,一是乔晚晚。

很不幸,两人分在了同一个四分之一赛区,因此只有一人能晋级四强。

陆笙觉得以自己目前的实力,说不好谁会占上风,所以赛前她一直劝自己要心态平和。

然而国内媒体似乎有些躁动。乔晚晚是曾经的中网冠军,也是一直以来的中国网坛一姐。陆笙是这两年炙手可热的新秀,今年的战绩突飞猛进,似乎已经有了和乔晚晚叫板的资格。那么这场比赛,会成为陆笙问鼎中国网坛之战,还是乔晚晚的尊严之战?

就这样,一场简单的晋级赛,被他们渲染成"中国一姐争霸战"。

战火还未点燃,硝烟已经弥漫。

陆笙总感觉他们是唯恐天下不乱。

反正这场四强赛引起了广泛关注,连带着平时好多不关心网球的,都跟着看起了比赛直播。

乔晚晚的打法比较刚猛,难得的是控球也很稳定,整体的战术素养很高。如果是巅峰时期的她,其暴力的球速对陆笙来说绝对算一大威胁。可惜的是近两年受肩伤困扰,她的状态时好时坏,今年她的排名已经落于陆笙之后。

排名跌了之后,她的影响力却并未下跌,许多人,包括陆笙自己,都一直把她看作中国女单的 NO.1。

这次四强赛和乔晚晚对上,陆笙有那么一点儿遗憾。她所希望对阵、所希望战胜的,是巅峰时期的国手乔晚晚。但是,现在的乔晚晚,总是给人一种壮士暮年的沧桑感,也不知为什么,她才二十六岁啊!

到了真正交手,陆笙这种感觉更加明显。乔晚晚的技战术依旧干脆犀利,只可惜,陆笙感觉不到她的斗志。

对手一开始就放弃了搏斗,似乎在打一场表演赛。

　　陆笙不知道乔晚晚怎么了。

　　这场比赛的关注度很高，不止电视和网络纷纷转播，有些广场的大屏幕上也进行了直播。

　　在南方的某座沿海城市，陆维维站在购物广场外，仰头看着巨大的电子屏幕上的赛事直播。这块屏幕，平时都只是播放广告，今天却播了陆笙的比赛。

　　她女儿的比赛。

　　陆维维突然想到陆笙小时候写过的一篇作文。那个时候，陆笙就想当一名网球运动员了。

　　她记得很清楚，她还嘲笑过陆笙。

　　内心灰暗的人，总是憎恶别人的光明。

　　可是陆笙真的做到了，这么多年，她做到了。

　　陆维维心中突然说不出的难过，她眼睛通红的，看着屏幕上陆笙漂亮的击球，一边对身旁一个陌生女人说道："这是我女儿。"

　　陌生女人看了她一眼。

　　"真的。"她补充道。

　　陌生女人嗤笑一声道："陆笙是你女儿，徐知遥还是我儿子呢！"

　　陆维维突然哭了。她撇过头去擦眼泪。

　　站在她另一旁的男人，拍了拍她的肩膀，说道："要不，回去看看她吧？"

　　陆维维摇了摇头："回不去了啊。"

　　男人便不作声了。看着陆维维抽泣的脸，他摸出手机，给一个并未记入通讯簿的号码发了条信息：以后不用给我打钱了。

　　2.

　　陆笙带着点儿对乔晚晚的疑惑，打完了比赛，最后顺利晋级。

　　赛后安排了一次发布会。在发布会上，乔晚晚抛出了一颗重磅炸弹。

　　"我要退役了。"她说。

　　什么新旧抗衡，什么一姐之争，在这句话面前，直接就灰飞烟灭了。

　　记者们一下子炸开了锅，纷纷问为什么。是因为伤病还是因为输球，还是由于今年成绩没起色、团队入不敷出……一瞬间众人有了很多猜测。

　　"都不是，"乔晚晚摇头道，"是因为，我……有点儿迷茫。"

　　所有人都错愕地看着她，包括陆笙。

　　"很难以置信吗？"她苦笑着，"我打了二十年网球，但是突然有一天，我找不到打球的意义了。曾经我渴望胜利，渴望冠军。现在，这一切对我失去了诱惑力。我不知道我为什么打球了，真的不知道。"

　　现场一阵沉默。

　　因为乔晚晚突然宣布退役，新闻发布会笼罩上一层阴云。

　　陆笙也觉得有点儿惆怅，和南风一同走出会场，她问他："你说，为什么会这样呢？"

　　南风反问她："如果乔晚晚今年打进了大满贯的决赛，你觉得，她是否还会选择退役？"

　　陆笙怔了一下，继而摇头："不会。"

　　南风便没再说话。

　　陆笙问道："你的意思是，她退役是因为成绩不好？"

　　"我的意思是，许多事情，没必要寻求意义。假如一定要弄清楚活着的意义才能活着，那么许多人都可以去死了。"

　　呃……

　　他看着她萌呆呆的表情，莫名有点儿好笑，抬手轻轻戳了一下她胶原蛋白满满的脸蛋，笑道："你的人生在前进，这就是最大的意义。"

　　陆笙点了点头，又叹了一口气，说道："不过说实话，她挺可惜的。"

　　"确实可惜。以她的资质，她本可以走得更远，只是……"

　　"只是什么？"

　　"只是没过自己那一关。"

　　高水平竞技打到最后，总是自我与自我的搏斗，先赢自己，再赢对手。从胜利中汲取力量很容易，在失败中保持本心却很难。

　　南风发现，他唯二的两个徒弟，偏偏把最难的事情做得举重若轻，一个是打不死的小强，一个是油盐不进的滚刀肉，真是……感觉买彩票中五百万的概率也不过如此了。

　　半决赛陆笙遭遇一号种子，输得很快。

　　教练团们都不认为她目前有实力赢一号种子，可是输得这么干脆这么快……也挺出乎意料的。

　　陆笙下场时一直摸着手腕，南风首先发觉不对劲，问道："是不是受伤了？"

　　"没事，就是感觉有点儿别扭。"

"疼吗?"

"发力的时候有一点儿疼。"

"……"这还叫没事?！

南风急得脸色都变了。

陆笙感觉他有点儿夸张,她笑道:"真的,就有一点儿疼。"

他瞪了她一眼:"半点儿都不行!"

唐纳德就在现场,他提着陆笙的手腕看了看,然后让她握着拳往一旁轻轻歪手腕,问陆笙的感受。

陆笙:"有一点儿疼。"

唐纳德:"可能是肌腱炎。"

回去之后唐纳德给陆笙做了个详细的诊断,确定是肌腱炎,程度不算重。唐纳德问道:"之前没疼过?"

"没有,不过有些别扭。"

"几天了?"

"一个星期了吧。"

南风拧眉:"怎么不早点儿和医生说?"

陆笙发觉南风的脸色好像一直没好,她挠了挠头,小声说道:"也不疼,就是别扭,我以为是累的。"

洛水滨说:"你确实是累的。"

陆笙这两年的训练强度很大,尤其换教练之后。她很自觉,几乎没有休息的时间。比赛也是安排得密集又紧张,她在赛场上拼尽全力,其运动强度又高于平时的训练……

种种原因,造成她的手腕不堪重负,才有了今天的炎症。

好在并不严重。唐纳德预计的治疗期是两周,两周之后就能正常训练。

身为一个运动医生,唐纳德不仅掌握了常规的治疗方法,还会推拿、针灸等中国传统疗法,也不知道这货是跟谁学的。反正陆笙看到一个混血帅哥拿出一排银针来用英语炫耀的时候,她整个人都震惊了。

伤病,对运动员来说是司空见惯。陆笙成天在新闻里看到大牌球员们的伤情,现在自己受伤了,她心情很平稳,感觉不受伤都不算运动员了。只可惜治疗期内的训练量很少,这让她有些不适应。

教练团的其他成员与她的感受差不多,对陆笙的伤情并无大惊小怪。

除了南风。

他的心内很不安宁。他自己也知道是因为太过在乎，可是，他做不到不在乎。他怕她的伤情恢复不顺利，还怕她有别的闪失。他又不想把自己的担心说出来让她烦恼，只好把这些都闷在心里，表现在外，就是成天拉长个脸，生人勿近。

两周总算过去了。

陆笙恢复训练，一切照常，没出什么差池。南风这才稍稍放了些心。

这一年的最后一个月，他们的日子恢复平静，跨年时，南风强制给大家放了假，不许训练。

考虑到陆笙有惊无险的伤病，他认为他们应该适当多一些休息时间。

陆笙偷偷地跑去训练场，被南风给捉了回来。他冷笑："你不是想运动嘛，我陪你运动。"

陆笙："谁要在床上运动，我要去球场。"

南风轻轻一挑眉："你确定？在球场，嗯，运动？"

他那副下流无耻的表情，令她秒懂，于是她哭笑不得地一脚踢向他："流氓！"

……

3.

新的一年，第一场赛事是深圳公开赛。

陆笙在深圳公开赛打到了决赛，但是在决赛中，南风最担心的事情发生了。

她手腕的炎症，再次发作。

团队从上到下都没料到她的手伤会这么快复发。她此前两个月的训练感觉很好，怎么一到赛场上就被打回原形。

"会不会是误诊？"南风问唐纳德。

唐纳德答道："不会是误诊。肌腱炎这种伤都能误诊的话，我的行医执照可以吊销了。"

南风也觉得误诊的可能性不大。但是为什么，为什么伤情会这么快发作？明明上一次已经痊愈了。而且，根据唐纳德的诊断，这一次发作，比上一次更严重！

他要疯了。

但是他又必须冷静。冷静下来，想一想问题到底出在哪里。

一直以来，南风都觉得对陆笙来说，她的膝盖比手腕更容易受伤。因为她太能跑了，膝盖承受的压力很大。所以教练团安排赛事时也特别注意保护她的膝盖。

到头来，最可能受伤的膝盖很好，手腕却伤了。

按照她的身体体质，那个程度的肌腱炎痊愈之后，不会这么快复发。因为说到底，她后来的训练和比赛都没有透支体力。

为什么，偏偏就复发了？

到底是哪里出了问题？

有没有可能，导致她受伤的原因并非是运动过度？因为如果真的过度，那么膝盖很可能比手腕更早出问题的。

如果不是运动过度，又可能是什么呢？

南风回顾这一年多来陆笙的变化，突然仿佛抓到了问题的关键。

第二天，他召集教练团全体人员开了个会。

"陆笙的腕伤并非是因为训练和比赛过度，而很可能是发力过大造成的。穆勒教练经常强调力量和球速的重要性，陆笙也意识到这个问题。她在之后的训练和比赛中慢慢尝试提高球速。如我们所见，她的球速确实在一点点提高。我们都以为，她球速的提高是因为身体机能的提高，其实不是，至少，不全是。她主动地、有意识地提高球速，有时候会超出她的身体机能所能承受的正常范围。尤其是在比赛的时候。简而言之，就是用力过猛。我这么说，大家都理解吧？"

众人点点头，一齐看向陆笙。

陆笙吞了一下口水，突然有点儿愧疚，她低下头，小声说道："对不起。"

"不，你不用道歉。"穆勒教练说，"该道歉的是我，作为教练，我没有把可能出现的问题讲明白，这是我的失职。"

穆勒教练竟然也有道歉的一天，陆笙算是大开眼界。

"还有我，我做得也不到位。"洛水滨突然说，"我对你的身体机能评估不够准确，这才导致你主动提高球速时我们都没发觉有什么问题。"

唐纳德说："我也做得不好。你第一次受伤时，我并没有诊断出你受伤真正的原因。"

陆笙感动地看着他们："谢谢你们。"

洛水滨笑了笑："谢就见外了啊，我们的职责就是把你保护好。"

南风突然敲了敲桌子："现在是在解决问题，没让你们道歉。再说，如果一定要有人道歉，最该道歉的那个人是我。我是主教练，是这个团队的负责人。"

眼看着众人要说话，他压了一下手，说道："说正事。唐纳德，陆笙这次伤情的恢复大概要多久？"

"估计要一个月。"

"嗯，我的意思是，完全康复，不再复发。"

唐纳德觉得这个问题有点儿难以回答："许多运动员的伤都会复发，关键在于运动过量。"

"陆笙不一样，陆笙这次受伤不是因为运动过量。至少按照当前的运动量，还不至于导致她的关节过度劳损。嗯，你可能不知道，她从十二岁才开始学习网球。所以，她整个身体机能的消耗，比普通球员少得多。"

十二岁才开始学习网球吗？

连穆勒都要惊叹了。

南风和陆笙都没提过她过去的事情，有媒体倒是采访过，穆勒和唐纳德又看不懂中文报道。

南风无视掉穆勒和唐纳德满脸的赞叹，总结道："所以，我们可以假设，至少在三年内，陆笙不会出现因过度劳损而受伤的情况。她的手腕能够彻底治好。那么唐纳德，你现在可以给我答案了吗？"

唐纳德点点头，答道："治疗期一个月，她最好再休息一到两个月。当然，休息的时间越长越好。"

南风点点头："三个月。"

三个月。这个数字让陆笙有点儿心惊肉跳。

要她三个月不打球吗？还有一个星期就是澳网了啊！

她悄悄地举起手："我有话说。"

"嗯？"他微一偏头便看到她。也不知是不是错觉，她总感觉他的目光有些犀利，像是看穿了她的心事。

陆笙抿了抿嘴，说道："我可不可以，先打完澳网再治疗？"

"不可以。"

"可以。"

两道声音几乎同时响起。同意的是穆勒，不同意的是南风。

穆勒的理由是："你是一个球员，你的天职就是战斗。"

南风摇头道："要么不做，要做就做到最好。陆笙你现在的状态，无法在澳网上有最好的发挥，不如不去。"

陆笙有点郁闷："可是我想去。"

"想去也不能去。"

洛水滨试着说："我觉得应该没问题吧？先做一个暂时的治疗，等打完比赛……"

南风："等打完比赛，伤情加重，治不好，永远复发吗？"

"呃……也未必。"

"未必的意思就是，有可能。"

穆勒脾气有点儿上来了："南风，你太小题大做了。许多球员都是这样做的，只有陆笙最娇贵吗？"

南风："是的，我家陆笙是最娇贵的。"

穆勒："……"有种掀桌子的冲动。

陆笙说道："可是，真的有好多球员这样做呀，别人能做到，我也能做到。"

"亲爱的，你可能没明白一个问题。"他看着她的眼睛，"你觉得，有谁真正愿意带着伤去打仗？竞技体育很残酷，好多球员这样做，是因为好多球员身不由己。但是你不一样，我希望，我的陆笙，永远不会身不由己。"

陆笙张了张嘴，突然有些感动。

现在这个气氛有些诡异。有人想抬杠，有人想掀桌，还有人莫名其妙地秀恩爱和感动。最后，大家只好暂时中止会议。

陆笙和南风一起回到酒店。她虽然感动，却对于南风的提议——无论是退赛澳网，还是一连停训停赛三个月——都有点儿无法接受。

回顾去年，是她职业生涯急速上升的一年，她创造了一个又一个自己从前无法想象的奇迹。所有的奇迹都只是一个起步，但是她才刚刚起步，突然有人告诉她，要急刹车了。

怎么能接受呢！

运动员从事的是一项高精尖的运动，身体各部位的配合，比世界上所有精密仪器都毫不逊色。但技术的熟练与仪器不同，它没有捷径，只能靠汗水的累积。一天不训练，就感觉不对，一周不训练，手感就大不如前。现在，让她至少休息三个月？

三个月之后会怎样？她还能不能找回现在的状态，还能不能续写自己去年的辉煌、继续往更高处走？这是个未知数。

要知道，好多伤退再回归的球员，都是巅峰不再，渐渐地沉沦下去。

"陆笙，"南风突然抚她的头，把她拉进怀里轻轻抱着，低声说道，"怎么不听话了呢。"

他的声音很温柔，她听着有点儿难过，鼻子酸酸的。她埋在他怀里，小声说："我知道你说得是对的，可是我……"

他吻了吻她的发顶，轻轻叹道："每个人都能权衡利弊，但最艰难的那一部分，是做出选择。陆笙，如果你愿意相信我，请让我帮你做选择。"

"我……我只是有点儿怕。"

"不怕，一切有我。"

"万一我做不好了呢？"

"不会。只要你还是你，我还是我。"

陆笙的心房软软的，她安静地趴在他怀里，说道："南风，你可以帮我做选择。"

我把我的人生交给你，把我无上的信任，交给你。

……

4.

三个月的强制休假期才过去一半，陆笙却已经闲得要长草了。不能打球，她就满世界转悠，到处看比赛。南风拿她没办法，只能陪着。

算了，当是环球旅行了。

最近刚刚结束了迪拜赛，陆笙喜欢的球员被打得很狼狈，她终于不想看比赛了，南风提议两人去欧洲转一圈。

唔，欧洲就欧洲吧。她只去欧洲打过比赛，还真没好好玩呢。

飞机上，陆笙睡了一会儿，醒来之后由于时差的关系，她感觉时间有点儿错乱。她去搭南风的手，用食指挠他白皙的手背玩，一边挠一边说："不能打球，感觉整个生活都不对劲了，你说这是为什么呢？"

南风像个得道高僧一样闭目养神，缓缓说道："我们在现实的土壤寄存肉体，在理想的世界安放灵魂。肉体只是躯壳，灵魂才是自我。"

有时候她想半天想得懵懵懂懂的东西，他总是能一句话把她说得豁然开朗。陆笙趁他不备，飞快地在他脸上亲了一下："越来越有学问了。"

大庭广众之下，南风竟然感觉耳根子有点儿发热。好吧，他不是一个合格的老流氓。

这时，飞机上的英文广播告诉他们：飞机已经到了土耳其领空。

土耳其。

陆笙忘不了这个地方。十年前，南风的飞机就是在土耳其坠毁的。

她看着窗外大团大团的白云，回想刚才他说的话，突然有些伤感。

"我知道你当年失去的是什么了。"她说。

他微微牵了一下嘴角，闭着眼睛反扣住她的手，轻声说道："已经找回来了。"

——完——

扫一扫看更多图书番外，作者专访

【官方 QQ 群：555047509】

每周丰富多彩的群活动，好礼不停送！
作者编辑齐驾到，访谈八卦聊不停！

NANFENG
RUWOHUAI

徐知遥的番外

徐知遥有点儿寂寞。

他觉得，没有人懂他。

哪怕是他最亲的师妹，也不能理解他。他总感觉，在所有人的眼中，他搞那个数学建模的研究只是一时兴起，类似于他一时兴起打两局游戏。

虽然那确实是他一时兴起，但是他越探索越入迷。把数学和网球结合起来，仿佛是在漆黑的夜路上点了一盏灯，虽然不太亮，只往他脚下照出方寸距离，但，那也是灯啊！

陆笙他们都以为徐知遥过不了多久就会把这事儿抛到一边，却没料到，过了这么久，他不仅没放弃，还找回来一个帮手。

安恬，女，21岁，清华大学数学系本科在读。

这小姑娘个子不高，瘦瘦的，鼻梁上架个大眼镜，几乎盖住半张脸，发型很另类，是男生都不多见的锅盖头。

徐知遥把安恬带到南风面前，说道："南教练，这是我请来的助手，她能不能住我们这里？"

南风挺好奇的，问了问安恬的履历，听说这孩子还在上学呢，他啼笑皆非，道："徐知遥，你自己走火入魔我不管，不要耽误别的同学上课。"

安恬："南教练您放心，我已经办了休学。"

南风："……"很好，小兔崽子已经把人家姑娘忽悠得休学了！

徐知遥见南风要发作，他连忙解释道："教练，安恬她是自愿的！"

安恬用力地点头附和，那样子怎么看都像是被传销集团洗脑成功的无辜受害者。

徐知遥："真的！安恬她早已经把专业课程都自学完了，在学校待着无聊，给我当助理还能赚点儿钱呢。"

南风听着不对劲，看向安恬，问道："你跟徐知遥是怎么认识的？"

"在冬令营认识的，我们一起参加过国际奥林匹克数学竞赛。"

果然。

南风也就不管他们了。

……

其实，关于徐知遥鼓捣的课题，南风特意问过国内某个知名数学家。数学家给的回复是：徐知遥的尝试，从理论上说是可行的。

这算是一种肯定，但更接近否定。

"从理论上可行"的意思是：从理论到实际，要跨越的何止千山万水？

南风没有走过这样的路，并且他可以肯定地说，就已知的情况来看，过去和现在，也从未有人成功走过。

徐知遥要走的，是一条全新的路，没有人能指引他，没人能给他答案。他只能自己一步一步地摸索前行。谁也不知道在前方等待他的，是横亘的大江，还是陡峭的断崖。

南风能给他的支持，也仅仅是不去阻挠。

以及，多给安恬发点儿工资……

安恬渐渐地成了徐知遥的知音。

两人经常旁若无人地讨论一些专业问题，陆笙只能从徐知遥倾听时的表情上来判断安恬的专业水准，而关于徐知遥的水准，那就比较难判断了，因为安恬基本没什么表情。

是的，那是一个面瘫少女。

话不多，且笑点奇高。

安恬是个工作狂，每天看许多比赛视频，把一些指标进行量化，统计，然后做模型，分析，验证，然后再修正模型……后来她觉得事情做不完，于是拉了几个同学一起做。

南风感觉他们越来越像传销组织了，看，都开始发展下线了……

徐知遥训练的积极性越来越高了。他希望尽快把体能提上去，然后，去验证他那"伟大的想法"。他的状态很好，好得发烫，好得瘆人。如果说以前他对网球只是一些复杂难言的热情，那么现在，他几乎有些狂热了。

南教练以前总是说他想法太多，打球不走心，现在，他终于体会到"走心"的感觉了。

那感觉妙不可言。忘记自己，忘记一切，仿佛与网球的世界融为一体。世界即我，我即世界。

因此，在一段时间内，虽然他的研究课题并没有取得什么实质性的成果，但是他的身体素质，倒是切切实实地练上来了。

连穆勒教练都对他刮目相看，不再叫他"弱鸡"了。

陆笙把手腕彻底养好之后，回到训练场上。此时，距离奥运会只有四个月了。

对许多职业球员来说，奥运会的重要性也许比不上四大满贯，但是对陆笙和徐知遥来说，国家荣誉高于一切。

是的，此时的他们，肩负着为国争光的重任。

奥运会网球单打的赛场简直是修罗场，陆笙衡量了一下自己的实力，做出了理智的取舍：放弃单打，全力备战混双。

徐知遥做了同样的选择。

听说了他们的决定，网管中心的领导们悄悄地松了口气。是的，为了保奖牌，其实大家都希望陆笙这样做，可直接要求人家放弃单打，显得太没人情味儿了，因此众人都没好意思提。

却没想到，她自己主动放弃了。

陆笙回归后的前两个月，主要任务是恢复状态，除了训练，南风也给她安排了一些赛事。徐知遥像是被南风放养了，训练由穆勒安排，赛事他自己选。陆笙有点儿好奇，问南风："你和穆勒教练怎么都不管他比赛呢？"

南风摇了摇头："不用管。他心里有数。"

陆笙不懂。

但是，陆笙也感觉到了徐知遥的变化。不只是因为他稳步爬升的排名，还因为他在网坛越来越强的存在感。有一次，陆笙看到一个视频网站现场报道了徐知遥的比赛，报道中，徐知遥的对手竟然用"可怕"来形容他。

那位对手名叫王克，是一员老将。王克说："我感觉他像是看穿了一切，我也不知道这是怎么回事，我和他以前只交手过两次，按理讲他不该对我这样熟悉。总之太可怕了。"

王克可能真的被吓到了，讲话都有点儿语无伦次。

陆笙知道徐知遥的"可怕"之处，往好听点儿说是技术流，直白点儿说就是猥琐。以前他体能不太好的时候，这一点还不明显，现在体能渐渐练上来了，对技术有了一个非常强力的支撑。

于是乎……

陆笙托着下巴，有点儿感慨地对南风说："我必须承认，徐知遥比我更像你。"

"别这样说，跟他一比，我就是个正直的小天使。"

此时距离奥运会只剩下一个月了。

徐知遥找到陆笙，说："师妹，我有一个想法。"

"什么想法？"

"和王克的那场比赛，算是一个实验，结果实验很成功，我就想——"

陆笙打断他："什么实验？"

"就是我一直做的建模分析呀，我们对王克分析了很久，做了好几个模型，我打他的时候感觉很轻松。当然这和他的比赛视频比较多也有关系，样本数据够多。"

"徐知遥……"

"嗯？"

"你不要告诉我，你就是用电脑打败他的……我会怀疑人生的……"陆笙的脸上写满了震惊。

徐知遥有些得意："这是科学的胜利。历史发展表明，科学一而再再而三地取得了胜利。"

"哈！"她突然笑了。

"为什么笑？"

"没什么，就是突然觉得你说话的样子好像安怡。"

徐知遥摸了摸鼻子："说正事。这次奥运会强者云集，不过换个角度看，这些强者都是世界名将，久经沙场，所以，他们可以提供的样本数据很多。"

陆笙一怔："你的意思是……"

徐知遥点了点头："没错。"

人们对于自己无法理解的事物，总是难以信任。陆笙有些犹豫，问道："有那么准吗？"

"没有。"

"……"她哭笑不得地看着他，"我以为你很自信呢！"

徐知遥解释道："准不准因人而异，我不敢说十分准，但是，我敢说，有了模型分析的帮助，我可以更有把握。"

陆笙好整以暇地看着他。

徐知遥被看得有些不自在，移开眼睛问道："怎么了？"

陆笙一弯嘴角，说："徐知遥，我感觉你现在和以前不一样了。"

"哪里不一样？"

"说不上来，就是不一样了。"

徐知遥突然有些感叹："师妹，你知道吗？我以前，打球打了那么多年，坚持了很久，但是网球并没有给我的人生带来激情。现在不一样了。我也不敢说我做的事情是对是错，更不知道未来我能走到哪一步，我只知道，这个过程，我很享受，也很快乐。"

　　陆笙有些触动。她一拍手，笑道："好了，就听你的。"

　　徐知遥乐了："这么快就同意了？你不会是被我感动了吧？师妹，你也太好忽悠了！"

　　"不是啊，我是——"她笑望着他，"相信你。你是我的搭档，我无条件相信你。"

　　徐知遥心中一暖。

　　他回去找到安怡，说道："可以开工了。任务量比较大，你可以多找几个人，不用担心费用问题，南教练什么都可能缺，就是不缺钱。"

　　安怡却不回答，歪着头看他，末了一推眼镜，说道："每次你和陆笙说完话，心情都会变得更好。你喜欢陆笙？"

　　徐知遥翻了个白眼："你这个问题会让我心情变得很不好。"

　　"知道了。"

　　她说完这三个字，就沉默了，打开电脑做自己的事情。

　　徐知遥追问道："你知道什么了？"

　　"人类进化出大脑，不是为了把生命浪费在感情上。"

　　"安怡，我感觉你都快成仙了。"

　　"请不要侮辱我的信仰，我是个唯物主义者。"

　　徐知遥也不知想到了什么，扑哧一笑。

　　安怡打开电脑后，先上了一下知乎，看到前两天自己发表的一篇关于奥运会网球混双项目的预测遭到了围攻。她不过是通过专业的方法预测了徐知遥和陆笙即将获得冠军，哪知却被人评价"痴人说梦"，对方认为她不过是想用数学知识装点门面，简言之就是"装逼"。他们列举了徐知遥的诸多不足，尤其是力量上的差距，来佐证自己的观点。

　　安怡冷冷地回复他们：愚蠢的凡人，你们对力量一无所知。

　　退出知乎，她还有些不甘心，又跑去发了一条微博：知识就是力量。

　　晚上，徐知遥特意爬上微博，给她点了个赞。